허담 新무협 판타지 소설

FANTASTIC ORIENTAL HEROES

고검추산

고검추산 11

허담 新무협 판타지 소설

초판 1쇄 찍은 날 § 2008년 7월 18일
초판 1쇄 펴낸 날 § 2008년 7월 28일

지은이 § 허담
펴낸이 § 서경석

편집장 § 문혜영
편집책임 § 이재권
편집 § 정서진 · 유경화 · 최하나

펴낸곳 § 도서출판 청어람
등록번호 § 제1081-1-89호
등록일자 § 1999. 5. 31
어람번호 § 제2-1538호

주소 § 경기도 부천시 원미구 심곡1동 350-1 남성B/D 3F (우) 420-011
전화 § 032-656-4452 팩스 § 032-656-4453
http://www.chungeoram.com
E-mail § eoram99@chollian.net

ⓒ 허담, 2007

ISBN 978-89-251-1408-8 04810
ISBN 978-89-251-0913-8 (세트)

11

강호천하 上

하담 新무협 판타지 소설

FANTASTIC ORIENTAL HEROES

청어람
도서출판

目次

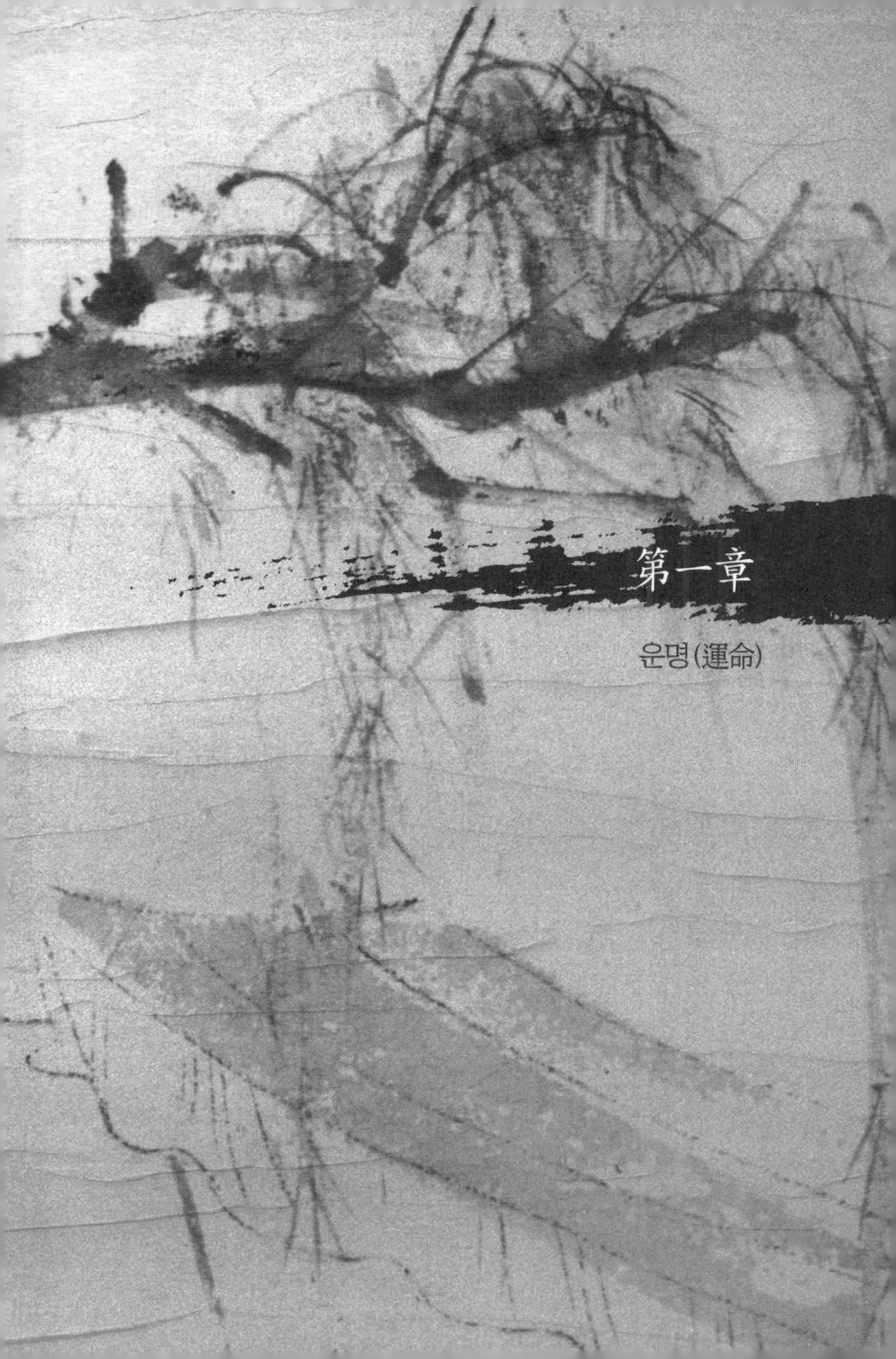

第一章

운명(運命)

孤劍秋山

　매서운 칼바람이 설원을 넘어 불어왔다. 바람에 날린 작은 눈 입자들이 안개처럼 일어나 허공으로 솟구쳤다. 그리고는 순식간에 두 사람의 신형을 휘감고 지나갔다.

　"아직 멀었나?"

　한차례 거친 눈보라가 스치고 지나가자 잠시 걸음을 멈춰 섰던 두 사람 중 노인이 입을 열었다.

　"이제 반나절이면 도착할 겁니다."

　노인의 질문에 수려한 외모의 중년 사내가 대답했다.

　"그 아이의 상태는 어떨 것 같은가?"

　질문을 하는 노인의 얼굴에 초조한 빛이 드러났다. 노인은 그야말로 보기 드문 외모를 지니고 있었는데, 누구라도 노인을 한 번 보면 머릿속 깊이 각인시킬 수밖에 없는 독특한 외모의 소유자였다. 그는 가히 천하제일이라 불릴 만한 추남이었던 것이다.

오 척 단구에 추례한 외모, 그러면서도 어딘가 범접할 수 없는 기운을 흘려내는 노인. 그렇다면 강호인들이 단박에 떠올릴 이름이 하나 있다. 천하팔대고수이며 천하제일의 청부사라 불리는 절대고수. 노인은 바로 그 천검 능운백이었다.

"오늘로 백일검을 수련한 지 팔십오 일째이니 아직 보름의 시간이 남아 있습니다. 그러니 추 소협은 아직 살아 있을 겁니다. 단지 문제라면 시간이 지나면서 더욱 광포해지는 백일검의 광기인데, 다행히 마총이 있는 빙동은 극한의 한기를 흘려내는 곳이고, 또 피사주로 탁월한 효용을 지닌 선옥(仙玉)이 있으니 지금까지는 잘 견디고 있을 겁니다."

능운백의 질문에 답을 한 사람은 왕민이었다.

"그렇다 해도 마총이 있던 곳이라면 마기가 상당할 터인데 오히려 그 아이의 광기를 부추기는 건 아닐지……."

"그건 걱정 않으셔도 될 듯합니다. 마총의 마기는 본래 마총에 잠들어 있던 마천삼십육마종의 마정(魔精)에 의해 만들어진 것이지요. 거기에 더해 천마 묵화인이 각 마정에서 흘러나오는 마기를 기묘한 진법으로 증폭시켜 가공할 만한 마기를 만들어냈던 겁니다. 하지만 지금은 마총의 진법이 모두 파괴되었고, 결정적으로 마천삼십육마종의 마정은 모두 마총을 떠났으니 더 이상 마총의 마기를 걱정할 필요는 없게 되었지요."

"듣고 보니 그렇군. 그런데 그 마정(魔精)들은 모두 마천 마인들의 손에 들어간 것인가?"

"그렇다고 봐야겠지요. 애초에 악불위는 마총의 유산에는 관심이 없었던 듯합니다. 자신보다는 수하들인 마천의 후예들이 선조들의 유산을 취하길 원했던 것 같습니다."

"그자, 참으로 자존심이 강한 자야. 결국 자신의 무공이 천마 묵화인 무공에 뒤질 게 없다고 생각한다는 것 아닌가?"

"가까이서 살펴본 바로는 그런 듯했습니다. 그리고 사실 그가 묵화인의 무공을 얻고자 했어도 불가능한 일이었을지도 모르지요."

"그건 무슨 말인가? 마총을 열었는데 묵화인의 무공을 얻는 게 불가능하다니?"

"애초에 천마 묵화인의 일곱 가지 신물 중 그들이 얻은 것은 여섯 개라고 하더군요. 얻지 못한 신물은 황금 열쇠인데 그 황금 열쇠가 있어야 천마 묵화인의 무덤을 열 수 있다고 합니다. 그러니 그가 묵화인의 무공을 얻고자 했어도 황금 열쇠가 없는 이상 어려운 일이었을 겁니다."

"그래? 그렇다면 지금 그 빙동에는 묵화인의 유물이 그대로 남아 있다는 말이군?"

천검 능운백이 호기심이 이는 표정으로 물었다.

"이치상으로는 그렇지요. 그런데 이상한 것은 그곳에 잠시 머물면서 마총을 돌아봤지만 딱히 묵화인의 무덤이 있을 만한 곳이 보이지 않더군요. 어쩌면 마총 안에 있는 것이 아닐지도······."

"묵화인의 무덤이 마총에 없다면 그건 마총이 아니지."

능운백이 왕민의 말에 고개를 저었다.

"그렇다면 아마도 황금 열쇠가 묵화인의 무덤을 여는 것뿐 아니라 그 위치를 찾기 위해서도 필요한 물건일 수 있겠군요."

"그럴 가능성이 많군. 아아, 지금 천마 묵화인의 유물 같은 것에 관심을 둘 때가 아니지. 제자 놈이 다 죽어가는 판에···서두르세."

능운백의 말에 왕민이 속도를 높여 설원을 질주하기 시작했다.

순백의 설산을 넘어 길게 이어진 산비탈을 타고 내려간 천검과 왕민은 설산 아래 위치한 검은 계곡으로 들어갔다. 한때는 천마 묵화인에 의해 봉인되었던 계곡은 지난번 마천과 사패의 충돌로 처참하게 찢겨져 이곳이 전설의 마총이 있던 곳이라고는 생각을 할 수 없을 만큼 황량했다.

그러나 능운백과 왕민은 주위의 풍경에 시선을 둘 여유가 없었다. 그들은 서둘러 절대기진이 설치되어 있는 분지를 지나 빙동으로 접어들었다. 마총의 입구에 서자 빙동으로부터 차가운 냉기가 흘러나와 두 사람을 맞았다.

"이곳인가?"

능운백이 빙동 위 얼음에 박혀 있는 천마사신(天魔四臣)의 시신을 보며 물었다.

"그렇습니다, 어르신!"

"흠… 과연 마총이 자리 잡을 만한 곳이군. 곤륜의 정기가 모두 이곳으로 모인달까? 이곳에 마천삼십육마종의 마정이 있었다고?"

능운백의 물음에 왕민이 다시 고개를 끄덕였다.

"보자… 천마가 선인이라더니 그것도 아닌 모양이군."

능운백이 불쑥 뜻밖의 이야기를 꺼냈다.

"그게 무슨 말씀이신지……?"

왕민이 능운백이 말한 의도를 알 수 없는지 고개를 갸웃하며 물었다.

"보시게. 지형상 이곳은 대곤륜의 정기가 모여드는 곳이야. 그런데 천마는 이곳에 마총을 만들었단 말씀이야. 그리고 마천삼십육마종의 마정(魔精)을 보관했네. 그리고 수백 년이 흘렀지. 그 마정들이 어떻게 되었을 것 같은가? 자네는 현명하니 이 속에 내포된 이치를 알겠지?"

순간 왕민의 얼굴에 아차 하는 표정이 떠올랐다.

"아! 이제야 그걸 깨닫다니… 이제 보니 마천삼십육마종의 마정은 결코 밖으로 흘러나가서는 안 되는 물건들이었군요."

"맞네. 그 마정들이 지난 수백 년간 곤륜의 정기를 흡수했다면 마천삼십육마종이 죽을 때 남긴 마정과는 비교할 수 없는 효능을 가진 기보가 되어 있을 걸세. 그것도 서른여섯 개씩이나 말일세. 그러니 천마가 선인이었는지 의문이란 거야. 마정이 그런 마물로 변할 것을 몰랐을까?"

"일부러 마정의 힘을 키우기 위해 이곳에 터를 잡았다는 말씀이신가요?"

"억측일까?"

"힘이라면 당시 천마에게도 충분히 있지 않았겠습니까? 그는 그 힘조차 스스로를 위해 사용하지 않은 사람인데……."

"하긴, 자네 말을 듣고 보니 또 그런 것도 같군. 하지만 어쨌든 그의 의도가 뭐든지 간에 천하는 이제 조금 골치 아프게 생겼어. 쯧쯔, 들어가지."

"예, 어르신!"

왕민이 가볍게 고개를 숙여 보이고는 서둘러 능운백을 빙동 안으로 안내했다.

추산의 온몸에서 뿌연 수증기가 모락모락 솟아오르고 있었다. 추산은 그 상태로 가부좌를 틀고 앉아 있었는데 그의 뒤쪽으로 영롱하게 빛나는 선옥이 투명한 얼음 속에 박혀 있었다.

마총이 자리 잡은 빙동은 폭 십여 장, 길이 삼십여 장에 이르는 거대한 얼음 동굴이었다. 빙동 안 이곳저곳에는 불규칙적으로 무너져 내린 빙탑의 잔해가 널려 있었다. 빙탑의 숫자는 정확히 서른여섯 개. 바로 마천삼십육마종의 유물이 간직되어 있었던 탑들이다.

추산이 가부좌를 틀고 앉아 있는 지점은 무너진 빙탑들을 한눈에 볼 수 있는 지하 빙동의 가장 깊숙한 심처였다. 그런 추산의 오른쪽 옆에서는 고검과 대웅산이 걱정스런 눈으로 추산을 바라보고 있었다.

"오셨는가?"

사제 추산에게서 눈을 떼지 않던 고검이 어느 순간 눈빛을 반짝이며 마총 입구로 시선을 돌렸다. 그러자 왕민을 앞세우고 마총 안으로 들어오는 천검 능운백의 모습이 보였다.

"스승님!"

고검이 재빨리 움직여 천검 능운백 앞으로 이동했다. 그리고는 공손하게 허리를 숙였다.

"장인어른!"

고검의 뒤를 이어 대웅산 역시 얼른 천검에게 다가가 인사를 올렸다.

"흠, 그래, 고생들 많구나."

본래 단신인 천검 능운백이 고검과 대웅산 두 사람을 올려다보며 고개를 끄덕였다.

"고생은요. 추 아우가 저 지경인데……."

대웅산이 말꼬리를 흐리며 사부가 나타났는데도 여전히 가부좌를 틀고 앉아 있는 추산을 바라봤다. 그러자 능운백의 표정 역시 금세 어두워지더니 성큼성큼 걸음을 옮겨 추산 앞으로 다가갔다.

"이놈아, 사부가 왔으면 인사를 해야지!"

딱!

추산 앞에 다가간 능운백이 갑자기 호통을 치면서 손을 들어 가부좌를 틀고 앉아 있는 추산의 머리를 후려쳤다. 그러자 지그시 눈을 감고 있던 추산의 얼굴이 심하게 일그러지더니 감고 있던 눈을 슬쩍 떴다. 순간 추산의 눈에서 극한의 사기가 감도는 혈광이 번뜩였다. 마치 불구대천지의 원수를 노려보는 듯한 눈빛. 하지만 그의 입에서 흘러나온 말은 그 눈빛과는 사뭇 달랐다.

"사부, 이 꼴을 보고도 인사를 받고 싶으세요?"

추산은 마치 부모에게 어리광을 부리는 아이처럼 투정 섞인 말을 흘려냈다.

"흠, 눈빛은 아주 글러먹었는데 입에서 나오는 소리를 들으니 아직은 견딜 만한가 보구나."

능운백이 안심한 듯 고개를 끄덕였다. 비록 추산의 눈은 끓어오르는 혈기로 인해 붉게 변해 있었지만 그의 이성은 아직 스스로를 추스르고 있었던 것이다. 최소한 사부 능운백에게 예전처럼 투정을 부릴 수 있을 정도로.

"쉽지는 않아요."

추산이 풀 죽은 목소리로 대답하고는 다시 인상을 찡그리며 두 눈을 감았다.

"견뎌라. 어디, 같이 방법을 찾아보자꾸나."

"방법이 있을 것 같지 않아요."

추산이 투정하는 아이처럼 중얼거렸다.

"잔소리 말고 그 백일검인가 뭔가 하는 무공이 적힌 양피지를 내놔봐라."

능운백의 말에 고검이 앞으로 나서며 품속에서 한 장의 양피지를 꺼내 능운백에게 건넸다.

"여기 있습니다, 스승님!"

순간 능운백이 눈빛을 반짝였다.

"보고 있었느냐?"

"여러 날 되었습니다."

"달리 방법을 찾지는 못했느냐?"

능운백의 물음에 고검이 어두운 얼굴로 고개를 저었다.

"제 능력으로는……."

"큰일이군. 네가 찾지 못했다니… 정말 쉽지 않은 모양이구나."

능운백이 조금 낙담한 표정으로 말했다. 그런 능운백의 실망은 어쩌면 당연한 것인지도 몰랐다. 무공에 관한 한 이제 능운백도 고검의 경지를 인정하고 있었다.

어느덧 고검은 천하팔대고수로 불리는 사부의 경지를 넘보고 있었고, 이제 얼마의 시간이 지나면 그 사부조차도 능가할지 몰랐다. 그런 고검이 백일검이라는 희대의 마공이 시전자에게 부여하는 저주를 풀 방법을 찾지 못했다면 천검이라 하여 그 방법을 쉽게 찾으리란 보장이 없었다. 적어도 무학의 이론에 관한 한 지금도 고검의 능력이 천검 능운백의 능력에 뒤진다고는 할 수 없었기 때문이다.

"스승님이 한번 봐주십시오."

그래도 고검은 이 추레한 용모의 사부를 믿고 있었다. 강호에서는 사부를 팔대고수 중 한 명으로 부르고 있지만 고검은 천검 능운백의 무공이 팔대고수 중 누구보다도 높은 경지에 올라 있다고 생각하고 있었다.

그의 이런 생각은 천검 능운백이 그의 사부이기 때문은 아니었다. 적어도 무공의 경지를 판단하는 데 있어서 고검은 객관적인 판단을 내릴 만한 심기의 소유자였다.

고검이 다른 팔대고수보다 천검 능운백의 경지가 조금 앞서 있다고 느끼는 것은 그의 경험에 의해 내린 판단이었다. 그는 지금까지 팔대고수라 불리는 사람들 중 화중대모와 동궁의 궁주인 육자선문의 문주 동종고 두 사람을 제외하고는 모든 사람을 한 번씩은 만났다.

그중 삼 인은 각기 북천무맹, 서패천, 남련의 수장들이니 강호의 일반 무인이라면 평생 얼굴 한 번 보기 어려운 사람들이지만 천하제일청부사 천검 능운백의 제자이자 무불장 장주의 신분인 고검에게는 아주 가끔씩이라도 얼굴을 볼 기회가 있었다.

그리고 나머지 두 사람, 암옥주 귀왕 마천과 신주마 악불위의 경우는 고검과 직접 부딪쳤던 사람들이다.

고검 정도의 경지에 이른 고수는 누군가를 대면하는 것만으로도 상대의 경지를 가늠할 수 있는 법. 물론 실전에 들어가면 여러 가지 변수가 생길 수도 있지만 순수하게 그 사람이 드러내는 기운을 평가해 보자면 지금껏 만났던 천하팔대고수 중 천검 능운백을 능가하는 인물은 없었던 것이다.

어떤 면에서 보자면 능운백이 다른 팔대고수보다 조금 앞서 있다는 것은 당연한 일인지도 몰랐다. 능운백을 제외한 다른 팔대고수들은 모두 한 단체를 이끌며 무림의 대소사에 깊숙이 관여하고 있는 사람들이었다.

반면 천검 능운백은 그들과는 달리 자유롭게 강호무림을 주유하는 사람이니 다른 사람보다 스스로의 무공을 돌아보고 또 끝없이 무학의 깨달음을 얻어가는 점에 있어서는 그들보다 훨씬 유리한 위치에 있다고 할 수 있었다.

이렇게 고검에게 있어 능운백은 천하제일의 경지에 도달한 자랑스러운 사부였던 것이다. 그래서 그는 내심 자신이 찾아내지 못한 백일검의 비밀, 즉 백일검을 익힌 사람이 숙명적으로 맞이해야 백 일 후의 죽음에 대한 해법을 사부 천검은 찾아낼 수 있을 거란 믿음이 자리 잡고 있었던 것이다.

천검 능운백은 그런 고검의 기대를 아는지 모르는지 고검에게서 건네받은 백일검의 비결이 적힌 양피지를 심각한 표정으로 살펴보기 시작했다.

백일검의 비결을 살펴보는 천검 능운백의 표정이 여러 번 변했다. 능운백의 얼굴에는 줄곧 감탄의 기색을 떠나지 않았는데, 그건 순수한 무공의 측면에서 보자면 백일검의 비결이 너무도 놀라운 것이었기 때문이다.

"정말 대단한 무공이구나!"

백일검의 비결을 살피던 능운백이 양피지에서 시선을 떼며 감탄사를 흘려냈다.

"어떻습니까, 장인어른? 무슨 방법이 있겠습니까?"

천검 능운백이 백일검의 구결에서 눈을 떼기가 무섭게 대웅산이 초조한 기색으로 물었다. 그러자 능운백이 잠시 생각에 잠겼다가 대웅산의 물음에는 답하지 않고 왕민을 바라봤다.

"자네도 이 비결을 보았는가?"

그러자 왕민이 고개를 끄덕였다.

"보았습니다."

"자네 생각은 어떤가? 방법이 있겠는가?"

그러자 왕민이 고개를 저었다.

"제가 그 방법을 찾았다면 이미 손을 썼을 것입니다."

그러자 천검이 고개를 갸웃했다.

"이상하군. 내가 아는 한 당금 강호에서 자네의 의술을 능가할 수 있는 사람은 거의 없는 것으로 알고 있는데 내가 본 것을 자네가 보지 못했다니……."

순간 왕민의 얼굴에는 의구심이 떠올랐고, 고검과 대웅산의 얼굴에는 희색이 번져 갔다.

"방법이 있다는 말씀이시군요."

고검이 흥분한 목소리로 물었다. 하지만 천검은 여전히 왕민만을 바라보고 있었다.

"저로서는 도저히……."

왕민이 고개를 저으며 말하자 천검이 불쑥 입을 열었다.

"무위(無爲)!"

순간 갑자기 왕민이 무엇인가를 깨달은 사람처럼 눈빛을 번

적였다. 그리고는 재빨리 능운백에게서 백일검을 뺏어 들고는 그 비결을 살피기 시작했다. 그리고는 잠시 후 감탄사를 자아냈다.

"이 맨 마지막에 있는 구절은……."

"그렇지. 무위(無爲)라는 그 두 글자는 언뜻 보면 백 일 후 죽을 것임을 암시하는 글자 같지만 앞뒤의 문맥을 생각할 때 어쩌면 백일검의 저주에서 벗어나는 방법을 말하는 것일 수도 있네. 백일검을 아는 사람들은 모두 이 무공의 저주에 대한 선입견을 갖고 있었기에 그쪽으로 해석할 수 없었던 거지."

그러자 왕민이 고개를 끄덕이며 다시 백일검의 비결을 살피다가 이내 낯빛이 어두워졌다.

"하지만 이건……."

"물론 다시 죽는 것과 같지."

천검이 뜻 모를 말을 했다. 고검과 대웅산은 천검과 왕민이 나누는 대화의 내용을 알아듣지 못하여 답답한 표정을 짓다가 참다못한 대웅산이 조심스럽게 입을 열었다.

"도대체 무슨 말씀들을 하고 계시는 겁니까? 추 아우가 살아날 방법이 있다는 겁니까, 없다는 겁니까? 좀 알아듣게 설명 좀 해주십시오, 장인어른!"

그러자 능운백이 뜨악한 표정으로 대웅산을 보며 말했다.

"지금 이 상황에서 그 세세한 이치를 자네에게 설명하고 있어야겠나?"

"아, 아니, 그런 것이 아니라 추 아우가 걱정되어서…….."

"난 그럴 시간 없으니 궁금하면 이 사람에게 물어봐."

능운백이 눈짓으로 왕민을 가리키고는 신형을 돌려 추산이 있는 쪽으로 걸음을 옮겼다. 그러자 고검은 재빨리 능운백의 뒤를 따라갔으나 대웅산은 능운백을 따라가는 대신 서둘러 왕민에게 물었다.

"도대체 무슨 말들을 하신 겁니까? 방법을 찾은 겁니까?"

대웅산의 물음에 왕민이 어두운 표정으로 입을 열었다.

"방법을 찾았다고도, 그렇지 않다고도 할 수 있네."

"아아, 또 그 소리. 좀 자세히 말 좀 해주세요."

대웅산이 손을 내저으며 말하자 왕민이 침착하게 입을 열었다.

"그동안 자네나 나나 모두 이 양피지에 적혀 있는 백일검의 진결을 살펴보았지만 이 마지막 구절에는 신경을 쓰지 않았지."

왕민이 손에 들고 있던 백일검의 진결을 대웅산에게 들어보이며 말했다. 그러자 대웅산이 왕민의 손에 들린 양피지로 시선을 돌렸다. 양피지에는 백일검의 진결 삼백여 자가 깨알 같은 글씨로 적혀 있었는데 왕민은 그중 진결의 본문과 떨어져 있는 가장 끝 부분의 글을 가리키고 있었다.

"이게 뭐 어쨌다는 겁니까. 보자… 세상의 모든 것은 무위(無爲)로 돌아간다. 생겨난 바로 그 자리, 가진 것을 모두 버린 그 자리로. 그러나 이 이치를 깨달은 자나 깨닫지 못한 자 모두 결국 스스로를 잃게 되리라. 그러나 노여워 마라. 사는 것이 곧 죽는 것이고 죽는 것이 곧 사는 것이니… 모든 것을 버린 죽음이 그대를 진경의 고통에서 벗어나게 해주리라. 이건 뭐 결국 죽는단 말 아닙니까?"

"나도 처음엔 그렇게만 해석했네. 그런데 천검 어른의 말씀을 듣고 다시 진결을 살펴보니 이 구절이 반드시 죽음을 염두에 두고 쓴 구절은 아닌 것임을 깨달았네."

"그럼 다른 의미가 있다는 말입니까?"

"그렇다네. 이 구절은 곧 백일검의 저주에서 벗어나는 길을 이르고 있네. 즉 다시 말해, 백일검으로 얻은 공력을 모두 내던지면 백 일이 지나도 살 수 있다는 말일세. 모두 버리라는 것은 결국 그간 백일검으로 얻은 공력을 모두 없앤란 말이 되는 것이지."

그러자 대웅산이 얼른 대답했다.

"하면 없애면 되지 않습니까?"

그러자 왕민이 고개를 저었다.

"그게 문젤세. 지금 추 소협의 몸은 온전히 백일검을 통해 얻은 힘에 의해 유지되고 있다고 해도 과언이 아닐세. 진기가 흘러다니는 기맥도 애초에 주하령 그녀의 수하인 여송이란 자에 의해 파괴된 것이 회복된 게 아니라 백일검에 의해 만들어진 강력한 진기, 아니, 진기라고 말하기도 뭣하군. 오히려 광기라고 해야 할까? 그 광기에 의해 보호되고 있는 상태인 걸세. 비단 혈맥뿐 아니라 몸의 기능 자체가 백일검의 광기에 의해 움직이고 있다고 봐야겠지. 백일검의 광기는 지금 추 소협에게는 바로 목숨을 유지해 주는 생명력이란 말일세. 그런데 그걸 없애면 추 소협은 어떻게 되겠나?"

그러자 대웅산의 얼굴이 파랗게 질렸다.

"바로 죽게 되겠군요."

"아마 일각을 넘기지 못할 걸세. 그렇다고 그냥 놔두면 일백 일이 되는 순간 백일검의 광기가 폭발해 목숨을 잃게 되겠지. 그러니 살 방법이 있는 것도 없는 것도 아니란 말일세."

"제길, 정말 진퇴유곡이군요. 이걸 어쩌죠?"

"아직 백 일이 되기까지는 시간이 조금 있으니 고민해 볼밖에."

왕민이 어렵다는 듯 고개를 한 번 젓고는 추산이 있는 곳으로 걸음을 옮겼다.

"제길, 있으나마나 한 방법이군."

대웅산도 혀를 차며 왕민의 뒤를 따랐다.

"이런 이야기를 들은 적이 있어요."

추산은 여전히 눈을 감고 가부좌를 튼 상태로 입을 열었다. 이미 능운백으로부터 모든 공력을 버리면 백일검의 저주에서 벗어날 수 있을지도 모른다는 말을 들은 이후였다. 마침 대웅산과 왕민도 추산의 곁으로 다가서고 있었다.

"애초에 초정이란 사람이 백일검을 익히게 된 것은 초가보를 세운 그의 선조 초광이 칠무객이란 이름으로 강호절대고수로 불리던 시절 살았던 은거지를 찾아갔기 때문이지요. 거기서 초정은 백일검의 진결을 얻었던 거예요. 그런데 바로 그 초광이라는 사람은 백일검을 익힌 후 광기(狂氣)가 극성에 이르러 자신의 사부까지도 살해한 후 스스로 절벽에 몸을 던져 목숨을 끊으려 했다지요. 그런데 어떻게 된 일인지 죽지 않고 살아났지요. 그것도 멀쩡한 정신으로요. 그리곤 사천에 들어가 과거의 자신을 철저히 숨기고 초가보라는 문인가(文人家)의 가문을 세웠던 것입니다. 전 그 이야기를 들었을 때 초광이란 사람이 워낙 무공의 경지가 높았던 사람이라 최후의 순간 백일검의 광기를 극복한 것으로 생각했는데 지금 생각해 보면 그가 천애절벽으로 몸을 던진 후 어떤 충격에 의해 그의 무공이 모두 사라졌을 수도 있을 것 같네요. 그래서 그가 목숨을 건질 수 있었던 것이고, 동시에 무공을 잃었으니 무림을 떠나 학문의 세계에 들어선 것일지도 모르겠어요."

"음… 그러니까, 이 백일검을 익히고도 살아난 사람이 있기는 있단 말이군."

대웅산이 기대 섞인 표정으로 말했다.

"하지만 지금 그 방법대로 시전했다가는 전 일각도 견디지 못하고 죽을 거예요. 제가 살아 있는 것은 오로지 이 극악스런 백일검의 광기 덕분이니까요."

추산이 살짝 얼굴을 찌푸리며 말했다.

"방법을 좀 생각해 보자꾸나."

추산의 어깨에 능운백이 가볍게 손을 얹었다. 추산은 여전

히 눈을 감고 있었고, 능운백의 표정에는 고뇌의 흔적이 묻어
나고 있었다.

고검은 능운백과 함께 빙동의 더 안쪽을 향해 걸음을 옮기
고 있었다. 능운백은 추산에게서 떨어진 후 줄곧 입을 다물고
있었다. 고검은 능운백이 추산을 살릴 방법을 고심하고 있다
는 것을 알고 능운백을 방해하지 않기 위해 역시 입을 다물고
있었다.

두 사람이 마천삼십육마종의 유산이 남겨진 마총의 중심부
인 거대한 빙동을 벗어나자 이 장 넓이로 길게 이어진 작고 어
두운 빙하 동굴이 나타났다. 고검은 능운백을 그 동굴로 인도
했다.

"그러니까, 한 놈은 죽였다는 말이지?"

먼저 입을 연 것은 능운백이었다.

"예, 스승님. 여송이란 자인데, 애초에 웅산 아우에게 심하
게 당해 목숨이 위태한 지경이었습니다."

"흠… 추산이 그자의 목숨을 끊었다고?"

"그렇습니다. 그의 목숨을 끊어내는 것을 보고 뭔가 잘못됐
다는 생각을 했습니다. 물론 그자가 추 아우와 만 노사께 한
행동을 생각하면 그의 목숨을 끊는 것은 당연한 일이라고 할
수 있겠으나, 그자의 생명을 거두는 추 사제의 손속이 지나치
게 냉혹했기에 평소의 추 사제가 아니란 생각을 하게 된 것이
지요. 특히나 추 사제를 이곳까지 안내한 자가 목에 쇠줄을 걸

고 개처럼 끌려온 것은……."

"음… 그나마 마총에 든 것이 다행이구나."

"그렇지요. 이 빙동은 천연적으로 강한 한기를 지니고 있어 사제의 광기를 누르는 데 좋은 장소지요."

"마침 선옥도 있고 말이다."

능운백의 입에서 선옥이라는 말이 나오자 고검의 안색이 금세 어두워졌다.

"그 선옥 때문에 모든 일이 벌어졌지요."

지금 사제 추산의 상황에서 선옥은 반드시 필요한 기물이었지만 달리 생각하면 선옥이 아니었다면 추산이 백일검을 익힐 필요도 없었을 거란 의미였다.

"그렇긴 해. 그렇게 생각하면 인연이란 참으로 묘하지. 자운 노사가 만불곡을 만든 사람인 줄 누가 알았겠나? 그리고 그 자운 노사가 추산을 거두게 된 것 하며… 결국 모든 일은 운명인 거지."

능운백의 말에 고검도 고개를 끄덕였다. 확실히 추산이 백일검을 익히게 된 것은 보이지 않는 운명의 끈이 작용한 것처럼 느껴졌다. 능운백이 말한 것 말고도 추산의 손에 백일검의 진결이 들어간 것 자체도 기이하다면 기이한 인연이라고 할 수 있었다.

"주하령 그 아이를 어쩔 생각이었느냐?"

능운백의 질문에 고검이 상념에서 깨어났다.

"추 사제는 두말없이 생명을 거두려고 하더군요."

"백일검의 광기가 극에 이르고 있으니 당연한 일이지. 더군다나 만 노제가 죽었으니……. 네가 말렸느냐?"

"네, 사부!"

"이유는?"

"사부님이 오시기를 기다렸지요."

"후후, 어려운 결정은 항상 내게 미룬다?"

"반항할 수 없는 여인을 죽인다는 것이 내키지 않았습니다. 비록 그녀가 한 일은 죽어 마땅한 일이긴 하지만……."

"음, 어려운 문제로고. 일단 만나보자."

대화를 나누는 사이 두 사람은 급하게 꺾인 동굴을 따라 우측으로 방향을 틀었다. 그러자 멀리 빙동에 어울리지 않는 석실(石室) 하나가 나타났다. 석실에는 네 명의 남녀가 죽은 듯 맥 빠진 모습으로 들어앉아 있었다.

"저렇게 자유롭게 놓아두어도 되느냐?"

"처음에는 손발을 묶어놓을까도 생각해 봤지만 어차피 모든 무공을 잃은 사람들이라……. 그리고 도주를 하자면 반드시 우리가 있는 빙동을 지나야 하기에 그대로 두었습니다. 그들 스스로도 별반 이곳을 벗어나고자 하는 의욕도 없어 보이고요."

"의욕이 없다?"

"그녀는 신주마 악불위와는 조금 다르더군요."

"그래? 어떤 면에서?"

"한번 만나보시죠."

어느새 두 사람은 석실 앞에 도달해 있었다. 석실에 있던 사인의 남녀는 주하령을 위시해 그녀의 호위들인 막문위와 묘실, 그리고 난주에서 곤륜까지 추산에게 끌려온 마연철이었다. 맥없이 앉아 있던 그들은 고검이 능운백을 데리고 나타나자 초점 없는 시선으로 두 사람을 바라봤다.

"불편한 것은 없소?"

고검이 주하령을 보며 물었다. 그러자 주하령이 대답없이 고개를 저었다. 그녀는 마치 삶의 모든 것을 포기한 사람처럼 보였다.

"우리 아가씨를 어찌할 생각이오?"

사 인 중 그나마 상태가 나아 보이는 막문위가 고검에게 물었다.

"글쎄, 우리도 지금 그걸 고민 중이오."

고검이 냉랭하게 대답하자 막문위가 재빨리 입을 열었다.

"이번 일은 아가씨께서도 어쩔 수 없이 행하셨던 일이오. 무공을 전폐하였으니 부디 아가씨의 목숨만은 살려주시기 바라오."

막문위가 정중하면서도 비굴하지 않은 모습으로 부탁했다. 그러자 만사에 관심이 없어 보이던 주하령이 불쑥 입을 열었다.

"막 대협은 그만 하세요. 빚을 진 사람은 빚을 갚아야 하는 법이에요. 제가 제 부모님의 빚을 추 대협에게 받아냈듯이 무불장주께서 추 대협과 만 노사의 빚을 제게 받아내는 것은 당연한 일이에요. 저 또한 그 편을 원하고요."

"아가씨……!"

"됐어요. 이제 그만 해요. 살아서 나간다 해도 결국 우린 또다시 할아버지의 그늘로 들어가게 될 거예요. 그 생활을 또 하고 싶진 않아요."

주하령의 단호한 말에 막문위가 입을 닫았다. 그러자 그 모습을 지켜보고 있던 능운백이 불쑥 입을 열었다.

"아이야, 정말 죽고 싶으냐?"

그러자 주하령과 석실에 있던 삼 인의 시선이 능운백에게로 모였다. 천하에 이렇게 못생긴 사람이 얼마나 될까. 그나마 백발의 머리와 얼굴의 주름살에서 묻어나는 연륜이 그 추레함을 감추고 있었지만 아마도 젊었을 때는 이보다 훨씬 더 막급한 추남이었으리라. 사람이 나이가 들고 머리가 회어지면 젊은 시절의 아름다움을 잃어버리는 것이 순리. 그런데 이 늙은이는 오히려 나이가 들고 주름이 늘어 과거의 추레함을 감추고 있으니 참으로 기이한 노인이라고 할 수 있었다.

그러나 사 인의 시선에서 노인에 대한 멸시의 기운을 찾아볼 수는 없었다. 그들은 고검과 동행한 이 단구의 노인을 보는 순간 한 명의 이름을 머릿속에 떠올렸기 때문이다.

천검 능운백!

천하에서 가장 강한 팔 인 중 한 명이며, 천하제일청부사, 또한 한때는 천하제일추남으로 불리면서도 천하제일미를 부인으로 둔 사람, 지금 이곳에 나타날 인물 중 이렇게 추레한 모습을 지닌 사람이라면 무불장주 고검의 사부인 천검 능운백밖에 없었다.

"천검 어른이신가요?"

주하령이 강호팔대고수를 앞에 두고도 담담한 목소리로 물었다. 어쩌면 자신의 할아버지인 신주마 악불위가 천하팔대고수였기에 천하팔대고수란 존재감이 그녀에게는 그리 강하게 와 닿지 않을지도 몰랐다.

"맞다. 내가 바로 그 천검이구나."

능운백이 제자인 추산과 만불통을 죽음의 길로 이끈 여인에게 오히려 부드러운 목소리로 대답했다.

"예상했지만… 역시 오셨군요. 혹, 추 대협은 보셨나요?"

주하령이 여전히 담담한 목소리로 물었다.

"보았다."

"회복할 수 있을까요?"

주하령은 마치 그녀가 추산에게 어떠한 위해도 가하지 않은 여인처럼 물었다. 어찌 보면 뻔뻔하달 수 있는 주하령을 능운백은 여전히 부드러운 표정으로 대하고 있었다.

"글쎄, 나도 잘 모르겠구나. 과연 회복시킬 수 있을지……."

그러자 담담하던 주하령의 표정이 어두워졌다.

"천하팔대고수의 능력으로도 어려운 건가요?"

"천하팔대고수가 신은 아니다. 우리도 인간일 뿐이지. 죽을 운명을 살릴 수 있는 사람들이 아니다."

그러자 주하령이 가만히 한숨을 내쉬었다.

"그렇군요. 결국 그렇게 되는 것이군요."

주하령의 입에서 작은 한숨이 흘러나왔다.

"후회하느냐?"

능운백이 허탈한 표정의 주하령에게 물었다. 그러자 주하령이 잠시 생각에 잠겼다가 천천히 입을 열었다.

"후회는 처음 개봉의 무불장에 청부를 하러 갔을 때부터 했지요. 기련으로 가면서, 또 만불곡에서… 언제나 전 이번 일을 시작한 것을 후회했지요."

"그러면 왜 멈추지 않았느냐?"

그러자 주하령이 고개를 저었다.

"글쎄요, 왜 멈출 수 없었을까요? 저도 그게 궁금해요. 왜 항상 후회하면서도 멈추지 않았는지……."

그러자 능운백이 빙그레 미소를 지었다.

"그게 바로 인생이야. 알면서도 지옥에 뛰어드는 것이 어리석은 인간이란 말이야. 자넨 자네 스스로를 지옥에 밀어 넣었으니 그 지옥에서 조금 더 살아야 할 걸세. 그게 죽은 사람에 대한 예의가 아니겠는가?"

그러자 주하령이 능운백의 말이 무슨 뜻인지 모르겠다는 듯 의혹 어린 눈으로 능운백을 바라봤다.

"자넬 살려두겠다는 말이다. 보아하니 자넨 살아 있는 게 죽는 것보다 더 힘들어 보이니까. 살아가면서 죽은 사람들에 대해 속죄하시게."

"정말 아가씨를 살려주시겠습니까?"

막문위가 믿지 못하겠다는 듯 물었다. 그러자 능운백이 고개를 끄덕였다.

"살려주지. 하지만 자네들을 자유롭게 놓아주겠다는 말은 아냐. 그건 나중에 생각해 볼 문제고, 일단 목숨은 걱정하지 않아도 된단 말이야. 그리고… 무공 역시 되찾을 생각은 말아야겠지."

순간 주하령을 제외한 삼 인의 얼굴에 짙은 낭패감이 서렸다. 무인에게 무공이란 목숨과도 바꿀 수 없는 것 아닌가. 그 무공이 없다면 그들은 더 이상 무림인이 아니고, 무인으로 평생을 살아온 그들로서는 그건 곧 죽음과 다름 아니었다.

"이쯤 해두고, 한 가지 물어볼 말이 있는데……."

능운백이 주하령을 바라봤다. 그러자 주하령이 가볍게 고개를 끄덕였다.

"어떻게 자운 노사가 선옥을 가지고 있었던 거지? 선옥은 분명 마천삼십육마종의 후인 중 한 명이 가지고 있어야 하는 물건이었을 텐데?"

"그건… 그 또한 마천삼십육마종의 후인이었기 때문이에요."

순간 고검과 능운백의 눈이 커졌다. 죽기 전 천하제일현자로 불리던 자운 노사가 마천의 인물이라니 어찌 놀라지 않을 수가 있을 것인가?

"정말인가?"

"자운 그가 마천삼십육마종 중 청마(淸魔)의 후손인 것은 분명해요."

"허허, 참으로 놀라운 일이군. 천하제일현자라 불리는 자운 노사가 마천의 후인이라니……."

"그리 놀랄 것은 없어요. 비록 그가 마천의 후예이기는 하나 애초부터 그의 선조가 현인(賢人)이었던 것은 사실이니까요. 다시 말해 다른 마천의 마인들과는 다른 사람이었던 것이죠."

"마천의 인물이되 마인은 아니었다?"

"청마는 마천의 고수들 중 유일하게 마공을 익히지 않은 사람이었지요. 그는 당시에도 마공과는 거리가 먼 현자였어요."

"그런 사람이 어떻게 마천에 들어간 거지?"

"그건 천마 묵화인 때문이죠. 청마(淸魔)를 마천에 끌어들인 사람은 바로 천마 묵화인 자신이었으니까요. 그건 마천에서 아주 특별한 경우죠. 본래 마천이란 단체는 천마 묵화인이 중심이 되긴 했지만 묵화인보다는 마천삼십육마종에 속한 마인들이 주축이 되어 만든 단체였거든요. 그들이 마천이란 조직을 만들어 천마 묵화인에게 바친 거지요. 그러니 마천의 본래 주인은 천마 묵화인이 아니라 마천삼십육마종이라 하는 것이 옳을 거예요. 그게 지금 제 할아버지와 마천의 후인들이 천마 묵화인의 후인이 나타나거나 혹은 천마의 유물을 취하지 않았으면서도 마천을 다시 연 이유 중 하나지요. 마천의 주인이 애초부터 천마 묵화인이 아니라 자신들의 선조였다고 생각하고 있으니까요. 어쨌든 천마 묵화인은 당시 삼십육마종의 거듭되는 요청에 결국 마천의 천주가 되었지요. 그러면서 모두 알고 있다시피 하나의 조건을 내걸었죠. 마천은 천하에 군림하는 세력이 아닌 순수하게 무공을 수련하는 단체여야 한다고 말이에요. 천마 묵화인의 가공할 만한 힘과 권위가 필요했던 마인들은 그 조건을 수락했고요."

"그 이야기는 나도 알고 있는 것이군."

능운백이 조금 지루하단 표정을 보이며 말했다. 그러자 주하령이 고개를 한 번 끄덕이고는 바로 청마가 마천에 들어온 일을 설명하기 시작했다.

"천마 묵화인은 마천의 마종들이 자신의 요구를 수락하기는 했지만 그들의 진심에는 자신을 앞세워 천하에 군림하고자 하는 욕망이 숨어 있다는 것을 알고 있었어요. 해서 그는 마천의 마종들 사이에서 자신의 의지를 확고하게 대변할 사람이 필요했어요. 그래서 그가 끌어들인 사람이 바로 청마예요. 청마 양천은 당시 천하제일현자로 알려진 자였다고 하더군요. 천마는 마천의 마인들을 통제해 천하가 혼란에 빠지는 것을 막고자 한다는 대의명분을 내세워 마인이 아닌 청마를 마천에 끌어들였지요. 그런 천마의 선택은 탁월한 것이었어요. 왜냐하면 천마 묵화인은 무공에 있어서는 천하제일인이었을지 모르지만 마천의 마인들을 힘으로만 통제할 수는 없었거든요. 그런데 청마가 마천에 들어옴으로 해서 천마는 청마의 뛰어난 두뇌를 이용해 완전하게 마천의 마인들을 통제할 수 있었어요. 덕분에 마천은 천마가 죽을 때까지, 아니, 그 이후 수백 년 동안이나 마천의 후예들을 강호에서 격리시킬 수 있었던 거지요. 그런 청마에게 천마의 칠대신물 중 하나인 선옥이 있다고 해서 이상할 것은 없지 않겠어요?"

주하령이 긴 이야기를 마치자 고검과 능운백 모두 저절로 고개가 끄덕여졌다. 그리고 강호천하를 위해 당대의 마인들을 마천의 울타리 속에 가두어두려 했던 천마의 뜻에 큰 감명을 받을 수밖에 없었다.

"사람들이 천마를 마공을 익혔으되 선인이었다고 말하는 것이 결코 과장된 말이 아니군. 또한 그런 천마의 뜻에 동의해 스스로 마인들의 소굴에 들어온 청마도 대단한 인물이고 말이야."

능운백이 감탄하자 고검 역시 감탄 어린 표정으로 말했다.

"어쩌면 이 마총을 만들어 마천의 후예들에게 족쇄를 채울 생각을 한 것은 천마가 아니라 청마였을지도 모르겠군요."

그러자 주하령이 입을 열었다.

"사실이 그래요. 이 마총을 구상하고 만든 사람은 마천 내에 서는 천마가 아닌 청마로 알려져 있지요."

"흠, 역시 그렇군. 그나저나 그러고 보면 추산 이 녀석은 참 으로 기이한 인연을 타고난 녀석이야. 설마 마천에까지 그 뿌 리가 닿을 줄은 몰랐군."

"사제의 인연이 마총에 이어져 있으니 어쩌면 이곳이 사제 에게는 길지(吉地)가 될지도 모르겠군요."

"그리된다면 오죽 좋겠느냐? 자, 여기서 볼일이 끝난 것 같 으니 돌아가자."

"예, 스승님!"

고검이 가볍게 고개를 숙여 보이자 능운백이 시선을 돌려 주하령을 바라봤다.

"아마도 꽤 오랫동안 이곳에 머물게 될 거야."

"각오하고 있던 일이에요."

"허… 이렇게 만나지 않았다면 좋았을 인연인데… 쯧쯔!"

주하령을 보며 혀를 찬 능운백이 천천히 신형을 돌려 그들이 왔던 길을 되돌아가기 시작했다. 고검 역시 능운백의 한 걸음 뒤에서 사부의 뒤를 따르기 시작했다.

그런데 그렇게 십여 장 정도 앞으로 전진해 주하령 등이 있는 석실이 보이지 않는 지점에 이르렀을 때 고검의 눈빛이 번쩍였다. 그리고는 고개를 갸웃하며 허리춤에 매달려 있는 마검을 잡아갔다.

'이 녀석이?'

순간 마검의 손잡이를 움켜쥔 고검의 손을 통해 살아 있는 생명처럼 요동치는 강력한 마검의 떨림이 전해졌다.

第二章

고금제일마의 유산

孤劍秋山

아수마왕 음천기의 죽음으로 고검의 손에 들어온 마검(魔劍)은 이후 수십 년간 고검과 고락을 같이했다. 고검이 멸문한 무가(武家)의 후예에서 강호무림 최고의 청부사가 되는 동안 마검은 언제나 고검의 손을 떠나지 않았다. 절정의 무인으로 성장한 지난 세월 동안 마검은 고검에게 빼놓을 수 없는 존재였던 것이다.

그런 만큼 고검은 마검에 대해 속속들이 알고 있었다. 수년간 마기를 제어해 놓았을 때의 마검은 그저 어떤 병기에도 부러지지 않는 단단한 검 정도의 존재였다. 하지만 고검의 공력이 마검의 마기를 제어할 수 있을 만큼 성장한 후 마검의 기운을 자유롭게 풀어놓은 순간부터의 마검은 하나의 생명체로 변했다. 고검에게 마검은 마치 감정을 지닌 생물처럼 느껴졌고, 이제는 아주 오래된 친구처럼 마검의 변화 하나하나에 익숙해져 있는 고검이었다.

그런데 지금 그 마검이 지금까지와는 전혀 다른 생경한 반응을 보이고 있었다. 거대한 용음을 토해내는 마검. 마검의 갑작스런 발작에 고검이 걸음을 멈췄을 때 마검은 또 다른 움직임을 보이기 시작했다. 마검이 마치 다른 곳으로 움직이려는 듯 고검의 손아귀에서 벗어나려고 했던 것이다.

'왜 이러지?'

고검이 마검을 좀 더 강하게 움켜잡았다. 그러자 마검은 마치 가고자 하는 곳으로 가지 못해 애가 달은 것처럼 더더욱 심하게 요동치는 것이었다. 고검이 의혹을 가득 담은 눈으로 마검이 움직이려는 방향을 바라봤다. 그리고 순간 고검의 눈빛이 반짝였다.

고검의 시선이 향한 곳, 그곳에는 겨우 한 사람의 몸이 들어갈 수 있을 만한 공간이 투명한 얼음에 가려진 채 검은 입을 벌리고 있었다. 마검은 수십 년간 함께해 온 고검의 손을 벗어나 바로 그 얼음에 가려진 빙동 쪽으로 움직이려 하고 있었던 것이다.

"무슨 일이냐?"

고검이 걸음을 멈추자 앞서 가던 능운백이 의아한 시선으로 고검을 돌아보며 물었다. 그러자 고검이 허리춤에서 마검을 빼 들며 대답했다.

"이 녀석이 조금 이상합니다, 스승님!"

"마검이? 어떻게?"

능운백이 호기심이 동하는지 고검 곁으로 다가오며 물었다.

"이 녀석이 제 손을 벗어나 저 빙벽에 가려진 동굴 쪽으로 가려 하는 듯합니다."

"마검이 아무리 영험한 검이라지만 쇠로 만들어진 검에 불과한 것, 살아 있는 생명이 아닌데 어찌 스스로의 의지로 다른 곳으로 이동하려 하겠느냐?"

능운백이 불가능한 일이라는 듯 말했다. 그러자 고검이 마검을 능운백에게 건넸다. 능운백 스스로 마검의 움직임을 느껴보아야 자신의 말을 이해할 수 있을 것이기 때문이었다. 능운백이 망설이지 않고 고검의 손에서 마검을 건네받았다. 순간,

우웅!

마검이 능운백의 손에 들어가자마자 거친 용음을 울어냈다.

"허참, 이 녀석이 쇳덩어리에 지나지 않는다는 내 말을 정말 알아들은 것일까? 내 손에 들어오더니 아주 난리를 치네."

능운백이 마검의 반응에 놀란 듯 마검을 바라보며 말했다. 그리고 잠시 후 마검의 반응을 살펴보던 능운백의 얼굴이 진지하게 변해갔다.

"음, 이건?"

능운백의 입에서 낮은 신음성이 흘러나왔다.

"어떻습니까, 스승님?"

"과연 내 말이 맞구나. 이 녀석은 저 얼음 뒤쪽의 동굴로 가고 싶어 안달이 난 녀석 같구나."

능운백이 고개를 끄덕이고는 마검을 차가운 얼음 바닥에 내려놓았다. 그러자 마검이 핑그르르 한 바퀴 회전하더니 이내 검끝을 빙벽 속 동굴이 있는 방향으로 향하며 멈춰 섰다. 그리고는 아주 조금씩 동굴을 향해 빨려 들어가는 것이었다.

"어쩌면 저 동굴에 강력한 자기(磁氣)를 지닌 물체가 있는 건 아닐까요?"

고검이 의혹 어린 시선으로 동굴을 보며 말했다.

"음… 그럴 수도 있겠지. 물론 이놈이 특이한 모습을 하곤 있지만 역시 쇳덩어리는 쇳덩어리니까. 쇠가 스스로 움직이는 경우는 오직 자력이 작용했을 때밖에 없지."

"마검을 끌어당길 정도면 엄청난 자력을 발산하는 물건이라고 할 수 있겠군요."

"확인해 보면 알겠지."

"저 동굴을 조사해 보시게요?"

"그럼 이 궁금증을 풀지 않고 그냥 가잔 말이냐?"

능운백이 당연하다는 듯 어깨를 으쓱거리고는 얼음 바닥에 눕혀진 채 조금씩 빙벽 쪽으로 이동해 가는 마검을 집어 들었다. 그리고는 망설임없이 동굴을 가로막고 있는 빙벽을 향해 마검을 떨쳐 냈다.

파스스!

어떤 방법으로 초식을 전개했는지 모르지만 마검에 의해 가격당한 빙벽은 큰 소음을 내지 않고 잔 얼음 가루로 변해 빙동의 바닥 위에 우수수 쏟아져 내렸다.

'사부님의 무공은 정말 대단하구나. 소음을 만들어내지 않고 빙벽을 가루로 만들었다는 것은 빙벽을 가격하는 순간 검에 내기를 주입해 빙벽 전체에 진기를 관통시켰다는 말인데……'

고검은 단번에 능운백이 빙벽을 무너뜨린 초식의 이치를 깨달았다. 그러나 능운백의 초식을 머리로는 이해할 수 있었지만 자신의 손으로 동일한 초식을 전개할 수는 없는 고절한 수법이었다.

능운백이 그런 고검의 놀람을 아는지 모르는지 빙벽을 부순 마검을 고검에게 건넸다. 고검이 재빨리 마검을 받아 들자 능운백이 성큼성큼 입구가 드러난 동혈로 들어가기 시작했다.

우우웅!

좁은 동혈로 들어서자 이제 마검은 두 사람의 귀에 들릴 정도로 거친 용음을 토해내기 시작했다.

"반가운 것이냐, 두려운 것이냐?"

용음을 토해내는 마검을 보며 능운백이 신기한 듯 물었으나 그의 말대로 쇳덩어리에 지나지 않는 마검이 그의 질문에 대답할 리는 없었다. 그렇게 마검의 용음 소리를 들으며 두 사람이 오 장여를 전진했을 때 갑자기 그들 앞에 하나의 거대한 철문이 모습을 드러냈다.

"이건……!"

천하팔대고수 능운백의 입에서 탄성의 목소리가 흘러나왔다. 강호천하에서 능운백을 놀라게 할 일이 얼마나 있을까? 고검이 재빨리 능운백의 시선이 향한 곳으로 눈길을 주었다. 순간 고검의 눈에도 숨길 수 없는 경탄의 기색이 떠올랐다.

천마총(天魔塚)!

묵빛 철문에는 천마총이라는 세 글자가 강렬한 힘이 느껴지는 필체로 음각되어 있었다.

"스승님, 이곳은……."

고검이 말꼬리를 흐렸다.

"그래. 아마도 천마 묵화인의 무덤인 것 같구나. 어쩐지 빙동에 그의 유물이 없다 싶더니 이곳에 숨겨져 있었군. 그나저나 그놈이 그렇게 요동친 이유는 바로 이 철문 때문이었나 보구나."

능운백이 고검이 들고 있는 마검을 보며 말했다. 고검의 손에 들린 마검은 고검이 힘을 가하지 않았는데도 어느새 조금씩 앞쪽으로 떠올라 묵빛 철문에 그 검끝을 대고 있었다.

"하지만 이 철문에서는 자기가 느껴지지 않습니다만……."

고검이 고개를 갸웃했다. 마검을 끌어당기는 힘이 동혈 안쪽에 있을 강력한 자력을 지닌 물체일 거라 생각한 두 사람의 예상과는 달리 그들의 앞에 있는 묵빛 철문에서는 전혀 자기가 느껴지지 않았다.

"그러게 말이다. 참으로 기이한 일이야. 어째서 마검이 이천마총 쪽으로 움직이려 한 걸까?"

능운백 역시 고개를 갸웃거리며 중얼거렸다. 하지만 두 사람으로선 마검의 이 기이한 반응을 쉽게 풀어낼 수 없었다.

"어쨌든 천마총을 발견했으니 한번 들어가 봐야 하지 않겠느냐? 허참, 재주는 곰이 부리고 돈은 사람이 챙긴다더니… 악불위가 열어놓은 마총에서 정작 우리가 천마의 유물을 발견할 줄 누가 알았겠느냐? 껄껄!"

능운백이 나직한 웃음을 터뜨리며 묵빛 철문을 살피기 시작했다. 그러나 묵빛 철문은 천하팔대고수 능운백이 공력을 일으켜 밀어도 꿈쩍하지 않았다.

"고약한 물건이로세."

능운백이 혀를 차며 말하자 고검이 입을 열었다.

"마총의 입구 또한 거대한 철문에 막혀 있었지요. 그 문을 열기 위해 악불위는 천마의 칠대신물 중 하나인 청동검을 사용했습니다. 그러니 이 문을 열기 위해서도 역시 천마의 신물이 필요하지 않겠습니까?"

그러자 능운백이 고개를 끄덕이며 물었다.

"그도 그렇군. 그런데 남아 있는 신물이 뭐가 있지?"

"악불위의 손에 들어가지 않은 신물은 오직 황금 열쇠뿐이지요."

"흠… 황금 열쇠라……. 그게 없다면 이 천마총을 열 수 없단 말인가?"

능운백이 가만히 묵빛 철문을 만지며 중얼거렸다. 그의 목소리에 아쉬움이 깃들어 있음을 알아챈 고검이 호기심이 담긴 목소리로 물었다.

"스승님께서는 천마의 무공을 확인하고 싶으신지요?"

그러자 능운백이 고검에게 되물었다.

"그게 무슨 말이냐? 천하의 무림인치고 천마 묵화인의 유산에 관심을 갖지 않는 인물이 어디 있겠느냐?"

"신주마 악불위는 굳이 자신이 천마 묵화인의 유산을 얻을 이유가 없다고 했지 않습니까?"

그러자 능운백이 그제야 고검의 의도를 알아챈 듯 빙긋 미소를 지으며 대답했다.

"이제 보니 넌 내가 천마의 무공에 대해 어떤 생각을 하고 있는지 궁금한 모양이구나."

고검이 선뜻 고개를 끄덕였다. 그러자 능운백이 담담한 목소리로 입을 열었다.

"솔직히 말하자면 나 또한 악불위의 생각과 크게 다르지 않다. 현 무림의 최강자들인 천하팔대고수의 무공이 천마 묵화인의 무공에 비해 결코 부족할 것 같지는 않구나. 천마가 활동하던 시기에서 우리는 수백 년을 벗어나 있다. 그런 장구한 시간이란 것은 결국 무공의 영역 또한 넓혀놓게 마련인 게지. 하지만 그렇다고 해서 천마의 무공이 우리 여덟 사람보다 낮은 수준이었다고도 말하기 어렵다. 아직도 여전히 소림의 십팔나한진과 무당의 칠성검진은 강호제일의 합격진이니 말이다. 그것들을 깰 수 있느냐고 묻는다면… 후후, 정말 곤란한 질문이 되겠지. 어쨌든 무공 고하를 떠나서 난 악불위와 달리 이 천마총을 꼭 열어보고 싶구나. 그의 무공보다도 그가 어떤 사람이었는지 궁금하거든. 그가 죽으며 남긴 유산을 보면 그의 사람됨도 알 수 있지 않을까? 또 모르지. 앞으로 청부 일을 하지 않아도 될 만큼의 엄청난 금은보화가 쏟아져 나올지도."

능운백의 대답에 고검도 미소를 지었다.

"사부님의 말씀을 들으니 저 역시 이 천마총을 꼭 열어보고 싶군요."

"하지만 방법이 없으니······."

그런데 바로 그 순간 고검의 눈빛이 번뜩였다. 고검이 재빨리 묵빛 철문에 닿아 있던 마검을 거둬들였다. 그리고는 마검을 들어 자신의 눈앞으로 가져오더니 마검과 묵빛 철문을 번갈아 바라보기 시작했다. 갑작스런 고검의 행동에 능운백이 의혹 어린 시선으로 물었다.

"뭐, 특별한 것이라도 발견했느냐?"

"스승님, 이걸 보십시오. 이제 보니 이 철문에 쓰인 쇠와 마검의 재질이 같은 것 같지 않습니까?"

그러자 능운백이 마검과 철문을 번갈아 살펴보기 시작했다. 그리고는 잠시 후 고개를 끄덕였다.

"이제 보니 과연 그렇구나. 참으로 이상한 일이군. 이 마검의 재질은 내 평생 본 적이 없는 쇠인데, 그것과 같은 재질의 쇠를 이곳에서 보다니… 이 녀석이 난리를 친 것은 그것 때문이었나?"

능운백이 고개를 갸웃거렸다. 그런데 그 순간 고검은 천마총의 입구를 가로막고 있는 두꺼운 철문의 한 부분을 유심히 바라보고 있었다. 그리고는 잠시 후 성큼 한 걸음 앞으로 나서더니 마검을 들어 철문의 가장 아래쪽에 있는 움푹 파인 구멍에 찔러 넣기 시작했다.

능운백은 고검의 갑작스런 행동에 무슨 말을 하려다 다음 순간 철문 안쪽으로 밀려들어 가는 마검을 보고는 입을 닫았다.

고검이 철문의 작은 구멍을 통해 마검을 밀어 넣자 마검은 기다렸다는 듯이 그 구멍 안쪽으로 밀려들어 가기 시작했다. 그리고 우연처럼 마검의 검신은 철문에 난 구멍과 완벽하게 결합되어 버리는 것이었다. 이제 마검은 그 손잡이만이 철문 밖으로 드러나 있었다.

"참으로 신기한 일이군. 그렇다면 결국 마검이 천마의 마지막 신물인 황금 열쇠였던 것인가?"

능운백이 고개를 갸웃하며 중얼거렸다.

"하지만 명색이 황금 열쇠인데 마검의 모습과는 너무 안 어울리는 이름이지 않습니까?"

고검이 손잡이만 남고 검신(劍身)은 모두 철문 사이로 들어가 버린 마검을 가리키며 말했다.

"그야 그렇지만 아무리 우연이라도 그렇게 딱 들어맞을 수가 있겠느냐? 어디, 문을 한번 열어보거라."

능운백의 말에 고검이 마검이 들어간 부분부터 위쪽으로 일직선으로 갈라져 있는 철문의 양편에 손을 댄 후 힘주어 철문을 밀었다. 그러자 능운백이 진기를 일으켜 밀어도 열리지 않던 철문이 서서히 안쪽으로 밀려나기 시작했다.

구르릉!

고검의 손에 의해 거대한 철문이 열리기 시작했다. 그러자 그 안쪽에서 눈부신 광채가 흘러나오기 시작했다. 고검과 능운백은 철문 안쪽에서 흘러나오는 눈부신 광채를 황홀한 시선으로 바라보고 있었다.

그런데 그렇게 철문이 모두 열린다 싶은 순간, 갑자기 철문 아래쪽에서 쩽그렁 하며 무엇인가 부러지는 소리가 들려왔다. 자연스럽게 고검과 능운백의 시선이 소리가 들린 쪽으로 향했다.

"이런?"

순간 고검이 재빨리 허리를 숙여 무엇인가를 집어 들었다.

"참으로 희한한 일이군. 그 단단한 마검이 부러지다니……."

능운백도 역시 고개를 갸웃거리며 고검의 손에 들려 있는 두 동강 난 마검을 바라봤다.

마검은 정확하게 손잡이와 검신을 이은 부위에서 부러져 있었다. 마검이 부러지는 일은 수십 년간 마검과 함께 강호를 누벼온 고검으로서는 상상할 수 없는 일이었다. 고검은 마검이야말로 천하에서 가장 단단한 검일 것이라 생각하고 있었다. 그런데 그 마검이 부러진 것이다.

망연자실한 눈으로 부러진 마검을 양손에 들고 바라보고 있던 고검의 눈빛이 한순간 반짝였다. 그리고는 재빨리 검신을 내려놓고 부러진 손잡이 부분을 살피기 시작했다.

검신에서 분리된 마검의 손잡이. 그 손잡이 안쪽에는 아주 교묘하게 손잡이 전체를 관통하는 작은 구멍이 뚫려 있었다. 그리고 그 작은 구멍으로부터 철문 안쪽에서 흘러나오는 것과 같은 영롱한 빛이 흘러나오고 있었다.

고검이 손잡이에 난 구멍의 입구를 다른 손바닥 쪽으로 기울이자 구멍을 통해 찬란한 금빛을 흘려내는 황금 열쇠 하나가 고검의 손바닥에 떨어져 내렸다.

"오, 열쇠가 들어 있었구나. 설마 설마 했는데 정말 마검에 황금 열쇠가 들어 있었던 것이군."

곁에서 지켜보고 있던 능운백이 감탄사를 흘려냈다. 그 순간 문득 고검의 머릿속에 한 사람의 얼굴이 떠올랐다. 천괴 등 삼 인에게 핍박당해 천마의 칠대신물 중 하나인 흑죽간을 빼앗기고 죽어간 마천삼십육마종의 후예 관산해. 그는 분명 고검이 마천의 후예일지도 모른다고 하면서 그 증거로 마검을 지목했었다. 그리고 마검을 잘 살펴보라는 충고까지 했다.

"그의 말이 사실이었군요."

고검이 혼잣말처럼 중얼거렸다. 그러자 능운백이 이상한 눈으로 고검을 보며 물었다.

"그라니? 누굴 말하는 것이냐?"

"악불위를 쫓다 만난 관산해라는 노인이 있었습니다. 마천의 후예였는데, 악불위의 수하들에게 천마의 칠대신물 중 하나인 흑죽간을 빼앗기고 죽었지요. 그가 죽을 때 제가 그의 곁에 있었습니다. 그로부터 마천의 전설과 천마의 칠대신물에 대해 정확한 정보를 얻을 수 있었지요. 그때 그가 이런 말을 했습니다. 어쩌면 저 또한 마천의 후예일지 모른다고. 그리고 그 증거로 마검을 지목했지요."

"음, 그럼 그자는 이미 그때 이 마검의 정체를 알고 있었단 말이군. 그렇게 되면 결국 아수마왕 음천기가 마천의 후예였다는 말이 되는 건가?"

"그가 마천의 후예 중 한 명이었을 거란 사실은 이미 짐작하고 있던 일이지요. 당시 아수마왕 음천기의 품에서 마총 주변의 지도를 그린 양피지가 회수되었으니 말입니다."

"풍도가 가지고 있었다던 그 지도 말이냐?"

"그렇습니다, 스승님."

"과연 대단한 마천이구나. 근 수십 년 내 이름난 마인은 모두 마천에 뿌리를 두고 있으니 말이다. 백마혈전도 그렇고… 그런 마천의 최초 주인이었던 천마는 과연 어떤 인물이었을까?"

능운백이 묵빛 철문 뒤에 드러난 황금빛을 바라보며 중얼거렸다. 두 사람이 철문을 활짝 열어젖혔다. 그러자 황금빛의 정체가 드러났다. 마검에 의해 열린 철문 안에서 흘러나오던 휘황찬란한 빛은 바로 금으로 칠해진 또 하나의 문에서 흘러나오는 것이었다. 아니, 어쩌면 그건 금을 칠한 것이 아닌 문 전체가 금일지도 모르는 문이었다.

"만약 저게 전부 금이라면 대단한 재물이 되겠군요."

"후후, 생각지도 않게 횡재를 한 건가? 어서 저 금문(金門)을 열어보도록 하자꾸나."

능운백의 말에 고검이 고개를 끄덕이고는 두꺼운 철문을 지나 찬란한 광채를 흘려내는 황금 문 앞에 다가섰다. 그리고는 마검의 손잡이에서 찾아낸 황금 열쇠를 황금 문의 정중앙에 있는 작은 열쇠 구멍에 끼워 넣었다.

철컥!

황금 열쇠를 꽂아 넣자마자 경쾌한 마찰 소리가 문에서 흘러나왔다. 고검이 열쇠를 우측으로 돌리자 작은 마찰음과 함께 황금 문이 살짝 열리며 그 안쪽의 공간을 고검과 능운백에게 내비쳤다.

문이 열리는 순간 고검은 급격하게 공력을 끌어올리고 있었다. 지금 문을 열고 있는 곳은 고금제일마라 불리는 천마 묵화인의 무덤이다. 처음 악불위와 마천의 마인들이 마총을 열 때 마총에서 흘러나왔던 마기를 생각하자면 천마 묵화인의 무덤을 열 때 견뎌야 할 마기는 상상 이상일 것이기에 그에 대비하지 않을 수 없었던 것이다.

그러나 그런 고검의 대비는 허무하게도 아무런 쓸모가 없는 것이었다. 왜냐하면 황금 문 뒤쪽에 자리 잡은 천마의 무덤에서는 전혀 마기가 흘러나오지 않았기 때문이다.

"천마의 무덤이 맞긴 한 건가?"

고검과 마찬가지로 공력을 끌어올려 천마 묵화인의 마기에 대비했던 능운백이 고개를 갸웃거리며 중얼거렸다. 고금제일마 천마 묵화인의 무덤에서 단 한 올의 마기도 흘러나오지 않았으니 이건 확실히 예상치 못한 일이었다.

그그긍!

마기가 흘러나오지 않자 고검이 망설이지 않고 황금 문을 밀어젖혔다. 순간 금강석으로 가득 찬 듯한 보배로운 빛과 현기로 가득한 사방 오 장여의 공간이 고검의 눈에 들어왔다.

"무슨 마인의 무덤에 선기가 가득하누?"

고검의 뒤에서 능운백이 중얼거렸다. 고검이 옆으로 비키며 능운백에게 길을 내줬다. 그러자 능운백이 망설이지 않고 성큼성큼 걸음을 옮겨 천마 묵화인의 무덤 천마총으로 들어섰다.

사방에서 비쳐드는 보배로운 빛은 천장에 박혀 있는 십여 개의 야광주에서 흘러나온 빛을 얼음이 반사하며 만들어낸 것이었다. 그런데 보배로운 광휘와 선기로 가득한 천마총은 생각보다는 무척 단출한 모습으로 두 사람을 맞이했다.

"역시 보통 인물이 아니었단 건가?"

능운백이 천마총을 둘러보며 입을 열었다.

"어떤 면을 보시고 그리 말씀하시는 건지요?"

"전설대로 천마 묵화인이 당시의 천하제일인이었다면 자신의 무덤을 좀 더 화려하게 꾸밀 수도 있지 않았을까? 하지만 이 무덤을 보거라. 야광주의 빛 말고는 화려한 것이라곤 존재하지 않지 않느냐?"

"그렇군요. 사치라면 오로지 황금 문뿐이로군요."

"헛허, 하긴, 그건 그래. 저 황금 문 한 짝만 해도 엄청난 값

이 나갈 테니까 그렇게 생각하면 반드시 수수한 것도 아니군. 어쨌든 예상외의 모습이긴 해. 역시 전설대로 선인이었던가?"

"그가 남긴 유물들인 모양이군요."

고검이 손을 들어 무덤의 가장 안쪽에 놓인 작은 서탁을 가리켰다. 빙동에 만들어진 서탁이라 그런지 서탁의 대부분은 얼음으로 만들어져 있었다. 서탁의 기단 부분에는 용 문양을 새겨놓았고, 그 위쪽 두 자 넓이의 옥으로 된 석판을 올려 만든 서탁 위에는 세 가지 물건이 가지런히 놓여 있었다.

"한 번 볼까?"

능운백이 덤덤한 목소리로 말하고는 성큼성큼 서탁 앞으로 다가갔다. 강호의 문인들이라면 눈에 불을 켜고 달려들 천마 묵화인의 유물들. 그러나 능운백에게는 약간의 호기심을 일으키는 물건 이상은 아닌 모양이었다.

서탁 위에 놓인 물건은 청량한 기운이 흘러나오는 작은 목함 하나, 그리고 기름종이로 만들어진 백여 장 두께의 서책, 나머지 하나는 거무튀튀한 묵검이었는데, 그 모양이 고검과 능운백의 눈에 무척 익은 것이었다.

"쌍검이었나?"

능운백이 고개를 갸웃거리며 묵검을 들어 올렸다. 순간 묵검이 기이한 검음을 흘려냈다.

구우웅!

"역시 형젠 것 같지?"

능운백이 고검을 보며 묻자 고검이 고개를 끄덕였다.

"그런 것 같습니다."

고검의 손에는 손잡이 부분이 부러진 마검이 들려 있었는데 그 마검의 검신과 능운백이 들고 있는 천마 묵화인이 남긴 검은 쌍둥이처럼 똑같았다.

"틀린 게 있다면 검의 기운인데… 이놈은 그놈과 달리 기운이 청명해."

능운백의 말처럼 고검의 마검은 수많은 피를 머금은 만큼 보통 사람이 감당하기 힘든 강렬한 마기를 흘려내는 검이었다. 애초에 능운백이 어린 고검에게 마검을 넘겨줄 때 공력을 주입해 마기를 제어했던 것도 어린 고검이 마검의 마기를 견뎌내지 못할 것을 걱정했기 때문이다.

그런데 고검의 마검과 쌍둥이처럼 닮아 있는 천마가 남긴 검은 그 겉모습과는 달리 은은한 선기를 흘려내고 있었다. 십중팔구 고검의 마검 역시 천마에게서 비롯된 것이 분명한데 그 두 개의 검이 서로 상반된 기운을 가지고 있는 이유는 무엇일까?

"마검과 선검을 같은 모습으로 만들었다? 참으로 특이한 인물이군. 마치 자신이 마공을 익혔으면서도 선인으로 불리는 것처럼 말이야."

능운백이 손에 들고 있는 검을 눈앞으로 들어 올리며 중얼거렸다. 그러다가 무심코 부러진 고검의 마검을 보고는 들고 있던 검을 고검에게 내밀었다.

"거두거라. 그놈은 손잡이가 부러졌으니 새로운 검이 필요치 않겠느냐?"

그러자 잠시 망설이던 고검이 능운백의 손에서 묵검을 건네받으며 대답했다.

"사제(師弟)를 주면 좋겠군요."

"추산에게 주겠다고?"

"저야 이놈과 정이 많이 들어 이놈을 버릴 수는 없습니다. 검의 기운 또한 마검이 저와 어울리지요. 그러니 천마의 이 선검(仙劍)은 사제를 주는 것이 좋을 듯합니다. 사제의 밝은 성정에도 어울리고……."

"흠, 그 녀석이 예전의 모습으로 돌아올 수 있다면 그도 좋겠지. 고검추산 두 사형제에 마검과 선검이라… 좋군."

능운백이 고개를 끄덕이고는 다시 서탁 위에 놓인 물건을 살피더니 이내 그중 하나인 목함을 들어 올렸다. 그러자 목함으로부터 은은한 향이 번져 나오기 시작했다.

"기이한 일이야. 아무리 한기가 매서운 곳이라도 수백 년을 이어온 물건이 이렇게 온전한 모습을 하고 있다니……."

능운백이 목함을 살피며 감탄사를 흘려냈다.

"향나무로 만든 함이군요. 그 향기가 아직도 남아 있다니 정말 놀라울 따름입니다."

"그렇지? 아, 과연 고금제일마인가? 애초에 그의 무공에 대해 경외감 같은 것은 없었는데 이 물건을 보니 어쩌면 그는 천하팔대고수의 경지 위에 존재했던 사람인 듯싶군."

"목함이 낡지 않은 것이 그의 무공 때문이란 말씀이십니까?"

"글쎄, 그게 무공 때문인지는 알 수 없지만 어쨌든 그는 수백 년이 지나도 향기가 흘러나오는 이 목함을 남겨놓았지 않았느냐? 무공이든 아니든 그의 능력은 우리가 생각했던 것 그 이상이란 말이겠지. 어디, 목함 안에 무엇을 남겼는지 한 번 볼까?"

능운백이 손에 들고 있던 목함의 뚜껑을 열었다. 순간 목함 안에서 형언할 수 없는 맑고 투명한 기운이 흘러나와 빙동을 가득 메우기 시작했다.

"으음… 이건……!"

능운백의 입에서 나직한 신음성이 흘러나왔다. 고검은 목함에 들어 있는 물건보다는 오히려 신음성을 흘려내는 능운백의 모습에 더 놀라고 있었다. 그의 사부가 무엇엔가 놀라 신음성을 흘려내는 것을 본 적이 있었던가? 고검의 기억으로는 단 한 번도 그런 사부의 모습을 본 적이 없었다. 그렇다면 사부를 놀라게 한 물건은 도대체 무엇일까. 고검의 시선이 자연스럽게 능운백이 들고 있는 목함으로 향했다.

투명한 듯하면서도 속이 들여다보이지 않는 검은 구슬, 영롱한 현기가 흐르는 절대의 묵빛을 드러내는 검은 구슬이 바로 지금 빙동을 가득 메우고 있는 선기의 주인이었다.

"무슨 물건일까요?"

고검의 입에서 자신도 모르는 사이에 질문이 흘러나왔다. 그 또한 수십 년 강호를 종횡하면서 이런 종류의 물건을 만나본 적이 없었다.

"음… 모양으로 봐서는 기정(氣精)인 듯한데……."

"기정(氣精)이라면……?"

"마총에 들어 있는 다른 마인들처럼 천마 묵화인도 자신의 기정을 남긴 것이겠지."

"마정이란 말입니까?"

"그런 셈이지. 하지만 그가 남긴 것을 마정이라 부르는 것은 어울리지 않는구나. 이렇게 선기가 강하니……."

"이상하군요."

고검이 고개를 갸웃했다.

"뭐가 말이냐? 그와 같은 고수라면 이런 기정을 남겼다 하여 이상할 것이 없지 않느냐?"

능운백의 반문에 고검이 눈빛을 반짝이며 대답했다.

"그가 기정을 남긴 것은 스승님의 말씀처럼 이상한 일이 아니지요. 하지만 그가 남긴 기정이 이 목함 안에 들어 있다는 것은 이상한 일이 아니겠습니까? 애초에 마총을 만든 인물은 바로 그 자신이었고, 마천삼십육마종의 주검과 유물들을 거둬 이곳 마총에 보관한 사람도 그 자신입니다. 그는 마천의 고수 중 가장 오래 살았으니까요."

"그런데?"

"그 이후 그가 죽으며 그 기정을 남겼다는 말인데, 그 기정은 목함에 담겨 이 빙동의 서탁 위에 올려져 있었지요. 그건 곧 천마 묵화인이 죽은 후 그의 유해를 수습한 다른 사람이 존재했다는 의미가 아니겠습니까? 죽은 사람이 자신의

유해를 수습해 기정을 목함에 담아놓았을 리는 없을 테니까
요."

순간 능운백이 크게 고개를 끄덕였다.

"음… 듣고 보니 과연 그렇구나. 죽은 자가 자신의 시신을
수습할 수는 없겠지. 그렇다면 일이 어찌 되는 것인가? 천마
묵화인에게 후인이……?"

"가능성을 배제할 수 없지요."

고검이 고개를 끄덕였다.

"더군다나 천마 묵화인의 유해를 수습한 자가 이곳에 천마
의 유물을 안치했다는 것은 결국 그가 마총의 출입에서 자유
로웠다는 말이 되는데……."

"천마의 후인이라면… 그리고 그의 후인이 아직까지 강호
에 존재한다면 심각한 문제일 수도 있습니다."

"흠… 그 추론이 맞는다면 보통 일이 아닐 수도 있겠지. 천
마의 후인이 마총이 열린 것을 알게 된다면……."

능운백의 표정이 어두워졌다. 천마의 후예가 존재하고 그가
움직인다면 강호는 그야말로 한 치 앞도 내다볼 수 없는 폭풍
속으로 빠져들게 될 것이다. 악불위가 비록 마천의 천주를 자
칭하고 있지만 그가 천마의 마인들을 움직이는 데에는 어느
정도의 한계를 가지고 있었다. 그러나 천마의 적통 후계자가
존재한다면, 그리고 그가 마총이 열린 것을 알고 강호를 향해
움직인다면 그건 악불위의 존재보다도 몇 배나 더 위험한 일
일 수도 있었다. 적어도 천마의 후예라면 천하 마인을 하나로

모을 수 있는 명분을 가지고 있기 때문이었다.

"아직 확실한 것이 아니니 일단 마지막 유물을 구경해 볼까."

능운백이 천마 묵화인의 기정이 들어 있는 목함을 서탁 위에 내려놓고 이번에는 기름종이로 만들어진 서책을 손에 들었다. 서책은 일백여 장에 지나지 않았으나 그 한 장 한 장이 두껍게 기름을 먹인 종이를 몇 겹으로 붙여서 만든 것이어서 상당한 두께를 자랑했다.

능운백은 고검이 함께 볼 수 있도록 서책을 고검 쪽으로 기울였다. 그러자 고검의 눈에 서책의 겉장에 쓰여 있는 낡은 글씨가 들어왔다.

천마록(天魔錄)!

세월에 바랜 글씨는 이 서책이 천마의 기록임을 나타내 주고 있었다.

"천마록이라……. 역시 스스로 자신의 연대기를 남겼을 리는 없겠고, 이곳에 천마의 유산을 남긴 자가 쓴 것일까?"

능운백이 고개를 갸웃하며 천마록의 첫 장을 넘겼다. 하지만 그 순간 두 사람은 자신들의 예상이 틀렸음을 깨달았다.

나 천마가 이 글을 남긴다.

서책의 가장 첫 장 너른 공간에는 오로지 한 줄의 글귀만이 쓰여져 있었는데, 그 글귀는 이 서책을 남긴 사람이 천마 자신임을 나타내고 있었다.

"스스로 천마록이라 이름 붙인 서책을 남기다니… 오만한 건가?"

능운백이 호기심 어린 표정으로 중얼거리며 다음 장을 넘겼다. 서책의 다음 장부터는 그동안 마도무림 최고의 전설이었던 천마 묵화인, 그의 생애가 장엄하게 펼쳐져 있었다.

고검과 능운백은 시간 가는 줄 모르고 천마 스스로가 기록한 천마록에 빠져들었다. 불우한 어린 시절로 시작한 천마의 인생은 기연과 악연으로 얽힌 청년 시절, 그리고 강호를 떠돌며 익히게 된 절대무공까지, 강호를 살아가는 무인들이 한 번쯤 들어봤음 직한 신비한 이야기들로 가득 차 있었다.

그런데 두 사람의 예상과 달리 천마록으로 이름 지어진 서책에서 천마의 인생을 다룬 부분은 정확하게 삼분지 일, 그러니까 서른 장에 이르러 끝이 나 있었다.

"음, 참으로 대단한 인생을 살았던 인물이군."

천마 스스로 자신의 인생을 기록한 부분이 끝나자 능운백이 나직하게 감탄사를 흘려냈다.

"제일 놀라운 것은 주하령 그녀가 말한 소위 청마(淸魔)라 불린 자가 천마 자신이었다는 것입니다. 직접 나서서 마천의 마인들을 제어하는 것보다는 그 무리 중에 자신의 분신을 만들어 자연스럽게 마천의 마인들을 통제했던 천마의 처신은 그가 무공뿐 아니라 심계에 있어서도 대단한 인물이었다는 것을 말해주는 것 같습니다."

"맞는 말이다. 그리고 다행인 것은 강호에 남은 인물이 천마의 후예로서가 아닌 청마의 후예로서 남았다는 것이지. 적어도 우리가 걱정했던 천마의 후예는 존재치 않는 것이니까. 더군다나 청마의 후예로 남은 천마의 마지막 전인 자운 노사가 세상을 떠남으로써 천마의 후예는 멸절되었다고 할 수 있고."

"그렇지도 않지 않습니까?"

"그렇지도 않다니 그게 무슨 말이냐?"

"사제가 있지 않습니까?"

고검의 말에 능운백이 퍼뜩 정신이 드는 듯 아차 하는 표정을 지었다.

"아, 그러고 보니 그렇구나. 추산 그 녀석은 내 제자이기 이전에 자운 노사의 제자였으니 결국 천마의 유훈은 추산에게 이어진 셈이군. 허허, 참으로 기이한 인연이로다."

천마 묵화인은 그의 이름으로 후인을 남기지 않았다. 대신 그는 그 자신의 또 다른 신분이었던 마천삼십육마종 중 한 명, 청마의 신분으로 후인을 두었다. 천마의 유물을 이 빙동에 남긴 사람은 바로 그 청마의 후인이었다. 더불어 청마의 후손은 현세까지 이어져 자운 노사를 거쳐 추산에게 그 일맥이 전해졌던 것이다.

"사제에게 좋은 일이 생길 것 같은 예감이 듭니다, 스승님."

"그 예감이 맞았으면 좋겠구나. 자, 나머지 부분을 볼까?

음… 이것 봐라. 마천삼십육마공해제(魔天三十六魔功解題)라?'

능운백이 고개를 갸웃거렸다. 천마의 생애가 끝난 바로 다음 장에 쓰여 있는 마천삼십육마공해제란 제목 때문이었다. 말대로 풀이하자면 마천삼십육마종의 무공을 풀어놓았다는 뜻인데 천마 묵화인이 그들의 무공을 풀이해 자신의 비록에 남겨놓은 이유가 무엇일까.

의문은 다음 장을 넘기자 즉시 풀렸다. 왜냐하면 마천삼십육마종해제의 첫 구절은 천마 묵화인이 마천삼십육마종의 무공에 대한 파훼법을 기록한 이유로 시작되고 있었기 때문이다.

마천삼십육마종의 마공은 노부조차도 두려워할 만한 것이었다. 처음 노부가 마천삼십육마종의 요구를 받아들여 마천의 천주가 된 것은 그들을 제어해 천하가 혈란에 잠기는 것을 방지하고자 하는 이유에서였다. 해서 나는 그들에게 마천의 천주가 되는 대신 마천을 순수한 무도(武道) 수련의 조직으로 유지할 것을 조건으로 내걸었다. 그리고 그들은 내 제안을 수락했다.

하지만 그들의 마음속에 도사리고 있는 야망은 나도 알고 그들도 알고 있었다. 비록 그들이 내 조건을 받아들였지만 결국 그들이 마천을 강호로 몰고 나갈 것이란 사실을 어찌 모를 수 있으랴. 야망에 불타는 그들을 마천에 잡아둘 수 있는 방법은 오직 하나, 그들이 범접하지 못하는 힘으로 그들을 제어하는 것뿐이었다.

그러나 비록 나의 무공이 아무리 뛰어나다 해도 극에 도달한 마종들 모두 상대할 수는 없는 일이었다. 그래서 난 또 다른 나의 분신 청마(淸魔)로서 그들의 곁에 머물며 그들의 무공을 연구하기 시작했다.

족쇄에 걸린 마천삼십육마종은 천하와 단절되어 무공에 몰두했고, 난 그런 그들의 무공을 파훼할 방법을 찾는 일에 몰두했다. 세속을 떠난 그들의 무공은 무섭게 진보했다. 하지만 결국 난 삼십육마종 각자의 무공이 가지고 있는 근본 원리를 모두 파악할 수 있었고, 그 덕분에 극강의 마종들이 되어가는 그들이 죽음에 이를 때까지 그들을 마천에 잡아둘 수 있었다.

그리고 그들이 모두 죽었을 때 난 그들이 마천에서 이룩한 무공을 이곳 마총에 봉인했다. 하지만 강호에 영원한 전설은 존재치 않는 법, 언젠가는 마총의 봉인도 누군가의 손에 의해 풀리게 될 것이다. 그리고 마총의 봉인을 풀 인물은 아마도 마천의 후예 중에서 나타날 것이다.

그리되면 마천삼십육마종이 마천에서 깨달은 무공의 진수는 모두 그 후예들에게 전해질 것, 천하는 마천삼십육마종의 무공에 의해 피에 잠기게 되리라.

그러나 마(魔)가 창궐하면 정(正)도 고개를 든다. 하늘은 언제나 음양의 조화를 깨뜨리지 않는 법. 마천삼십육마종의 무공이 강호로 나가는 날이 도래한다면 누군가는 반드시 이 천마총에 들게 되리라.

그대 천마총에 들어 이 서책을 손에 넣었다면 명심하라. 마천삼십육마종의 무공이 강호를 혈겁에 빠뜨리는 것을 막을 운명이 그대에게 주어졌음을……. 그대가 선인이든 마인이든 이것이 하늘이 그대에게 준 운명일 터, 삼십육마공의 파훼법을 익혀 마종의 후예들을 막으라. 설혹 그대가 마인이라 할지라도 하늘이 그대에게 준 천명을 거역치 말라. 천마의 신검을 들어 천하의 마종 위에 군림하라!

"결국 천마가 삼십육마종의 파훼법을 남긴 이유는 마천의 후예들이 삼십육마종의 유물을 얻어 천하를 혈겁에 빠뜨릴 것을 경계하기 위함이었군요."

고검이 천마 묵화인이 남긴 글을 모두 읽고는 상기된 표정으로 말했다. 천마 묵화인의 글에는 은연중에 읽은 사람의 마음속에 내재된 의기를 북돋는 기운이 담겨 있어 언제나 냉정하던 고검이 그 자신도 모르는 사이에 흥분하고 있었던 것이다.

하지만 고검과 달리 능운백의 표정은 냉정하고 침착했다. 그 또한 무공이 극점에 도달한 고수. 누군가의 글을 읽고 마음이 혼란스러워질 인물은 아니었던 것이다.

"허술하군."

냉소적인 기운이 묻어나는 능운백의 말에 고검이 의아한 표정을 지으며 물었다.

"무슨 말씀이신지……?"

"천마 말이다. 그는 마인조차도 자신의 글을 보면 의기를 일으킬 것이라 생각한 모양이다만, 과연 절대마인이 이 유물을 얻은 후 그의 기대처럼 강호정의를 위해 나서겠느냐? 마천삼십육마종 위에 군림하게 된 자라면 당연히 천하위에 군림하려 들 것이다. 그게 인간의 본성이지. 그렇게 되면 오히려 이 유물은 강호를 안정시키기보단 강호에 큰 혈풍을 몰고 올 물건이 되지 않겠느냐? 그러니 그가 무책임하다는 것이다."

"그렇지만……."

고검이 말꼬리를 흐렸다. 뭔가 묵화인을 위해 변명하고 싶었지만 딱히 변명할 말이 생각나지 않았다. 그러나 고검의 내심에는 묵화인에 대한 근거를 알 수 없는 믿음 같은 것이 여전히 남아 있었다.

"어쨌든 이 유물들이 그의 기대대로 우리 손에 들어왔으니 나의 걱정은 쓸모없는 것이라 할 수도 있겠지. 어디, 마천삼십육마종의 무공이 어떤 것인지 한 번 살펴볼까?"

능운백이 고검의 내심을 아는지 모르는지 화제를 다시 천마록으로 돌렸다. 그리고는 건성건성 천마가 남긴 마천삼십육마공의 해제를 살피기 시작했다.

천검 능운백 같은 인물에게 마천삼십육마종의 무공은 그리 놀라운 것이 아니었다. 아무리 과거 천하를 진동시킨 마인들이라 해도 천검의 무공은 당금 무림 최강의 경지에 올라 있었다. 굳이 비교하자면 그의 무공은 천마 묵화인과 견주어질 수는 있어도 묵화인의 밑에 복속했던 마천삼십육마종의 무공보다는 몇 단계 위의 경지에 도달해 있다고 할 수 있었다.

그러니 능운백이 마천삼십육마종의 무공을 건성으로 본다 하여 그를 오만하다 탓할 수는 없었다. 그런데 그렇게 경시하듯 마천삼십육마공의 파훼법이 적힌 천마록을 넘기던 능운백의 손길이 어느 순간 굳은 듯 멈춰졌다. 그리고 그는 더 이상 천마록의 책장을 넘기지 않고 천마록의 어느 한 부분에 시선을 고정시키고 있었다. 심드렁하던 그의 표정 역시 무척이나 진지하게 변해 있었다.

갑작스레 변한 능운백의 태도에 고검이 능운백의 시선이 닿아 있는 천마록을 흘깃 살펴보았다. 그리고 그 순간 고검 역시 얼어붙은 듯 천마록에 쓰여 있는 글에서 시선을 떼지 못했다.

혼돈마 육반산의 광천공을 논한다.

이 무공은 어떤 면에서 보자면 고금제일의 심공(心功)이라 할 수 있다. 이 광천공을 익힌 자는 그 어떤 심공을 연성한 자도 상상하지 못할 급격한 공력의 증가를 경험하게 된다. 그리하여 광천공을 연마한 지 백 일이 지나면 그의 공력은 천상천하유아독존의 경지에 이르게 되는 것이다.

그러나… 광천공은 또한 극악한 마공(魔功)이다. 왜냐하면 그 수련자는 광천공을 익힌 후 오십여 일이 지나면 누구라도 마인이 될 것이고, 팔십 일이 지나면 광인이 될 것이며, 백 일이 지나면 전신 혈맥이 터져 죽게 될 것이기 때문이다. 이 놀라우면서도 사이로운 무공의 구결은 다음과 같다.

"이건……."

고검이 천마가 남긴 혼돈마 육반산이란 마인의 광천공의 구결을 읽다가 자신도 모르게 능운백을 바라봤다. 그러자 능운백이 천천히 고개를 끄덕였다.

"맞는 것 같구나. 광천공은 추산 그 아이가 익힌 백일검의 또 다른 이름이다."

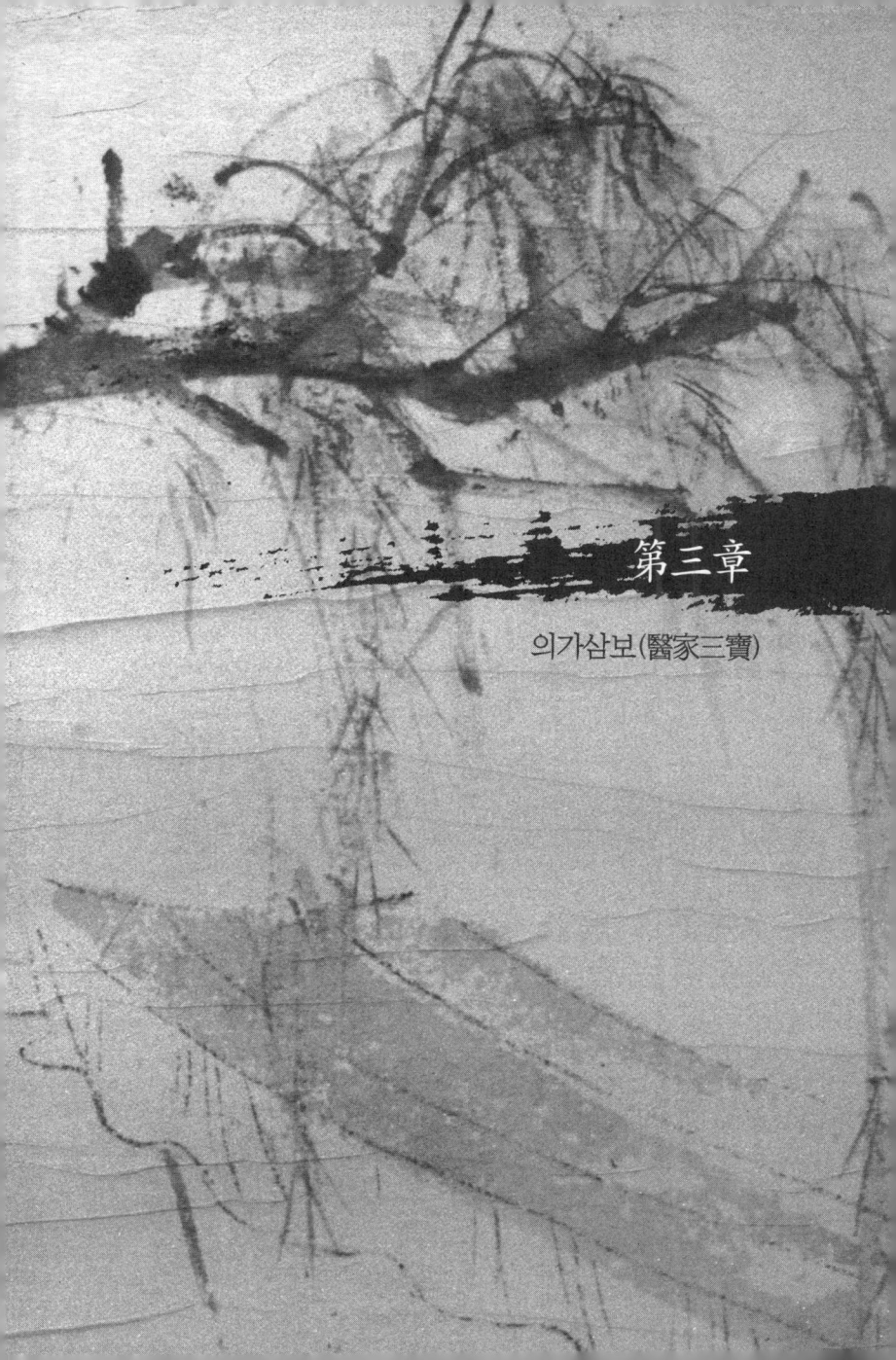

第三章

의가삼보(醫家三寶)

孤劍秋山

마천삼십육마종의 일인인 혼돈마 육반산의 광천공이 어떻게 칠무객 초광에게 전해졌는지는 알 수 없다. 그리고 그건 그리 중요한 문제가 아니었다.

마천이 탄생한 지 수백 년. 그 수백 년의 세월 동안 마천은 어둠 속에 잠들어 있었다. 백마혈전 이후 신주마 악불위가 그 후예들을 불러 모으기 이전의 마천은 그야말로 세월의 흐름 속에 묻힌 오래된 낙엽에 지나지 않았다.

그 세월 속에서 마천의 영역을 벗어난 후인과 무공들이 어찌 없을까. 아마도 혼돈마 육반산의 광천공 역시 그렇게 마천의 영역에서 벗어난 무공일 터이다. 그러니 그걸 칠무객 초광이 익혔다고 해서 이상할 것은 없었다. 중요한 것은 광천공의 전승이 아니라 천마 묵화인이 남겨놓은 광천공의 해제였다. 왜냐하면 그 해제 속에는 광천공의 저주를 벗어날 수 있는 방법이 남아 있었고, 그건 곧 추산이 백일검의 저주에서 벗어날 수 있는 길을 찾았다는 의미이기 때문이었다.

고검과 능운백은 지금껏 수박 겉 핥듯 읽어가던 천마록을 한자 한자 되새기며 읽어가기 시작했다. 물론 그들이 읽고 있는 부분은 마천삼십육마공해제 중 혼돈마 육반산의 광천공이 기록된 부분이었다.

천마록에 쓰여 있는 글씨는 그리 많지 않았지만 두 사람은 신중하게 글자 하나하나에 집중했으므로 그들은 이각여의 시간이 흐르는 동안 누구도 입을 열지 않았다. 그렇게 천마록에 머리를 파묻고 있던 두 사람 중 먼저 입을 연 것은 능운백이었다.

"의가삼보(醫家三寶)라… 그런 물건이 있었나?"

"저 또한 들어보지 못한 물건들입니다."

고검 역시 고개를 갸웃거렸다.

"음… 하긴 이 글을 쓸 때는 수백 년 전이니 그 당시 의가삼보라 불리던 물건이 있었을지도 모르지. 하나 그렇다면 이건 너무 난감하지 않은가? 광천공의 광기를 다스릴 수 있는 방법이 의가삼보 중 하나를 얻는 것이라지만 정작 그 의가삼보가 어떤 물건들을 말하는지를 모르니 말이야."

천마록에 남겨진 혼돈마 육반산의 독문무공 광천공에 대한 해설에서 천마 묵화인은 혼돈마 이외의 인물이 광천공을 익혔을 때 일어날 수 있는 부작용, 즉 백 일 후 광기가 폭발해 수련자가 목숨을 잃게 되는 저주를 벗어나기 위해서는 전설의 기보 의가삼보 중 하나를 얻어야 할 것이라고 적고 있었다. 전설의 의가삼보만이 백일검을 기록한 양피지에 남아 있는 마지막 구결, 그러니까 모든 것을 무위로 돌려 백일검의 저주에서 벗어나는 방법 이외의 유일한 길이라고 명시하고 있었다.

고검과 능운백 두 사람으로서는 추산이 백일검의 저주로부터 벗어날 수 있는 방법을 찾았다는 것이 못내 기뻤지만 문제는 천마 묵화인이 말한 의가삼보가 어떤 물건들인지 알 수가 없다는 점이었다.

수백 년의 세월이 흐르는 동안 강호무림에서 회자되는 기보(奇寶) 또한 인간사와 마찬가지로 탄생과 소멸을 함께해, 천마 묵화인의 시대에는 강호 기물이었을지 모르는 의가삼보가 당금 무림에는 전혀 전해지지 않는 물건이었던 것이다.

"혹, 왕 선생께서는 알고 계시지 않을까요? 강호에선 사라진 이름일지라도 의가에서는 전해지고 있을지도 모르지 않습니까? 더군다나 왕 선생의 의술은 강호에서 보기 드문 수준이니 고대의 의가 보물을 알고 있을지도……."

고검의 말에 능운백이 고개를 끄덕였다.

"음… 그럴 수도 있겠구나."

"그런데 설혹 왕 선생이 의가삼보를 알고 있다고 해도 그것들을 구해 사제를 백일검의 저주에서 벗어나게 하기에는 시간이 너무 촉박한 것 같습니다, 스승님."

"음… 다행히 여기 광천공이 만들어내는 저주의 진행을 잠시라도 중지시킬 수 있는 방법이 있으니 그 시간 안에 의가삼본지 뭔지를 찾아내야겠지."

그러자 고검이 걱정스런 표정으로 입을 열었다.

"하지만 이 방법은 너무 극단적이지 않습니까?"

"달리 방법이 없지 않느냐? 그나마도 겨우 한 달의 시간을 더 얻는 것이니 망설이고 있을 시간이 없다. 추산에게로 가보도록 하자꾸나."

능운백이 단호한 표정으로 말을 하고는 신형을 돌려 빙동을 벗어나기 시작했다. 고검은 서둘러 천마의 유물들을 챙겨 들고 능운백의 뒤를 따라 천마총을 나섰다.

"의가삼보(醫家三寶)라 하셨습니까?"

왕민이 조금 놀란 기색으로 능운백에게 되물었다.

"그렇다네. 혹 의가삼보에 대해 알고 있는가?"

그러자 왕민이 고개를 끄덕이며 대답했다.

"알고는 있습니다만……."

순간 고검과 능운백의 눈빛이 반짝였다.

"어떤 물건들인가?"

"천안(天眼), 지화(地火), 인혈(人血)로 불리는 물건들이지요."

"천안(天眼), 지화(地火), 인혈(人血)이라……. 역시 듣지 못했어. 그런데 그 물건들에 대한 이야기가 어째서 강호에 전해지지 않은 것인가?"

"본래 의가삼보는 마총과 마찬가지로… 아니, 마총보다도 더 허황된 전설로 여겨지는 물건들이기에 이미 오래전 사람들의 관심사에서 벗어나게 되었지요. 해서 몇몇 의서에서만 간혹 언급되어지는 물건들인데……."

"음… 그러니까 결국 그 실체가 불분명한 물건들이란 말이군?"

"그렇다고 봐야겠지요."

그러자 곁에서 능운백과 왕민의 대화를 듣고 있던 고검이 걱정스런 표정으로 입을 열었다.

"역시 쉽지 않은 일이군요. 과연 그것들 중 하나를 구할 수 있을지……."

그러자 왕민이 궁금한 눈빛으로 고검을 보며 물었다.

"그 물건들이 왜 필요한 겁니까?"

"그중 하나를 구할 수 있다면 사제를 구할 길이 열리기 때문입니다."

순간 장내의 무불장 고수들이 놀란 눈으로 고검을 바라봤다.

"아니, 정말 추 아우를 살릴 방도가 있단 말입니까?"

대웅산이 마치 추산이 살아나기라도 한 듯 앞으로 나서며 물었다.

"길을 찾은 것은 맞네. 하지만 쉽지 않은 일일세."

"그 의가삼보라는 것이 없어서 말이우?"

"그렇다네. 사제를 살려내려면 반드시 그 의가삼보 중 하나를 구해야 한다네."

"까짓것, 그러면 천하를 뒤져서라도 구하면 되지 뭘 고민합니까. 이러고 있을 게 아니라 얼른 강호로 나갑시다!"

대웅산이 당장 마총을 뛰어나갈 듯한 기세로 소리치자 그때까지 가만히 눈을 감고 있던 추산이 힘겹게 입을 열었다.

"대 형님, 진정하세요."

"아우가 살길이 있다는데 진정하게 생겼나?"

"대 형님, 이 일은 서두른다고 될 일이 아니에요. 지금 대 형님이 무턱대고 강호로 나간다 해서 의가삼보를 구할 수는 없을 거예요. 더군다나 이제 제 목숨은 겨우 보름여가 남았을 뿐, 그 안에 의가삼보를 구하는 일은 불가능해요. 그러니 의가삼보를 구하는 일은 그만 포기하세요. 전 모두가 있는 곳에서 죽고 싶으니까요."

추산은 비록 눈을 감고 있었지만 무불장의 고수들이 나누는 대화를 모두 듣고 있었기에 의가삼보를 구하는 일이 거의 불가능에 가깝다는 것을 알고 있었다.

"사제, 우리에겐 그 보름에 한 달의 시간이 더 있다. 그러니 아직은 포기할 때가 아니다."

고검이 위로하듯 추산에게 말했다.

"한 달의 시간이 더 있다고요? 그게 무슨 말이죠?"

"스승님과 난 네 생명을 한 달 더 연장할 수 있는 방법을 찾아냈다. 우리에겐 사십오 일의 시간이 있는 것이지. 그러니 아직은 네 목숨을 포기할 때가 아니다."

"어떻게 그런 일이 가능하죠? 아니, 도대체 사형과 스승님은 어떻게 백일검의 저주를 풀 방법과 제 생명을 한 달간 연장할 방법을 알게 된 것이죠?"

추산의 질문에 그제야 무불장의 고수들도 의아한 눈으로 고검과 능운백을 바라봤다. 분명 두 사람은 빙동의 안쪽 석실에 갇혀 있는 주하령과 그녀의 수하들을 만나러 갔었다. 그런 두 사람이 돌아와서는 갑자기 추산의 생명을 구할 방법을 찾았다고 말하고 있으니 이해가 가지 않는 일이 아닐 수 없었다.

"그러게? 정말 이상한 일이네. 장주, 도대체 어떻게 추 아우의 목숨을 구할 방법을 알게 된 겁니까? 혹 그 악녀(惡女)에게 들은 겁니까? 만약 그렇다면 전 그 방법을 신뢰할 수가 없소이다. 그 사갈 같은 여인의 말을 어찌 믿는단 말입니까?"

대웅산이 주하령에 대해 짙은 불신을 드러내며 말했다.

"그녀에게 들은 것이 아닐세."

고검이 담담한 목소리로 대답했다.

"아니, 그럼 어디서……?"

대웅산이 고개를 갸웃거리며 재차 물었다.

"스승님과 난 천마 묵화인의 무덤을 찾았네. 그리고 그곳에서 백일검, 아니, 정확하게 말하자면 마천삼십육마종 중 한 사람인 혼돈마 육반산의 광천공에 대해 알게 된 걸세. 백일검의 애초 이름은 바로 광천공이었네. 그리고 이 무공은 마천으로부터 이어진 것이지."

고검의 말에 가부좌를 틀고 있던 추산까지 놀란 표정으로 고검을 바라봤다.

"아니, 정말 그 천마인지 하는 작자의 무덤을 찾았다는 겁니까?"

"그래, 사제."

"어떻게……?"

그러자 이번에는 능운백이 입을 열었다.

"모든 게 다 인연이었던 게지."

그러면서 능운백이 간단하게 두 사람이 천마총을 찾은 경위를 설명했다. 그리고 천마총에서 발견한 천마록과 그 안에서 광천공의 저주를 푸는 방법을 얻게 된 것까지.

"음… 생각할수록 기이한 인연이군요. 추 아우가 천마의 후예라니 말입니다."

대웅산이 커다란 눈을 껌뻑거리며 말했다. 천마 묵화인과 그의 또 다른 변신 청마, 그리고 그 수백 년에 걸쳐 이어온 청마의 절예를 이은 자운 노사, 그리고 추산까지. 천마의 유산이 추산에게 이어진 것은 확실히 기이한 인연이라 할 수 있었다. 더군다나 그렇게 이어진 인연의 주인공 추산이 천마의 유산이 잠들어 있는 마총에서 생사의 경계를 넘나들고 있다는 것 또한 보이지 않는 운명의 끈 같은 것이 느껴지는 일이라고 할 수 있었다.

"세상에 우연은 없다지만 이렇게 산이가 마총에 들어 있다는 것 자체가 나에겐 심상치 않은 일로 느껴지는구먼. 그래서 비록 일이 어렵긴 하지만 의가삼보에 대한 희망을 놓고 싶지 않은 것이야. 산이의 인연이 마총에 이어졌고, 또 천마의 유산에서 백일검, 아니, 광천공의 저주에서 벗어날 길을 찾았으니 이 어찌 스쳐 지나는 우연으로 치부할 수 있을 것이냔 말이야. 그러니 산아, 희망을 가지도록 하여라. 알겠지?'

평소의 능운백답지 않은 부드러운 목소리가 그의 입에서 흘러나왔다. 그런 능운백을 바라보는 추산의 가슴속으로 자신의 실수로 인해 사부에게 커다란 근심을 안겨준 것에 대한 죄책감이 밀려들었으나 추산은 그런 마음을 내색하지 않은 채 억지로 장난스런 표정을 지어 보였다.

"알았어요, 사부. 그럼 이제 전 긴 잠에 들어 있으면 되는 건가요?"

"오냐. 그러면 그 와중에 우리가 반드시 의가삼보를 찾아내마."

"헤헤, 이것 참, 미안해서. 정작 전 편하게 잠들어 있고, 스승님과 사형은 천하를 뛰어다녀야 하니…….'

"호호호… 녀석아, 그걸 안다면 회복된 후에 네가 할 일도 알고 있겠지?"

"알았어요, 스승님. 제가 살아난다면 지금보다 배는 더 열심히 청부 일을 하도록 하죠. 하지만 일단은 좀 자야겠죠?"

추산의 말에 고검과 능운백이 고개를 끄덕였다.

"일단 너의 모든 혈도를 다시 제압할 것이다. 그렇다고 백일검에 의해 생겨난 공력과 마기가 사라지는 것은 아니고 일시적으로 체내에 잠들어 있게 될 것이다. 더불어 너의 의식과 생명까지도 말이다."

"어쩌면 영원히 스승님과 사형을 볼 수 없을지도 모르겠군요. 의가삼보를 구하지 않는 이상 다신 깨어나지 못할 테니까요."

추산의 생명을 한 달여 더 연장하는 방법은 간단했다. 그건 추산을 미리 죽이는 것이었다. 한마디로 표현하자면 사즉생(死卽生)의 수법, 추산의 몸속에서 요동치는 백일검의 광기를 제어하기 위해 아예 추산을 한줄기 생기만을 남겨둔 채 반죽음 상태에 이르게 만드는 것이었다.

이러한 수법은 시도 자체가 무척 위험한 것이었다. 자칫 잘못했다가는 시도하는 즉시 생명을 잃을 수도 있었다. 다행히 장내에는 천하에서 가장 강한 무공을 지닌 사람 중 한 명인 능운백과 또 고절한 의술을 지닌 왕민이 있었기에 그나마 시도할 수 있는 방법이었다.

"자, 그럼 시작해 볼까?"

능운백이 추산과 왕민을 번갈아 바라보며 말했다. 비록 능운백의 공력이 장내제일이라 하더라도 의원의 섬세한 손길을 따를 수는 없는 일. 추산의 몸을 반사 상태로 만드는 일은 왕민의 몫이었다.

그런데 능운백의 말에도 불구하고 왕민은 뭔가를 생각하는 듯 잠시 턱을 괴고 생각에 잠긴 채 능운백의 말에 답을 하지 않았다. 사람들이 그런 왕민을 의아한 시선으로 바라보자 왕민이 그제야 고개를 들며 입을 열었다.

"천마총에서 천마의 마정을 찾으셨다고 하셨습니까?"

"그렇다네."

능운백이 고개를 끄덕였다. 어느새 고검은 품속에 넣어두었던 천마의 마정이 담긴 목함을 꺼내 왕민에게 건네고 있었다.

"말이 마정이지 내가 보기엔 마기가 응축된 마정이라기보단 뛰어난 공력으로 인해 만들어진 기정(氣精)이라고 부르고 싶네만……."

능운백이 고검이 왕민에게 건넨 천마 묵화인의 마정을 보며 말했다. 고검에게서 목함을 건네받아 그 뚜껑을 열던 왕민이 능운백의 말에 고개를 끄덕였다.

"그렇군요. 마정이라면, 그것도 고금제일마로 불리던 자의 것이라면 강력한 마기가 흘러나와야 하는데 그렇지가 않군요. 오히려 선기가 감도는 듯, 마정이란 이름이 어울리지 않는 물건입니다. 기정이라 부르는 게 맞을 것 같군요."

"이상한 일이군요. 고금제일마가 마정이 아닌 기정을 남겼다니……."

대웅산이 기이한 시선으로 천마의 기정을 보며 중얼거렸다.

"둘 중 하나겠지. 애초에 천마 자신이 마공을 익히지 않았든지, 아니면 마공이 극에 이르러 마의 벽을 뛰어넘는 경지에 도달했든지……. 물론 어느 쪽인지는 천마 자신만 알고 있겠지만……."

"그가 마의 벽을 뛰어넘을 정도의 경지에 이르렀다면 고금제일마란 칭호가 가히 부끄럽지 않은 인물이겠군요."

대웅산이 감탄하듯 말했다.

"그렇다고 봐야겠지. 아마도 천하팔대고수 중에서도 극마의 경지와 어깨를 나란히 할 인물은 없을 거야."

능운백이 고개를 끄덕였다. 그 스스로 천마의 무공을 자신의 위에 놓는 듯한 말투였다. 그때 고검에게서 받은 천마의 기정을 살피던 왕민이 입을 열었다.

"추 소협을 잠들게 하기 전 이 기정(氣精)을 복용시키는 것이 좋을 듯합니다만……."

그러자 장내의 사람들이 모두 놀란 얼굴로 왕민을 돌아봤다.

"너무 위험한 일 아닌가?"

능운백이 사람들을 대신해 걱정스런 눈빛으로 물었다.

"물론 보통의 경우라면 천마의 기정을 복용하는 것은 무척 위험한 일이겠지요. 천마의 기가 응축된 이 기정은 보통 사람이 견뎌내지 못할 힘을 지니고 있을 테니 말입니다. 하지만 추 소협에게는 다른 문젭니다."

"산이에겐 다른 문제라니, 그건 무슨 말인가?"

능운백이 호기심이 동하는 얼굴로 물었다.

"두 가지 이유에서 드린 말입니다. 첫 번째는 지금 추 소협의 몸은 비록 백일검이 만들어내는 강력한 기운에 의해 정상인처럼 움직일 수는 있으나 기실은 전신의 혈맥과 기맥이 모두 망가진 상태이지요. 다시 말해, 천마의 기정을 복용한다고 해서 더 망가질 게 없는 몸이란 것이요. 그런 상태라면 오히려 천마의 기정이 지닌 힘이 원기가 되어 추 소협의 몸을 보호할 수 있을 겁니다. 물론 이 경우도 그 기운의 성질이 본래 추 소협이 쌓은 진기와 상이하면 문제가 되겠지만 제가 알기로 추 소협은 자운 노사로부터 한 가지 신공을 물려받은 것으로 알고 있습니다만……."

"흠, 그렇지. 천통지라고 했지?"

능운백이 추산을 돌아보며 묻자 추산이 고개를 끄덕였다.

"맞아요. 전 자운 사부로부터 천통지를 익혔지요. 하지만 천통지는 내가심법이라 하기에는 적합지 않은데요? 천마의 기정을 받아들일 만한 심법이라고는……."

추산이 왕민의 의도를 모르겠다는 듯 왕민을 보며 말했다.

"물론 천마의 기정이 지닌 힘을 지금 즉시 몸에 받아들이라는 말은 아닙니다. 단지 기정을 복용함으로써 기정이 흘려내는 기운의 도움을 받자는 것이지요. 제가 추 소협의 천통지를 거론한 것은 천통지로 기정을 용해해 몸에 흡수하자는 것이 아니라, 자운 노사로부터 이어받은 천통지라면 분명 그 출발은 천마 묵화인일 것이고, 그렇다면 묵화인의 기정을 추 소협이 복용해도 추 소협에게 부작용이 없을 것이란 말을 하고 싶었기 때문입니다."

왕민의 말에 능운백이 고개를 끄덕였다.

"결국 뿌리가 같은 성질의 무공을 익히고 있으니 체내에 천마의 기정이 들어와도 반발을 일으키는 일은 없을 거란 말이군."

"그렇습니다. 그런 의미에서 본다면 이번 대법을 시행하는 데 있어 어쩌면 천마의 기정이 추 소협께 꼭 필요한 물건일지도 모르는 것이지요. 천마의 기정이 지닌 강력한 힘이 추 소협의 몸에 생명력을 불어넣어 줄 테니 말입니다."

"음, 듣고 보니 과연 그렇군. 어떠냐? 한 번 시도해 보겠느냐?"

능운백이 추산을 돌아보며 물었다. 그러자 추산이 입가에 희미한 미소를 지으며 대답했다.

"왕 선생께서 하자고 하시면 해야지요. 설마하니 왕 선생께서 절 위험에 빠뜨리시겠습니까?"

추산의 말에 왕민 역시 빙그레 미소를 지었다.

"솔직히 말한다면 추 소협은 지금 더 이상 나빠지려야 나빠질 수 없는 상황이라네. 절대의 위험에 빠져 있다고 할까. 그러니 내가 위험 하나쯤 더 추가한다고 해서 욕먹을 일은 아니지. 대신 이번에 모든 일이 순조롭게 풀리면 추 소협은 엄청난 고수가 되어 있을 걸세. 적어도 공력에 관한 한 말일세. 고금제일마 천마 묵화인의 공력을 자신의 것으로 만들 수 있을 테니 말일세."

"핫하하, 제가 살아났을 때 말이지요."

추산이 호탕한 웃음을 터뜨렸다.

"맞네. 추 소협이 살아났을 때의 일이지."

왕민이 대답했다.

"좋습니다. 모 아니면 도죠. 그럼 시작하죠."

추산의 말에 고검과 능운백이 고개를 끄덕였다. 그러자 왕민이 천천히 추산의 앞으로 다가섰다. 그의 손에는 짙은 천마 묵화인의 기정이 들려 있었다.

빙동이 오랜만에 부산한 움직임을 보이고 있었다. 고검과 대웅산은 주변에 있는 물건을 주워 모아 눈 위를 이동할 수 있는 썰매 모양의 끌 것을 만들고 있었다. 다행히 마총을 만들며 천마 묵화인이 썼던 재료들이 차가운 얼음 속에서 그대로 형체를 보존하고 있었기에 엉성하나마 썰매 하나를 만드는 것은 어렵지 않았다.

추산은 죽은 듯 빙동 한가운데에 누워 있었는데 고르게 숨을 쉬는 것을 빼고는 그야말로 시체나 다름없었다. 다행히 왕민의 대법은 그의 고절한 의술 덕에 추산의 목숨을 붙여놓은 채 추산을 반사의 상태로 만들어놓을 수 있었다.

일단 추산을 반사 상태로 만든 무불장의 고수들은 빙동을 떠날 준비를 서두르기 시작했다. 지금부터는 천하를 뒤져 의가삼보를 찾는 것이 그들에게 주어진 일생일대의 청부나 다름없었다. 그들에게 주어진 시간은 사십오 일. 그 안에 의가삼보를 구하지 못한다면 추산은 이대로 차가운 시신이 되어버릴 터였다. 시간을 다투는 일이라 이미 미 부인은 일행에 앞서 강호로 떠난 상태였다.

"밤이 깊었으니 오늘 하루는 이 빙동에서 보내도록 하지. 내일 아침 이른 시간에 마총을 떠난다. 그 안에 모든 준비를 마치도록 하고."

"알겠습니다, 사부!"

대웅산과 급조한 썰매를 마무리하던 고검이 대답했다.

"푹들 쉬도록 해. 내일부터는 잠을 잘 시간이 없을 테니. 녀석, 혼자 푹 자겠군."

죽은 듯 누워 있는 추산을 보며 능운백이 말했다. 하지만 그의 입에서 흘러나온 퉁명스런 목소리와 달리 추산을 바라보는 능운백의 시선에는 아련한 아픔이 깃들어 있었다.

그렇게 서둘러 빙동을 떠날 준비를 마친 고검과 무불장의 고수들은 냉기가 감도는 빙동에서 마지막 잠을 청했다. 간단하게 육포로 요기를 마친 일행은 빙동의 이곳저곳에 흩어져 자리를 잡았다. 하지만 그들 중 누구도 쉽게 잠을 이룰 수는 없었다. 과연 추산을 살릴 의가삼보를 사십오 일 안에 찾을 수 있을지 누구도 불안한 마음을 떨쳐 버릴 수 없었기 때문이다.

대웅산은 고검과 함께 추산을 싣고 이동하기 위해 만든 썰매 곁에서 잠을 청하고 있었다. 하지만 두 사람 역시 쉽게 잠들지 못하는 것은 마찬가지였다.

"끄응!"

대웅산이 좀체 잠이 오지 않자 신음 소리를 토해내며 거대한 몸을 뒤집어 비스듬히 썰매에 기댄 채 잠을 청하고 있는 고검을 바라봤다. 고검 역시 잠들어 있지 않은 것은 확실했지만 두 눈은 굳게 감고 있었다.

"자우?"

대웅산이 그런 고검을 향해 조심스레 입을 열었다. 그러자 고검이 눈을 떠 대웅산을 바라봤다.

"왜, 잠이 오지 않는가?"

"제길, 마음이 싱숭생숭하니 도통 잠을 청할 수가 없군요."

"그래도 눈을 좀 붙여둬. 내일부터는 정말 쉴 여유가 없을 테니."

"그렇긴 하지만, 에이 뭐, 하루 안 잔다고 큰일 나겠수? 그나저나 어디부터 시작할 생각이시우?"

"어디부터 시작할 거냐니?"

"그 의가삼본가 뭔가를 찾는 일 말이우. 이거야 원, 모래사장에서 바늘 찾기도 아니고."

"일단 의가삼보에 대해 알고 있을 만한 사람을 찾는 것이 우선이겠지. 강호에 이름난 의원이나 재사들을 찾는 것이 우선일 거야."

"그렇군요. 고금에 걸친 강호 소식에 통달한 인물을 찾는 것이 우선이겠군요."

대웅산이 고개를 끄덕였다.

"그리고… 무맹에도 한 번 들어가 볼 생각이네."

"북천무맹에요?"

대웅산이 놀란 듯 되물었다.

"누가 뭐래도 사패는 현 강호의 패자야. 천하의 정보는 모두 사패의 손에 있는 것이나 마찬가지니 그들을 찾아가 보는 것도 큰 도움이 될 걸세."

"음… 그렇긴 하군요. 지난 수십 년간 강호에서 끌어 모은 정보가 산처럼 쌓였을 테니 그중 의가삼보에 관한 정보가 있을 수도 있겠지요. 그나저나 의술의 대가나 천하의 현자라면 누가 있을까?"

대웅산이 고개를 갸웃했다.

"의술로는 생사의(生死醫) 규상(奎想)이 첫째고 현자라면 자운 노사 사후에 강호제일의 현자라는 무봉(無峰) 위청(衛靑)을 꼽을 수 있겠지."

"흠… 두 사람 모두 여간해선 만나기 어려운 자들이군요."

"화맹(華盟)을 믿어볼 밖에……."

고검이 말을 흐리며 지그시 눈을 감았다. 모든 것이 너무나 불확실했다. 추산의 운명은 그야말로 풍전등화의 상황이나 마찬가지였다.

"천하의 현자라……. 가만, 그러고 보니 우리 가까이에도 제법 똑똑한 사람이 한 명 있었구먼."

고검이 눈을 감자 혼자 구시렁거리던 대웅산이 갑자기 무릎을 치며 말했다. 그러자 고검이 감았던 눈을 다시 떴다.

"누굴 말하는 건가?"

"누구긴 누굽니까? 그 요악한 악녀를 말하는 거지요. 비록 그 계집이 추 아우와 만 노사를 함정에 빠뜨리긴 했으나 그 머리가 강호에 견줄 자가 없을 만큼 비상하다 했으니 혹 의가삼보에 대해 알고 있지 않을까요? 더군다나 그녀는 마천의 후예가 아닙니까?"

대웅산의 말에 고검의 눈빛이 반짝였다. 듣고 보니 확실히 그럴듯한 말이었다. 고검이 벌떡 자리에서 일어났다.

"가보시려구요?"

"망설일 이유가 없지."

고검이 고개를 끄덕이고는 주하령 등이 갇혀 있는 석실 쪽으로 걸음을 옮기기 시작했다.

주하령은 여전히 허망한 눈빛을 한 채로 벽에 기대어 있었다. 막문위와 묘실, 그리고 마연철은 지친 몸으로 석실 벽에 기대어 잠을 청하고 있었지만 주하령은 밤이 깊어도 잠들어 있지 않았다.

그런 주하령의 눈동자가 어느 순간 살짝 움직였다. 그리고 그녀의 시선이 석실의 입구 쪽으로 향했다. 그러자 그녀의 시선에 젊은 무불장주 고검의 모습이 들어왔다.

"무슨 일인가요?"

주하령이 밤늦게 자신을 찾아온 고검을 보며 의아한 표정으로 물었다. 묻고 있는 그녀의 눈에 언뜻 두려움의 빛이 스치고 지나갔다. 그도 그럴 것이, 고검의 뒤쪽에는 험상궂은 눈을 부라리며 긴 창을 어깨에 둘러멘 대웅산이 우뚝 서 있었던 것이다.

"물어볼 말이 있어서 왔소."

고검이 냉정한 목소리로 말했다.

"이미 제가 할 수 있는 이야기는 다 한 것 같은데요?"

주하령은 더 이상 할 말이 없다는 듯 말했다.

"이번 일에 관련된 것이 아니오."

순간 주하령의 눈에 이채가 서렸다. 이번 일에 관여된 일이 아니라니, 도대체 무불장주는 어떤 말을 묻고자 하는 것일까?

"무슨 말을 묻고 싶은 건지 오히려 제가 궁금해지는군요."

이미 주하령의 눈에 서렸던 두려움은 사라지고 없었다. 대신 그녀의 눈이 호기심으로 반짝였다. 두 사람이 대화를 나누는 사이 어느새 장내의 변화를 눈치 챈 막문위 등 삼 인도 잠에서 깨어나 얼떨떨한 눈으로 고검과 대웅산을 바라보고 있었다.

"혹, 의가삼보란 말을 들어봤소?"

고검이 말을 돌리지 않고 바로 의가삼보를 끄집어냈다. 그러자 주하령의 눈빛이 또 한차례 반짝였다. 순간 고검은 이 여인이 의가삼보를 알고 있음을 확신했다. 의가삼보란 말을 듣는 순간 반응한 그녀의 눈빛이 그것을 말해주고 있었다.

"의가삼보라… 왜 그것에 대해 알려고 하는 거죠?"

"의가삼보를 알고 있구려?"

고검이 확신을 담은 어투로 물었다. 그의 뒤에 서 있던 대웅산도 기대감이 서린 눈빛을 흘려내며 한 걸음 앞쪽으로 걸어나왔다.

"그래요. 그 물건들에 대해 알고 있어요. 그런데 이상하군요. 그 물건들은 이미 수백 년 전에 강호인들의 관심에서 멀어진 것들인데 고 장주께서 그 물건들에 관심을 가지시다니… 무슨 일이죠?"

순간 대웅산이 고검이 대답을 하기도 전에 통명스런 목소리로 불쑥 입을 열었다.

"네가 저질러 놓은 일을 수습하기 위해서 묻는 것이니 어서 의가삼보에 대해 알고 있는 것을 털어놓아라."

대웅산의 위압적인 말투에도 주하령은 전혀 안색이 변하지 않았다. 대신 그녀는 대웅산의 말을 무시하고 재차 고검에게 물었다.

"무슨 일 때문에 의가삼보에 대해 알고 싶으신 건가요?"

"그건 방금 전 대 아우가 말한 대로요. 그대가 벌여놓은 일을 수습하기 위해 의가삼보가 필요하오."

"무슨 말인지 모르겠군요."

주하령이 고개를 저었다. 마치 이유를 설명치 않으면 알고 있는 것을 말하지 않겠다는 듯.

"추 아우를 살릴 수 있는 방법을 찾았는데, 그러기 위해서는 의가삼보 중 하나가 필요하오. 대답이 되었소?"

순간 주하령의 표정이 순식간에 변했다.

"추 대협을 살릴 방법을 찾았다고요?"

"그렇소."

"어떻게……?"

"그걸 설명하고 있을 시간은 없을 것 같구려. 의가삼보에 대해 말해주겠소?"

고검이 냉기가 가신 목소리로 물었다. 그러자 주하령이 천천히 고개를 끄덕였다.

"말씀드리지요. 저 또한 추 대협이 죽기를 바라지는 않으니까요. 의가삼보가 어떤 물건들인지는 알고 계신가요?"

"의가에서 오래전에 회자되던 기보란 것은 알고 있소. 또 그것들이 천안(天眼), 지화(地火), 인혈(人血)이라 불린다는 것 정도가 내가 알고 있는 전부요."

"그 정도만 해도 무척 많이 알고 계신다고 할 수 있겠군요. 당금 강호에서 의가삼보란 말 자체를 알고 있는 사람은 손가락을 꼽을 텐데……."

"다행히 본 장에 의술에 밝은 분이 계셨기 때문이오. 그런데 이젠 당신의 말을 듣고 싶구려."

그러자 주하령이 입을 열었다.

"솔직히 말하자면 저도 의가삼보에 대해 많은 것을 알고 있는 것은 아니에요. 그저 서책에 몰두하던 시절 오래된 의서에서 의가삼보를 알게 되었고, 조금은 허황된 그 물건들에 호기심이 동해 조금 알아봤을 뿐이지요. 고 대협께서 말했다시피 의가삼보는 천안(天眼), 지화(地火), 인혈(人血)로 불리는 세 개의 영약을 말하는 것이에요. 서책에 의하면 고래로부터 의가에서는 암암리에 죽은 사람도 살릴 수 있는 물건이라고 구전(口傳)되어 왔다고 하더군요."

여기까지는 고검도 익히 알고 있는 내용이었다. 고검은 의가삼보에 대한 좀 더 자세한 정보를 원하고 있었고, 주하령 또한 그런 고검의 마음을 알고 있었으므로 서둘러 말을 이었다.

"의가삼보는 워낙 오래전의 물건들이기에 그 세 가지 물건이 각각 어떤 물건들인지는 저도 알아내지 못했어요. 하지만 그중 한 가지 물건에 대해서는 제법 자세히 알 수가 있었죠."

순간 고검과 대웅산의 눈빛이 번뜩였다. 그들에게 필요한 건 의가삼보 전체가 아니었다. 그들은 그중 하나면 족했다.

"제가 알고 있는 물건은 의가삼보 중 지화(地火)에 해당하는 물건으로, 지화란 뜨거운 지열을 머금은 화산 굴에서 수백 년 동안 그 화기를 머금고 살아온 만년지주(萬年地蛛)의 내단을 말하는 것이라고 하더군요."

"만년지주의 내단? 그런 물건이 실제로 존재하긴 하는 건가?"

대웅산이 고개를 갸웃거렸다. 강호에선 기이한 괴물과 약초들에 대한 풍문은 언제나 쉬지 않고 떠돌고 있었다. 인형설삼이니 천년하수오니, 또는 만년화리와 같이 실제 존재하는지조차 불분명한 기물들에 대한 이야기는 끊임없이 강호를 떠돌며 사람들로 하여금 환상을 불러일으키는 곳이 무림이었다. 지금 주하령이 말한 만년지주 역시 그런 기물 중 하나였다.

"제가 알고 있기로 의가삼보는 오래전 강호에서 고금제일 의로 불리던 신수(神手) 여상(呂商)이 실제로 보유했던 물건들이었다고 하니 결코 허황된 이야기만은 아닐 거예요."

"신수 여상이라면……?"

고검이 뭔가 떠오른 눈빛으로 주하령을 바라봤다.

"맞아요. 바로 천마 묵화인의 시대에 활동했던 의술의 대가죠."

"음, 그렇다면 의가삼보는 확실히 실재하는 물건일 가능성이 높겠구려. 천마 묵화인이 광천공의 저주를 푸는 방법으로 의가삼보를 언급했다는 것은 곧 동시대를 살았던 신수 여상에게 그 물건들이 있었다는 것을 알고 있었기에 한 말이 아니겠수?"

대웅산이 고검을 보며 말하자 고검이 고개를 끄덕였다.

"그럴 가능성이 크겠지."

그런데 그런 두 사람을 보고 있던 주하령의 눈에 이채가 서렸다.

"지금 천마 묵화인이라고 하셨나요?"

순간 대웅산이 움찔하며 굳게 입을 다물었다. 아무리 주하령이 그들 손에 제압된 상태라 하더라도 그녀는 신주마 악불위의 손녀이다. 더군다나 범인이 상상할 수 없을 만큼 뛰어난 두뇌를 지닌 여인. 만약에 하나 그녀가 무불장의 손에서 벗어나게 된다면 무불장에서 천마 묵화인의 유물을 얻었다는 사실을 그녀가 알고 있는 것은 큰 위험이 될 수도 있었다. 하지만 대웅산과 달리 고검은 담담하게 주하령의 말을 받았다.

"그렇소. 우린 천마 묵화인의 무덤을 찾았소. 바로 이 마총에서."

"하지만 어떻게……? 천마 묵화인의 무덤은 천마의 일곱 신물 중 황금 열쇠가 있어야 열 수 있다고 알려졌는데……?"

"운이 좋게 그 황금 열쇠를 손에 넣을 수 있었소. 그리고 그곳에서 우린 추 사제를 구할 수 있는 방법을 알게 된 것이오."

그러자 주하령이 아득한 눈빛을 흘려내며 탄성을 자아냈다.

"아, 결국 그렇게 되었군요. 천하의 보물은 인연이 있는 자만이 거둘 수 있다더니 천마의 인연은 결국 무불장과 닿아 있었군요."

탄식하는 그녀를 향해 고검은 천마의 인연은 애초부터 사제 추산과 연결되어 있었다고 말해주고 싶었지만 그런 이야기까지 그녀에게 들려줄 필요는 없었기에 입 밖으로 말을 흘려내지는 않았다. 대신 고검은 다른 질문을 주하령에게 던졌다.

"그 만년지주의 내단에 대해 더 아는 것은 없소이까? 의가삼보 중 하나가 화산 동굴에서 살아온 만년지주의 내단이라는 것만 가지고는 사제를 살리는 데 큰 도움이 될 것 같지는 않구려."

그러자 주하령이 낯빛을 흐리며 입을 열었다.

"아쉽게도 의가삼보에 대해 제가 알고 있는 것도 그 정도에 지나지 않아요. 다만……."

주하령이 말꼬리를 흐렸다. 고검과 대웅산은 주하령도 더 이상 의가삼보에 대해 아는 것이 없는 듯하자 실망한 기색을 보이면서도 그녀가 뭔가 더 할 말이 있는 듯 보이자 혹시나 하는 기대감을 담은 눈으로 그녀를 바라봤다.

"다만, 흘러가는 풍문에 동궁 육상천 중 은자림의 누군가가 그 만년지주의 내단을 가지고 있다는 소문을 들은 적이 있어요. 물론 그런 말을 한 사람조차 그게 의가삼보로 불리는 물건인지는 모르고 있었지만요."

"그 말, 정말이오? 누가 그런 말을 해줬소?"

대웅산이 달려들 듯 주하령에게 다가서며 물었다. 그러자 주하령이 시선을 돌리며 대답을 회피했다.

"그건 말하고 싶지 않군요."

주하령의 목소리에서 단호함이 느껴졌다. 그건 무불장의 고수들에게 제압되어 있는 처지에선 보이기 힘든 단호함이었다.

"아마도 그대의 할아버지나 아니면 그 수하들 중 누군가의 입을 통해 들은 모양이구려. 그대가 마천에 대해 더 이상 언급하고 싶어하지 않는 것을 알고 있으니 더 이상 묻지 않겠소. 그런데 은자림의 누가 만년지주의 내단을 가지고 있는지는 모르오?"

"그것까지는 몰라요. 하지만 은자림은 본시 강호에서 홀로 활동하던 고수들과 재사들이 은거를 위해 모여드는 문파이니 그중 신수 여상의 후예가 없으리란 법은 없겠지요."

주하령이 의미심장한 눈빛을 흘려내며 말했다. 순간 고검이 고개를 끄덕였다.

"알겠소. 큰 도움이 되었소. 그럼 편히 쉬시오."

"내일 떠나게 되는 건가요?"

주하령이 신형을 돌리는 고검에게 급히 물었다.

"그렇소."

"하면 우리는 어찌 되는 건가요?"

"함께 떠나게 될 거요."

고검의 대답에 주하령의 표정이 어두워졌다.

"하지만 그리된다면……."

"무슨 말을 하고 싶은지 알고 있소. 그대들을 데리고 마총을 떠나 강호로 나서면 마천의 눈을 피할 수 없을 거란 말을 하고 싶은 걸 거요. 하지만 그런 걱정은 하지 않아도 좋소. 우린 우리 나름대로 그대들을 숨겨둘 대책이 있으니까. 대신 그대들이 순순히 우리의 말에 따라야겠지만."

"하지만 마천은 결코 만만한 곳이 아니에요."

"물론 그 사실도 알고 있소. 강호천하에 신주마 악불위가 이끄는 마천을 무시할 자가 얼마나 되겠소. 하지만 우리의 준비도 그리 만만치 않으니 너무 걱정할 필요는 없소. 더군다나 지금 그대의 조부와 마천은 다른 곳에 신경을 분산할 여유가 없을 거요. 사패의 추격을 피하는 것만으로도 벅찰 테니까."

고검의 말에 주하령이 망설이듯 물었다.

"할아버지의 소식을 알 수 있을까요?"

역시 피는 어쩔 수 없는 것일까. 주하령은 그토록 벗어나고 싶어하던 조부 신주마 악불위의 근황을 묻고 있었다.

"지금으로선 딱히 해줄 말이 없구려. 단지 사패에서 마천을 추격하기 위한 대대적인 추격대가 조직되었다는 것 말고는 말이오. 그동안 우리도 마총에 머물러 있었으니 강호의 소식을 제대로 듣지 못한 상태요. 하지만 이곳을 벗어나면 아마도 곧 그대 조부의 소식을 알 수 있을 거요. 그럼!"

고검이 더 이상 할 말이 없다는 듯 신형을 돌려 주하령 등이 갇혀 있는 석실에서 멀어지기 시작했다. 그 뒤를 대웅산이 급히 따라붙으며 고검에게 말을 걸었다.

"어쨌든 생각지도 않은 좋은 정보를 얻게 된 것 같수, 장주."

"그러게 말이다."

"이곳을 나서면 바로 은자림으로 향할 거요?"

"그래야겠지. 우리에게 주어진 시간은 그리 많지 않으니… 아마도 잠잘 시간도 없을 것이다."

"하긴 은자림은 이곳에서 워낙 멀리 떨어져 있지요."

"웅산 네가 길을 열어야겠다."

"알았수. 동궁이라면 나만큼 잘 아는 사람이 없지요. 제길, 다신 가고 싶지 않은 곳이었는데……. 하지만 어쩔 수 없지요, 추 아우 목숨이 달려 있으니……."

"젠장, 시작부터……!"

빙동을 나서는 순간 대웅산이 투덜거렸다. 아침이 되었지만 빛은 들지 않았다. 하늘은 온통 검은 구름으로 가득 차 있었고, 온 천지에는 채 십여 장 앞을 내다볼 수 없을 만큼 짙은 눈송이가 쏟아지고 있었다. 길을 떠나기엔 좋지 않은 날씨임이 분명했다. 하지만 일행은 지금이 떠나야 할 때라는 것을 알고 있었다.

"서둘러라!"

일행의 뒤쪽에서 능운백의 재촉 소리가 들려왔다. 그러자 대웅산이 끙 하고 신음 소리를 흘려내고는 추산을 실은 썰매를 끌고 빙동을 벗어나기 시작했다. 일행의 선두에 서서 길을 열고 있는 사람은 고검, 능운백과 왕민은 주하령과 그 수하들을 이끌고 일행의 후미에서 걸음을 옮기고 있었다.

마총을 벗어난 일행은 거대한 진식이 펼쳐져 있던 분지를 지나 눈과 얼음이 녹아 흐르는 설산 계곡으로 접어들었다. 눈은 여전히 일행의 어깨를 짓누르듯 쏟아져 내리고 있었다.

선두에서 일행을 이끌고 있던 고검이 흙과 바위로 이뤄진 계곡을 벗어나 흰 눈이 켜켜이 쌓인 설원으로 발을 들여놓았다. 눈은 설산에 들어서자 더욱 매섭게 쏟아져 내렸고, 덕분에 일행의 모습은 순식간에 눈보라 속으로 사라졌다.

第四章

태풍은 이미 시작됐다

孤劍秋山

곤륜을 벗어나 사천의 경계로 들어서는 순간 두 대의 마차
가 무불장 일행을 맞이했다. 마차는 민가에서 흔히 볼 수 있는
수수한 행색이었으므로 사람들의 이목을 끌지 않았다.

하지만 그 마차에서 내린 사람들을 누군가 보았다면 누구도
마차에서 눈을 돌리지 못했을 것이다. 여섯 명의 아름다운 여
인들. 사천의 변경은 인적이 드문 곳이라, 이런 곳에 여섯 명의
절세미녀는 어울리지 않는 방문객이었다.

하지만 고검이 이끌고 있는 무불장의 고수들은 육 인의 절
세미녀들의 등장을 자연스럽게 받아들이고 있었다. 어쩌면 그
미녀들 곁에 일행에 앞서 강호로 나왔던 미심, 미 부인이 함께
있기 때문인지도 몰랐다.

"어서 오세요, 어르신. 먼 길에 수고하셨습니다."

일행이 다가오자 미심이 얼른 천검 능운백 앞으로 다가서며 인사를 올렸다. 그러자 그녀의 뒤쪽에 서 있던 육 인의 미녀들이 일제히 천검 능운백을 향해 허리를 숙여 인사를 올렸다.

"천검 어른을 뵈옵니다."

천검에게 인사를 올리는 여인들의 태도는 몹시 공손해서 한 치의 흐트러짐도 없었다. 그런데 미녀들의 과중한 예(禮)를 받으면서도 능운백은 무심한 반응을 보였다.

"수고는 나보다 자네가 했지. 그래, 대모께서 내 부탁을 들어주시겠다던가?"

능운백이 미심을 보며 묻자 미심이 고개를 끄덕였다.

"당연한 일이라 말씀하셨답니다."

"흠, 고마우신 일이야. 이들이 대모께서 보낸 사람들인가?"

능운백이 여섯 명의 아름다운 미인들을 보며 묻자 미심이 고개를 끄덕였다.

"그렇습니다, 어르신. 이들 여섯 자매는 화맹에서 가장 뛰어난 자매들이지요. 특히 중미와 명화 두 동생은 화중십선에 들어 있는 동생들이니 아마도 이번 일을 잘 수행할 수 있을 겁니다."

"음… 그래, 누가 그 두 사람이신가?"

능운백이 화중십선이라는 말에 호기심을 드러내며 물었다. 그러자 여섯 미인 중 중앙에 서 있던 두 명의 여인이 한 걸음 앞으로 걸어나오며 가볍게 고개를 숙여 보였다.

"인사드립니다. 화중십선의 다섯째 중미라 하옵니다."

"일곱째 명화라 하옵니다."

능운백을 향해 고개를 숙여 보이는 두 여인은 다른 여인들에 비해 조금 나이가 들어 보였으나 그 미모에 있어서는 오히려 여인의 원숙함을 더해 다른 미녀들보다 좀 더 기품있는 아름다움을 흘려내고 있었다. 두 여인의 인사를 받은 능운백이 날카로운 눈으로 두 사람을 살피고는 만족한 듯한 표정으로 고개를 끄덕였다.

"두 사람은 처음 만나는 것 같군."

"그동안 어르신을 만나뵙기를 소원했는데 기회를 잡지 못했습니다. 그러다 오늘 이렇게 만나뵈올 수 있으니 큰 영광이옵니다."

중미라 자신을 소개한 여인이 어려워하면서도 침착함을 잃지 않고 능운백에게 말했다.

"흐흠, 그대들과 같은 꽃다운 여인들이 나와 같은 추남을 만나고 싶어했다니 참으로 여인들의 속내란 알 수가 없단 말이야. 그렇지 않느냐?"

능운백이 짐짓 농을 던지며 고검을 바라봤으나 고검은 워낙 진중한 사람이라 그저 조용히 미소만 지어 보일 뿐이었다.

"제길, 추산 녀석이 없으니 농을 받아주는 사람도 없군."

고검의 반응에 능운백이 실망한 표정을 지으며 투덜거리고는 이내 정색을 한 얼굴로 중미와 명화 두 화맹의 여고수에게 말했다.

"이미 미 부인에게 이번 일에 대해 들었겠지만 이번 일은 각별히 조심해야 하네."

"알겠습니다, 어르신. 조심해서 움직이도록 하겠습니다."

"흐흠… 오랫동안 은밀히 강호에서 활동해 온 자네들일 테니 더 이상 길게 잔소리를 하지 않겠네. 하지만 이걸 명심해야 해. 상대는 수백 년을 이어온 조직이고 그들 위에 천하팔대고수 악불위가 있다는 사실 말일세. 알겠는가? 한 번의 실수가 화맹을 치명적인 위험에 빠뜨릴 수 있다네."

"명심하겠습니다, 어르신!"

두 여인이 단호한 표정으로 대답했다.

"좋아. 그럼 이제 저들을 보내도록 하거라."

능운백이 두 여인에게 다짐을 받고는 고검을 보며 말했다. 그러자 고검이 고개를 숙여 보이고는 몇 장 뒤에 서 있는 주하령과 그녀의 수하들 앞으로 다가갔다.

"이곳에서 헤어져야 할 것 같소."

고검의 말에 주하령이 의혹 어린 시선으로 고검을 바라봤다. 그녀로서는 생각지 못한 일의 진행이었다.

"우린 어디로 가게 되는 거죠?"

주하령은 뛰어난 지혜를 가진 여인이다. 그녀는 두 대의 마차와 여섯 명의 여고수들을 보는 순간 고검과 능운백이 자신들을 다른 곳으로 이동시키려 한다는 것을 짐작하고 있었다. 고검의 말은 자신의 짐작을 확인시켜 주는 것일 뿐, 그녀가 정작 알고 싶은 것은 그녀와 그녀의 수하들이 여섯 명의 여고수들을 따라 어디로 이동하게 될 것인가 하는 점이었다.

"그건 말해줄 수 없소. 목적지는 도착해 보면 알게 될 것이오."

고검이 고개를 저으며 말하자 주하령이 고개를 끄덕였다.

"그렇겠지요. 저라도 말해주지 않을 거예요. 강호에서는 항상 만약을 조심해야 하니까요. 한 가지만 물어보죠. 저들은 누구죠?"

주하령이 여섯 명의 여고수들을 가리키며 물었다. 그녀가 아는 한 무불장에는 저런 여고수들이 존재하지 않았다. 그렇다면 도대체 무불장의 장주와 천검 능운백이 자신들을 믿고 맡길 만한 인물들은 누구일까?

"그것도 말해줄 수 없소."

고검이 고개를 저으며 담담한 음성으로 대답했다. 이번 일에 화맹을 끌어들인 것은 천검 능운백의 입장에서도 모험이랄 수 있었다. 자칫 마천의 무리가 주하령을 발견하기라도 한다면 단번에 화맹의 존재가 강호에 드러날 것이기 때문이었다.

만약의 경우 주하령을 놓고 마천과 화맹 간에 싸움이라도 벌어지면 그건 더 큰 문제였다. 아무리 화맹이 수십 년간 조직을 성장시켜 왔고, 천하팔대고수 화중대모가 버티고 있다고 해도 천하를 상대로 대사를 도모하는 악불위와 마천의 세력을 감당할 수는 없었다. 그러니 함부로 화맹이라는 이름을 입에 올릴 수는 없는 일이었다.

"무불장의 고수 분들은 아니겠지요?"

고검이 자신의 질문에 대답하기를 거부하자 주하령이 재차 다른 질문을 던졌다. 그러자 이번에는 고검도 답을 피하지 않았다.

"그렇소. 그들은 본 장의 식구들은 아니오."

"역시 그렇군요. 오늘 전 새로운 사실 하나를 알게 되는군요."

"새로운 사실이라니, 무슨 말이오?"

"간혹 강호에서 무불장을 평할 때 무불장은 이미 일개 청부업체를 넘어선 조직이란 말들을 하곤 하지요. 그런데 오늘 제가 확인한 것은 그런 강호의 평가가 크게 틀리지 않았다는 사실이이에요. 무불장은 역시 강호의 제 세력과 드러나지 않는 긴밀한 관계를 유지하고 있었군요."

"저분들은 그저 사부님과 약간의 인연이 있는 분들일 뿐이오. 본 장은 그대의 할아버지처럼 은밀히 세력을 키우는 일 따위는 하지 않소."

고검이 차가운 목소리로 반박했다. 그러자 주하령이 묘한 미소를 흘려냈다.

"과연 그럴까요? 물론 고 장주나 천검 어른이 의도적으로 세력을 만들지는 않았을지 모르지요. 하지만 이미 강호에는 이런 소문이 돌고 있어요. 천검 능운백이 움직이면 천하사패조차도 막을 수 없을 것이라고요. 비록 눈에 보이는 것은 천검 어른과 무불장의 청부사들뿐이지만 지난 수십 년간 강호제일의 청부사로 활동하며 형성해 온 천검 어른과 장주님의 인맥은 이미 강호의 그 어떤 세력보다도 강한 힘을 지니고 있다는 의미의 말이지요. 그리고 지금 그중 한 부분이 제 눈앞에 모습을 드러낸 것이고요."

주하령이 의미심장한 눈길로 화맹의 여섯 여고수를 바라보며 말했다. 고검은 주하령의 말에 어떤 대답도 하지 않았다. 주하령 역시 고검이 어떤 대답을 할 거란 기대를 하지는 않은 모양이었다.

'어쩌면 그대의 말이 맞을지도 모르지. 하지만 사부와 난 결코 강호의 세력을 원치 않아. 그러니 그대가 언급한 힘이 강호에 드러날 일은 없을 것이오.'

고검이 마음속으로 주하령의 말에 대답했다. 하지만 그의 입에서는 그의 속마음과 달리 짧은 한마디 말이 흘러나왔을 뿐이었다.

"갑시다. 시간이 없소."

순간 주하령의 눈빛이 반짝였다.

"부인하지 않는군요?"

"부인하고 말 것도 없소. 무불장은 그저 무불장이고 우린 여전히 청부살일 뿐이니까. 갑시다."

고검이 더 이상 쓸데없는 언쟁에 시간을 보내고 싶지 않다는 듯 주하령을 재촉했다. 주하령은 그런 고검의 기세에 밀려 두 대의 마차가 있는 곳으로 이동했다.

"이분들이 앞으로 주 소저 곁에 있을 거요."

천검 능운백이 마차 앞에서 주하령을 보며 말하자 주하령이 고개를 끄덕이고는 중미와 명화에게 가볍게 고개를 숙여 보였다.

"잘 부탁드리겠어요. 주하령이라고 해요."

"중미라고 합니다. 앞으로 한동안 함께 지내야 하니 서로를 힘들게 하는 일이 없길 바라겠어요."

분란을 일으키지 말라는 경고가 담긴 중미의 말에 주하령이 빙긋 미소를 지었다.

"이 지경에 무슨 분란을 일으키겠어요."

무공이 폐쇄된 자신들이 무슨 일을 도모할 수 있겠느냐는 말이었다.

"듣기로 무서운 심기를 지녔다고 하시더군요. 강호란 본래 무공보다 머리가 앞서는 곳이라⋯⋯."

"몸이 힘이 들면 머리도 쉬고자 하는 법이지요."

주하령의 말에 중미가 고개를 끄덕였다.

"알겠어요. 특별한 일이 없다면 아주 오랫동안 편히 쉬실 수 있을 거예요."

"바로 제가 바라던 일이에요."

"그럼 이쪽으로⋯⋯."

중미가 한 걸음 옆으로 비켜서며 두 대의 마차 중 뒤쪽에 서 있는 마차로 주하령과 그 수하들을 인도했다. 주하령은 중미의 안내에 따라 마차에 오르려다 문득 고개를 돌려 고검을 바라봤다. 마침 고검 역시 주하령 등이 마차에 오르는 것을 보고 있었기에 두 사람의 시선이 허공에서 마주쳤다. 그러자 주하령이 잠시 망설이다 입을 열었다.

"부디 추 대협의 쾌차를 빌겠어요."

"아마도 그리될 것이오."

"그리리라 믿어요. 천검 어른과 고 대협의 능력이라면 반드시 추 대협을 살려내시겠지요. 그럼."

주하령이 고검과 능운백에게 가볍게 고개를 숙여 보이고는 서둘러 마차 안으로 들어갔다. 마연철 등 그녀의 세 수하 역시 화맹 여고수들의 안내에 따라 마차로 들어가자 중미와 명화 두 여고수가 능운백의 앞으로 다가왔다.

"그럼 먼저 떠나겠습니다, 어르신."

"그렇게 하도록 하시게. 말했지만 각별히 조심하게. 상대는 악불위야."

"조심 또 조심하겠습니다."

"음… 믿겠네. 대모님께 안부 전해주시게."

"알겠습니다, 어르신. 그럼 소녀들은 이만 가보도록 하겠습니다."

중미와 명화가 능운백에게 고개를 숙여 보이고는 서둘러 두 대의 마차에 각자 몸을 싣고 장내를 떠나갔다.

"별 탈이 없어야 할 텐데요."

대웅산이 불안한 시선으로 멀어져 가는 두 대의 마차를 보며 중얼거렸다.

"화맹의 힘은 네가 상상하는 것 이상이다. 전면전이 아닌 다음에야 악불위든 마천이든 저 아이를 찾아내지는 못할 거다.

저자들에 대한 걱정은 접어두고 우리도 떠나도록 하자. 이제부터 신경 써야 할 일은 오직 추산을 회복시키는 일, 그것 하나다."

"당연한 일이지요."

"웅산 네가 앞장서라. 어차피 동궁의 권역으로 들어가야 하는 일, 너보다 좋은 안내자는 없겠지."

"길눈이야 그렇지만 제가 돌아온 것을 알면 암중에 우리에게 도검을 들이미는 자들이 있을지도 모릅니다."

"그들에게 천검 능운백의 검을 견뎌낼 배짱이 있다면 그것도 좋겠지. 가자!'

능운백의 재촉에 무불장의 고수들이 신속하게 장내를 벗어나기 시작했다.

*　　　　*　　　　*

차가운 호수의 기운이 고검의 코끝에 밀려들었다. 비릿한 물 냄새를 머금은 안개가 아침의 찬 냉기와 함께 잔잔한 호수를 휘덮고 있었다. 안개 사이로 드문드문 호수의 수면이 눈에 들어온다. 고검과 그 일행은 수십 일 동안 바쁘게 길을 달려 새벽 어름 눈앞의 호수를 발아래 둘 수 있었다. 그리고 그곳에서 일행은 수십 일 만에 처음으로 걸음을 멈추었다. 고검과 그 일행의 발걸음이 멈춘 곳, 수많은 수로와 늪지로 이루어진 호수, 홍택호(洪澤湖)였다.

일행은 간밤에 청하지 못한 잠을 한 대의 마차 곁에서 뒤늦게 청하고 있었지만 고검은 홍택호가 내려다보이는 작은 절벽 위에서 아침 안개에 휩싸인 호수를 지그시 바라보며 서 있었다.

"잠을 좀 자두는 것이 좋지 않겠느냐?"

문득 고검의 뒤쪽에서 천검 능운백의 목소리가 들려왔다. 아마도 그 또한 잠을 자기가 쉽지 않은 모양이었다.

"저는 괜찮습니다, 스승님. 스승님께서야말로 잠시 휴식을 취하시는 것이……."

"끌끌, 되었다. 늙으면 가장 먼저 잠이 없어지는 법이다."

"하지만 지난 한 달간 제대로 쉰 적이 없으시니……."

"그게 어디 나뿐만의 일이더냐?"

곤륜을 떠나 사천으로 들어서며 주하령 일행을 화맹에 맡긴 고검과 무불장의 고수들은 이후 하루에 두 시진 이상 눈을 붙이지 않고 무서운 속도로 동진했다. 그리하여 그들은 채 한 달이 지나기도 전에 대륙의 동쪽 끝 강소성에 모습을 나타냈던 것이다. 그러니 아무리 천하팔대고수라 해도 그 여독이 쌓이지 않을 리 없었다.

하지만 능운백은 노구에도 불구하고 전혀 피곤한 기색이 없었다. 어쩌면 천하팔대고수로 불리는 그의 탁월한 공력 때문일 수도 있었지만 그것보다는 제자 추산을 살려야 한다는 의지가 그에게서 피곤함을 빼앗아갔는지도 몰랐다.

그건 고검도 마찬가지였다. 하나뿐인 사제 추산의 목숨이 경각에 달린 지금 고검은 피곤함을 느낄 여유가 없었다. 어느덧 곤륜의 마총을 떠난 지 한 달이 지나고 있었다. 이제 그들에게 주어진 시간은 겨우 보름. 그 안에 그들은 의가삼보 중하나를 찾아내야 한다. 그러지 않으면 그들은 자신들에게 가장 중요한 한 사람을 잃게 될 것이므로 두 사람에게 피곤함은 사치에 지나지 않았다.

"조금 늦어지는구나."

"이제 곧 도착할 겁니다. 전서구를 받은 지 이미 세 시진이 지나가니 도착할 때가 되었습니다, 스승님."

"흠, 이번 일에서는 그야말로 미 부인의 노고가 가장 크구나. 언제나 앞서서 길을 떠나고 또 이렇게 쉬지 않고 돌아와야 하니."

"그나마 화맹의 눈이 천하에 퍼져 있는 게 다행입니다."

"그렇구나. 화맹의 도움이 없었다면 홍택호에 천하의 고수들이 몰려들고 있다는 사실을 이렇게 빨리 알아내지 못했을 것이다. 적어도 열흘의 시간은 번 셈이지."

두 사람이 홍택호에 시선을 둔 채 두런두런 이야기를 나누는 사이, 어느 순간 안개에 휩싸인 홍택호의 수면에 검은 점 하나가 나타났다. 그 점은 빠른 속도로 무불장 고수들이 있는 낮은 절벽 쪽으로 다가왔다. 그러자 점은 어느새 하나의 작은 배로 변했다.

"온 것 같습니다, 스승님."

여전히 홍택호를 살피고 있던 고검이 손을 들어 수면을 가르며 다가오는 배를 가리켰다.

"음, 그런 것 같구나. 배의 모양이 화맹에서 쓰는 배와 같은 모양이다."

"내려가 볼까요?"

"그러자꾸나."

두 사람이 시선을 한 번 교환한 후 훌쩍 몸을 날려 절벽을 벗어나 절벽 사이로 난 작은 길을 따라 호숫가로 내려가기 시작했다.

촤와악!

작은 흑선이 수면을 가르며 호수 변을 향해 내달렸다. 어디서든 흔히 볼 수 있는 소선. 하지만 평범해 보이는 배치고 움직이는 속도가 무척 빨랐다.

그렇게 바람처럼 전진해 순식간에 호수변에 다다른 흑선 위에서 한 명의 신형이 훌쩍 떠오르더니 가벼운 몸짓으로 사뿐하게 호숫가 풀밭 위에 내려섰다. 그리곤 자신을 향해 다가오는 두 사람에게로 시선을 주었다.

"조금 늦었습니다, 어르신!"

흑선에서 내린 사람은 무불장의 유일한 여청부사 미심이었다. 미심은 어느새 그녀의 앞에 도착한 능운백을 보며 가볍게 고개를 숙여 보였다.

"늦기는, 근자에 들어 자네 홀로 동분서주하는 것을 모르는 사람이 어디 있던가? 그래, 갔던 일은 어찌 되었나?"

"다행히 소득이 있었습니다."

순간 고검과 능운백의 눈빛이 번쩍였다. 두 사람의 얼굴에 기대감이 떠올랐다.

"어서 말해보시게. 의가삼보를 지닌 자를 찾았는가?"

능운백이 그답지 않은 조급함을 드러내며 물었다.

"의가삼보를 가진 자를 찾지는 못했습니다. 하지만 가지고 있을 만한 인물은 찾을 수 있었지요."

"음… 가지고 있을 만한 인물이라……. 그래, 그가 누군가?"

능운백의 질문이 이어지자 미심이 잠시 여유를 가진 후 입을 열었다.

"사패 중 동궁은 그 속사정이 가장 드러나지 않은 세력이지요. 그중에서도 다른 문파와 달리 은자림은 문주 외 몇몇 주요 고수들을 제외하고는 거의 알려진 바가 없는 문파입니다. 그도 그럴 것이, 은자림의 성립 자체가 특정 가문의 전통에 의해 만들어진 것이 아니라, 여러 가지 이유로 강호에서 모습을 숨기고자 하는 은자들이 모여 만든 집단이기 때문이지요."

미심은 먼저 동궁 육상천 중 은자림에 대한 설명으로 이야기를 시작했다. 하지만 그녀의 이런 설명은 사족이나 다름없었다. 왜냐하면 그녀가 말한 은자림의 성격은 능운백이나 고검 역시 익히 알고 있는 사실이었기 때문이다.

"흠, 그거야 대부분 알고 있는 사실이고……."

능운백이 넌지시 미심을 재촉했다. 그러자 미심이 지체하지 않고 말을 이었다.

"은자림의 위치는 강호에 정확하게 알려지지 않았지요. 하지만 화맹에서는 오래전부터 이미 은자림의 위치를 파악하고 있었습니다."

"운태산 말인가?"

"어르신께서도 알고 계셨군요?"

"음… 은자림이 신비한 집단이라고는 하나 그 문도 수가 수백에 이르는 세력일세. 그런 자들이 완전히 모습을 감출 수는 없는 일이지. 은자림의 고수들은 운태산 곳곳에 혼자만의 은둔처를 마련하고 살아가고 있다고 알고 있네만……."

"정확히 알고 계시는군요. 해서 어르신의 요청이 있은 후 화맹에선 지난 한 달간 운태산 주변에 맹의 최정예 정보원들을 투입했습니다. 그뿐 아니라 강호의 소식에 통달한 사람들 수십을 접촉했지요. 그 결과 은자림에서 의가삼보를 소유하고 있을 만한 인물을 찾아낼 수 있었습니다."

"그가 누군가?"

"묘수의(妙手醫) 동신(桐晨)이란 사람이지요."

"묘수의(妙手醫) 동신(桐晨)이라… 들어보지 못한 인물인데?"

능운백이 고개를 갸웃거렸다. 수십 년 황금충 생활은 능운백을 강호 사정에 가장 해박한 무림인 중 하나로 만들어주었다. 그런 능운백의 귀에 익지 않은 인물이라면 거의 강호 활동을 하지 않은 사람이거나, 그 재주가 사람들의 눈에 띌 만큼 대단하지 않은 사람이라고 할 수 있었다.

"그에 대해선 동궁에서도, 아니, 은자림 내에서도 잘 알려지지 않았다고 합니다."

"음, 재주가 미천한가?"

능운백의 물음에 미심이 고개를 저었다.

"그렇지 않습니다. 알아본 바에 의하면 의술에 관한 한 현 강호에서 그와 견줄 자가 없을 거라 합니다."

"그런 자가 알려지지 않았다?"

"거의 평생을 철저하게 은거의 삶을 산 인물이라 할 수 있지요. 더더욱 그는 강호에서 활동하다 은자림으로 들어간 것이 아니라 은자림에서 태어나 자란 사람이라고 합니다. 그러니 더더욱 강호에 알려질 일이 없었지요."

"그렇다면 그의 부모 대에 은자림에 들어갔다는 말이군."

"그렇습니다. 혹 어르신께선 일침(一針) 동곽이라는 인물과 만약(萬藥) 홍빙이란 여인의 이름을 들어보신 일이 있으신지요?"

"일침과 만약! 물론 그들의 이름을 들어보았네. 지금이야 강호에서 그들의 이름이 거론되는 경우가 드물지만 내가 젊었을 때만 해도 그들의 명성은 강호를 진동시켰지. 일침은 단 하나의 침으로 죽은 사람도 살릴 수 있는 능력을 지녔다고 알려졌고, 만약은 천하에 그녀가 모르는 약초가 존재하지 않는다고 알려진 약술의 대가였지. 그런데 그들이 그 묘수의 동신과 무슨 관계가 있다는 건가?"

"그 두 사람이 바로 묘수의 동신의 부모라고 하더군요."

"아니, 그게 사실인가? 믿을 수가 없군. 그 두 사람은 비록 같은 시대에 강호에서 활동하긴 했으나 서로 연관이 있다는 말은 들은 적이 없는데?"

"그들이 만난 것은 두 사람이 은자림에 들어간 이후라고 하더군요."

"음… 어느 순간부터 그들을 보았다는 사람들이 없다 했더니 은자림에 들어간 것이었군. 그리고 그곳에서 서로 혼인을 했단 말인가? 묘수의 동신은 바로 그들이 낳은 자식이고."

"그렇게 된 거지요."

"허? 기이한 일이로세. 내가 알고 있기로 그들이 강호에서 활동할 때도 나이가 적지 않았는데 어떻게 후손을 볼 수 있었을까?"

"두 사람 모두 의술에 있어서는 절정에 도달한 사람들이었으니 많은 나이에도 불구하고 후손을 볼 수 있었나 보군요."

능운백과 미심의 이야기를 듣고 있던 고검이 입을 열었다.

"흠… 그럴 수도 있지. 어쨌든 그 두 사람의 후손인 묘수의 동신이란 자가 의가삼보 중 하나를 가지고 있을 가능성이 가장 크단 말이군."

"동궁에 의가삼보가 있다면 그건 분명 묘수의 동신의 손에 있을 거란 게 화맹의 판단입니다."

미심의 말에 능운백이 고개를 끄덕였다.

"알겠네. 그럼 그를 찾아가면 되겠군. 그런데 왜 은자림이 있는 운태산이 아닌 이 홍택호로 오라고 한 것인가? 운태산으로 가는 방향과는 다른데…….”

능운백이 의혹 어린 표정으로 물었다. 그러자 미심이 얼굴빛을 굳히며 대답했다.

“어르신과 장주님을 홍택호로 오시라 한 것은 묘수의 동신 그 사람이 지금 이 홍택호에 머물러 있기 때문입니다.”

“그래? 그가 이곳에 있다고? 그렇다면 우린 또다시 며칠의 시간을 벌 수 있겠군.”

능운백이 반색을 하며 말했다. 하지만 미심의 표정은 여전히 어두웠다.

“그런데… 문제가 있습니다, 어르신.”

“뭔가?”

능운백은 눈앞에 어떤 문제가 있더라도 그것을 단숨에 해결해 버릴 듯한 기세로 물었다.

“지금 홍택호 주변의 기운이 심상치가 않습니다.”

“홍택호 주변 기운이 심상치 않다?”

“그렇습니다. 묘수의 동신이 홍택호에 와 있는 것도 그와 무관치 않은 일이지요.”

“도대체 이 홍택호에서 무슨 일이 벌어지고 있는 것인가?”

미심의 표정에서 심상치 않은 기운을 느낀 능운백의 얼굴빛이 변했다. 생각해 보면 그동안 곤륜을 떠나 동궁의 세력권인 강소까지 달려오면서 그들은 강호 소식에 무심했다. 오로지 최대한 빠른 속도로 동궁의 세력권에 이르고자 했으므로 강호에서 어떤 일이 벌어지고 있는지 돌아볼 여유가 없었던 것이다.

"보름 전부터 동궁의 주요 고수들이 이 홍택호로 몰려오고 있다 합니다. 아니, 비단 동궁만의 일이 아니라 천하사패의 고수들이 속속 이 홍택호 주변으로 몰려오고 있습니다."

"천하사패가?"

능운백이 조금 놀란 얼굴로 미심을 바라봤다.

"그렇습니다, 어르신. 묘수의가 홍택호로 온 것은 바로 그런 이유 때문입니다."

그러자 능운백이 심각한 표정을 지었다.

"도대체 무슨 일이기에 여간해선 강호로 나오지 않는 은자림의 은거기인들까지 강호로 나왔단 말인가?"

"그에 대한 자세한 내용은 아직 화맹에서도 알아내지 못했습니다. 다만 조금 걱정되는 것이 있긴 합니다."

"걱정되는 것이라니?"

"수룡맹 또한 홍택호로 이동하고 있다는 겁니다."

"수룡맹이?"

"그렇습니다, 어르신. 결국 현 강호를 움직이는 모든 세력이 홍택호로 모여들고 있다고 봐도 과언이 아닌 상황이지요."

"악불위와 마천의 소식은 없는가?"

"그것 또한 이상하게 돌아가고 있습니다. 열흘 전까지 사패의 추격대는 악불위와 마천의 고수들을 추격하고 있었지요. 강호천하에 사패의 천라지망이 펼쳐진 것과 마찬가지인 상황에서 마천의 마인들이 도주할 곳은 더 이상 없다는 말까지 나오고 있었지요. 그런데 갑자기 그들이 종적을 감춰 버렸다고 합니다."

"종적을 감춰? 사패의 추격에서?"

능운백이 믿을 수 없다는 듯 되물었다.

"그렇습니다, 어르신. 동정호 인근에서 갑자기 종적을 감췄다고 합니다."

"동정호라……."

능운백이 말꼬리를 흐리자 고검이 조용히 입을 열었다.

"청록원이 있던 무한과 가까운 곳이지요."

"음, 마천에 드러내지 않은 한 수가 있었던 건가? 아무튼 그들이 종적을 감췄다면 강호는 더더욱 위험한 상태로 빠져들겠군. 하긴, 지금 강호가 어떻게 돌아가는지 걱정할 바가 아니지. 지금은 묘수의 동신을 만나는 일이 중요할 뿐이야. 그래, 묘수의 동신이 머무는 곳은 알아봤는가?"

"그것까지는 확인하지 못했습니다. 하지만 홍택호로 나온 동궁 고수들의 움직임을 파악하고 있으니 오늘이 가기 전에 소식을 들을 수 있을 겁니다."

"음… 그럼 일단은 이곳에서 계속 기다려 봐야겠군."

능운백이 서서히 안개가 걷히는 홍택호를 바라보며 중얼거렸다.

한낮이 되자 홍택호에 드리워졌던 안개는 모두 사라졌다.

대신 초록으로 어우러진 숲과 나무들이 안개 속에서 모습을 드러냈다. 그러자 고검과 무불장 고수들이 머물고 있는 절벽 주변이 멋들어진 산수화처럼 아름다운 모습으로 변했다.

안개가 걷힌 홍택호의 수면은 햇살을 받아 반짝이고 있었고, 중간중간 작은 배들이 고기잡이를 하는지 이리저리 떠다니고 있었다.

"이상한 일이군요. 이렇게 큰 호수에 저렇게 작은 배들만 오가다니⋯⋯."

고검과 어깨를 나란히 하고 서 있던 대웅산이 고개를 갸웃거리며 말했다. 그러자 한 걸음 뒤에 서 있던 왕민이 입을 열었다.

"본래 홍택호는 그 면적이 무척 넓은 호수이긴 하지만 수심이 얕아 큰 배가 이동하는 것은 어렵다네. 운하가 연결된 곳이 아니면 저런 작은 소선들만 이동할 수 있지."

"그런가요?"

"웅산 자넨 동궁 출신이면서 그것도 몰랐단 말인가? 홍택호는 동궁의 영역에 속한 곳이 아닌가?"

고검이 오히려 그 사실을 모르고 있는 대웅산이 이상하다는 듯 말하자 대웅산이 머리를 긁적이며 변명을 늘어놨다.

"뭐, 그렇긴 하지만 무상문은 동해 바다와 인접한 곳에 있었던지라 내륙의 사정은 잘 몰랐죠."

"그래 봐야 강소성에 있는 곳 아닌가?"

"흐⋯ 물론 그렇긴 하죠. 뭐, 제가 게으른 편인 건 맞습니다."

대웅산이 더 이상 변명하지 않겠다는 듯 호탕하게 대답했다. 그런데 그때 호수 쪽에서 한 마리 비둘기가 일행이 머무는 곳으로 날아들었다. 순간 미심이 재빨리 신형을 움직여 새를 향해 손을 내밀었다. 그러자 일행의 머리 위에서 원을 그리며 돌고 있던 비둘기가 미심이 뻗은 팔 위로 가볍게 날아내렸다.

"연락이 온 모양이네요."

대웅산이 미심의 손에 들어간 전서구에서 눈을 떼지 않은 채 말했다.

"그런 모양이구나. 가보자."

고검이 대답을 하며 성큼성큼 미심 쪽으로 걸음을 옮겼다.

순식간에 장내의 고수들이 미심의 곁으로 모여들었다. 마차 안에서 추산의 상태를 살피던 능운백도 전서구가 날아온 것을 알아채고 어느새 미심 곁으로 다가와 있었다.

"어떤가? 묘수의 동신이 있는 곳을 알아냈는가?"

능운백이 묻자 미심이 고개를 끄덕였다.

"다행히 동궁의 고수들이 모인 곳을 찾는 것은 어렵지 않았던 모양입니다. 회음에서 홍택호로 이어지는 수로가 지나는 곳에 묘산(眘山)이란 곳이 있는데 그곳에 동궁의 고수들이 머물고 있답니다."

"묘산? 아는 사람이 있나?"

능운백이 모여든 무불장 고수들을 돌아보며 묻자 대웅산이 얼른 대답했다.

"묘산이라면 제가 좀 알고 있습니다. 본래 동궁 육상천 중 검각의 분파가 있는 곳인데 동궁의 고수들이 중원에 나갈 때면 항시 들러 잠시 휴식을 취하는 곳이지요."

"다행이군. 그럼 더 이상 이곳에 머물 이유가 없군. 묘산이란 곳으로 이동하자."

능운백이 고검을 보며 말하자 고검이 고개를 끄덕였다.

"알겠습니다, 스승님."

그러자 대웅산이 난감한 표정을 지으며 말했다.

"그런데… 이곳에서 묘산으로 가자면 배를 이용해야 하는데 미 부인께서 타고 오신 배에는 저 마차를 실을 수가 없을 것 같습니다만."

"굳이 마차까지 싣고 갈 필요가 있느냐? 산이만 데리고 가면 그뿐이지."

능운백이 퉁명스럽게 말하자 대웅산이 머리를 조아리며 대답했다.

"아, 예. 그, 그렇지요."

얼떨결에 대답을 한 대웅산을 능운백이 빤히 바라보자 대웅산이 한숨을 내쉬며 마차 쪽으로 걸어갔다. 추산을 마차에서 배로 이동시키는 일을 할 사람은 그 자신뿐임을 잘 알고 있기 때문이었다.

추산을 옮기는 일은 대웅산이 흘려낸 한숨과는 달리 그리 어려운 일이 아니었다. 한 달의 시간 동안 음식을 섭취하지 못한 추산의 몸은 눈에 띌 정도로 야위어 있었다. 물론 천마의 기정(氣精)까지 복용한 추산이었지만 천마의 기정(氣精)이 추산에게 정기를 북돋아줄 수는 있어도 피와 살이 될 수는 없는 일이었다. 덕분에 추산의 몸무게는 건장한 체구의 대웅산이 어렵지 않게 옮길 만큼 가벼웠다.

"너무 가볍군요."

물결에 출렁이는 배의 중앙에 모포에 싸인 추산을 내려놓으며 대웅산이 가슴이 아픈 듯 말했다.

"너무 걱정 말게. 비록 몸은 야위어도 몸속의 정기는 어느 때보다도 승(昇)할 것일세. 백일검이 불러일으키는 기운과 천마의 정기, 그리고 애초에 추 소협이 가지고 있던 진기까지 몸속에 지니고 있으니 추 소협의 정기는 천하의 그 누구보다 강성할 것일세."

왕민이 위로하듯 대웅산에게 말했다.

"그것도 걱정이지요. 보름이 지나면 그 강력한 기운이 추 아우를 사지로 몰아넣을 테니까요."

"그런 일이 벌어지는 것을 막기 위해 우리가 가고 있는 것 아닌가? 좋은 쪽으로 생각하게나."

왕민이 대웅산의 어깨를 가볍게 두드렸다. 그때 고검은 배의 뒤쪽에서 노를 들어 배를 호수 변에서 호수의 중심 쪽으로 밀어내고 있었다. 그러자 배는 순식간에 뭍을 떠나 바다처럼 넓은 호수 위로 진입했다. 수심이 낮은 곳이기는 했지만 그래도 반대편 육지가 보이지 않는 광대한 호수. 고검과 무불장 고수들이 탄 작은 배는 순식간에 홍택호의 넓고 푸른 물결 속으로 사라져 갔다.

*   *   *

홍택호에서 동쪽으로 이어진 수많은 수로 중 하나를 따라 올라가면 저 유명한 한(漢)의 대장군 회음후 한신의 고향인 회음(淮陰)에 이르게 된다. 그렇게 홍택호에서 회음을 잇는 수로의 중간에 작은 호수를 형성하며 물길이 잠시 멈추는 곳이 있는데 사람들은 그곳을 묵호(墨湖)라 불렀다.

호수의 이름이 묵호인 것은 이 작은 호수의 물빛이 항시 먹물을 풀어놓은 듯 검게 보인다 하여 붙여진 것인데, 기실 호수의 물은 어느 호수의 물보다도 맑았다. 그럼에도 멀리서 보기에 묵호의 물빛은 무척 검었다.

이러한 기이한 현상이 일어나게 된 원인은 호수의 물에 있지 않고 묵호를 끼고 우뚝 솟아 있는 묘산 때문이었다. 그리 높지 않은 높이의 묘산은 그러나 무척 험한 곳으로 알려져 있었다.

묘산(杳山)이라는 이름 그대로 수령이 오래된 나무들과 기암괴석들로 이루어진 묘산은 사시사철, 밤낮을 가리지 않고 어두운 빛을 흘려내고 있었다. 그 묘산의 어두운 산 그림자가 언제나 묵호에 드리워져 있었기에 묵호의 물빛이 항상 검은색이었던 것이다.

산이 물색을 만드는 호수, 묵호로 한 척의 흑색 소선이 접어들었다. 배의 색깔 때문인지 묵호로 들어선 흑선은 금세 그 묵호의 검은 물빛 속으로 사라졌다.

고검은 묵호의 검은 수면에 노를 담근 채 힘차게 젓고 있었다. 절정의 공력을 지닌 고수의 노 젓기는 마치 순풍을 한껏 머금은 것처럼 빠르게 배를 밀어내고 있었다.

"저쯤에 배를 대는 것이 어떻겠느냐?"

노를 젓는 고검의 곁에 서서 다가오는 검은 빛깔의 산, 사람들이 묘산이라 부르는 어둡고 음습한 산을 바라보고 있던 능운백이 손을 들어 산과 호수가 만나는 한 지점을 가리켰다. 능운백이 가리킨 지점은 산기슭 쪽으로 움푹 들어가 있었으므로 사람들의 눈을 피해 배를 대기에 적합한 지형이었다.

"알겠습니다, 스승님!"

고검이 얼른 대답을 하고는 배의 방향을 틀어 능운백이 가리킨 호수 변으로 배를 몰아갔다.

"정말 이상한 산이군. 어떻게 이렇게 검을 수가 있나? 나무와 바위, 그리고 흙까지 온통 검은색 일색이군."

왕민이 서서히 다가오는 묘산의 풍경을 보며 감탄사를 흘려냈다.

"덕분에 사람들의 발길이 뜸한 곳이지요. 본래 호숫가에 자리를 잡고 있을 뿐 아니라 다른 곳보다 음기가 강한 곳이라 자연히 땅과 나무들이 검은빛을 띠고 있다고 하더군요."

무상문의 제자이던 시절 몇 번 묘산을 오고 간 적이 있는 대웅산이 예전에 들어 알고 있는 묘산에 대한 지식을 입에 올렸다.

"음, 기운이 토양과 수목의 색깔을 변화시켰다니 그 음기가 얼마나 강한지 짐작할 수 있겠군."

왕민이 고개를 끄덕였다.

"검각이 이곳에 그들의 본가에 버금가는 분타를 세운 것도 이 묘산의 강한 음기 때문이라고 하더군요."

"내가 알고 있기로 검각의 무공은 강력한 공력을 바탕으로 한 패검을 좇는다고 알고 있는데… 음기와 패검은 어울리지 않는 것 아닌가?"

왕민이 고개를 갸웃거렸다. 본래 무공에서 음한 기운 또한 공력의 바탕이 될 수 있지만 대체로 패도의 무학을 연성하는 자들은 부드러운 음기보단 강력한 양기를 선호하기 마련이었다.

"생각해 보니 이상하긴 하군요. 제가 만나본 검각의 고수들 중 음한지공을 익힌 자는 없는 것 같은데?"

대웅산이 고개를 갸웃했다. 그러자 뒤쪽에서 두 사람의 대화를 듣고 있던 능운백이 담담한 목소리로 입을 열었다.

"보통의 경우라면 이상할 수도 있겠지만 검각 정도의 문파에는 하등 이상할 것이 없는 문제다."

그러자 대웅산이 고개를 돌려 능운백을 보며 물었다.

"무슨 말씀이신지……?"

"검각 정도의 문파라면 필시 탁월한 심공을 가지고 있을 것, 강호의 심공 중에는 간혹 음양을 가리지 않고 그 성질을 변화시켜 다른 성질의 공력을 축적할 수 있는 심공이 존재한다. 간혹 극한의 땅에서 양공의 대가가 출현하는 것도 이러한 이치다. 아마도 검각에도 그러한 심공이 존재하는 것이겠지."

"그 말씀은 그들이 묘산의 음기를 양강지공으로 변화시킬 수 있는 심공을 가지고 있다는 말씀인지요?"

"그렇다고 봐야겠지. 검각이 패검을 연성하는 곳이란 건 부인할 수 없는 사실. 그렇다면 그들이 가지고 있는 심공 중 음양의 기운을 아우를 수 있는 심공이 있음이 분명하다고 볼 수 있지."

"세상에는 별 희한한 무공도 다 있군요."

"강호가 본래 별스러운 곳이 아니더냐."

능운백과 대웅산 등이 묘산의 음기와 검각의 무공에 대해 이야기를 나누는 사이 배는 어느새 능운백이 가리켰던 지점에 도착하고 있었다. 그런데 고검이 막 그들이 타고 온 배를 산기슭 안쪽으로 움푹 들어간 호숫가에 대려는 찰나, 갑자기 어두운 묘산의 숲 속에서 일단의 인물들이 고검과 무불장 고수들 앞에 모습을 드러냈다.

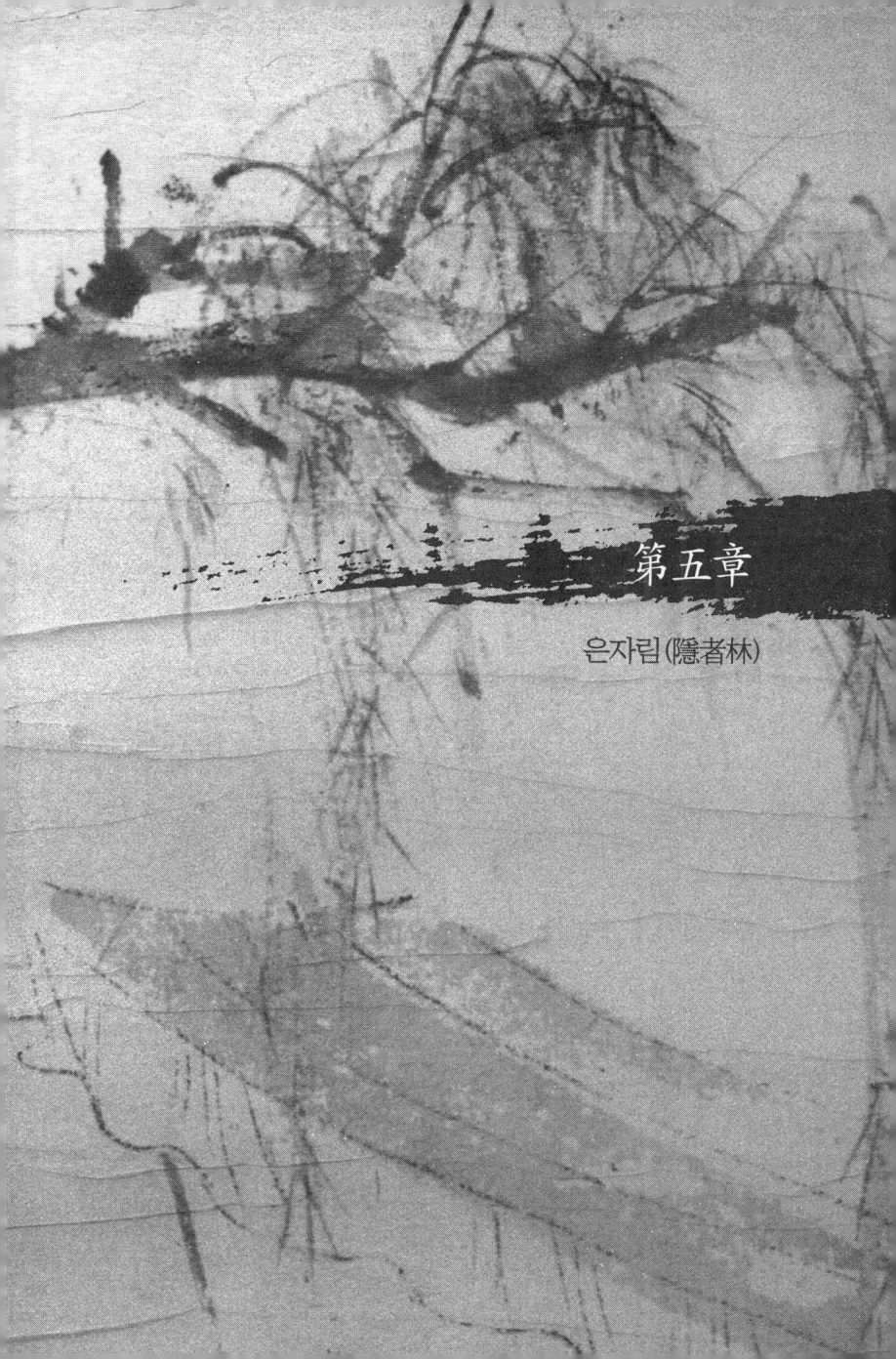

第五章

은자림(隱者林)

孤劍秋山

　두 개씩의 검을 등 뒤에 교차해 멘 육 인의 사내. 그중 둘은 중년의 나이로 보였고, 나머지 넷은 젊은 나이로 보였다. 하지만 젊은 나이에도 불구하고 형형한 안광을 흘려내는 그들에게서 고검은 그들이 이미 일정한 경지에 오른 고수임을 느낄 수 있었다.

　'검각?'

　고검이 묘산의 어두운 나무 그늘 속에서 불현듯 출현한 육 인의 검객을 검각의 고수들이라 판단한 것은 이 묘산이 검각의 최대 분타가 있는 곳이기 때문이기도 했지만 그들의 독특한 복장 때문이기도 했다. 흑의에 두 자루 검을 등에 엇갈려 패용하는 복식은 강호에서 검각의 문도임을 나타내 주는 증명과도 같은 것이었다.

"어디서 오시는 분들이시오?"

고검이 호숫가에 모습을 드러낸 자들의 정체를 내심 짐작하고 있을 때 육 인의 흑의인 중 오십대 중반으로 보이는 중년 사내가 앞으로 나서며 미처 배에서 내리지도 못한 고검 등을 향해 차가운 목소리로 물었다.

"개봉 무불장의 사람들이오. 혹 검각의 대협들이시오?"

고검이 담담한 어조로 되물었다. 순간 질문을 던졌던 흑의인의 눈빛이 한차례 번뜩였다.

"무불장의 청부사들이 묘산엔 어쩐 일이오?"

고검의 질문에는 대답도 하지 않고 재차 질문을 던지면서 육 인의 흑의인이 고검 등이 하선하려는 위치에 횡으로 늘어섰다. 마치 고검과 그 일행의 하선을 막으려는 듯.

"마침 이곳에 은자림의 고수 분들이 있다는 소식을 듣고 그분들을 만나러 왔소이다. 그분들이 이 묘산에 머물고 계시는 것이 맞소이까?"

고검이 숨기지 않고 묘산을 방문한 이유를 설명했다. 그러자 고검과 대화를 나누고 있던 흑의인의 표정이 살짝 변했다.

"은자림의 형제들이 묘산에 머물고 있는 것은 사실이오. 그런데 그분들은 무슨 일로 만나려 하시는 것이오? 혹, 은자림의 형제들이 그대들을 초청한 것이오?"

무불장은 천하제일의 청부업체다. 청부업자들이 묘산에 나타난 이유는 당연히 청부 때문이라 생각한 흑의인이 물었다.

하지만 흑의인의 예상과 달리 고검은 고개를 저었다.

"청부 일 때문은 아니오이다."

"하면 무슨 일 때문에 은자림의 형제들을 만나려는 것이
오?"

흑의인의 질문은 완강해서 그의 물음에 답을 하지 않을 경
우 결코 하선을 허락지 않을 것 같은 분위기였다. 그런데 그
순간 갑자기 배의 뒤쪽에서 고검과 흑의인의 대화를 듣고 있
던 능운백이 앞으로 나서며 차가운 목소리로 소리쳤다.

"우리가 왜 이곳에 왔는지는 알 것 없고, 은자림의 고수들이
있다는 곳으로 안내나 하거라!"

마치 자신의 수하에게 명을 내리듯 말하는 능운백의 태도에
흑의인의 표정이 순식간에 변했다. 흑의인의 얼굴에 분노의
빛이 떠오른 것은 당연한 일이었다.

"노인, 우리가 누군 줄 알고 함부로 말을 뱉어내는 것이오?"

그나마 능운백의 나이가 적지 않음을 보고 육두문자를 쓰지
는 않았지만 흑의인은 노기를 숨기지 않고 능운백을 추궁했
다.

"그대가 검각의 인물인 줄은 알고 있다."

"우리가 검각의 사람들임을 알고 있으면서도 감히 우리를
무시했단 말이오? 도대체 노인은 어떤 사람이기에 감히 검각
의 사람을 모욕한단 말이오?"

흑의인의 노기는 더욱 강해졌다. 천하에 군림하는 사패, 그
사패 중 하나인 동궁에서 검각은 육상천의 지위에 있는 최고

문파였다. 그만큼 검각에 속한 문도들의 자존심 또한 천하제일이라고 할 수 있었다. 흑의인이 당장이라도 능운백에게 손을 쓸 듯한 태도를 보이자 능운백이 혀를 차며 말했다.

"쯧, 이 답답한 친구야, 무불장의 청부사들과 함께 왔으니 나도 당연히 무불장의 청부사가 아니겠는가?"

"그걸 몰라서 묻는 게 아니오. 내가 알고 싶은 건 노인의 이름이외다."

흑의인이 한발도 물러나지 않고 노기를 흘려내며 마주 소리쳤다. 그러자 능운백이 콧방귀를 뀌며 입을 열었다.

"그래? 흥, 그럼 말해주지. 난 능운백이라는 늙은이다. 들어본 적 있는가?"

능운백의 대답에 흑의인이 잠시 머리를 굴리는가 싶더니 이내 크게 놀란 얼굴로 능운백을 보며 다급히 되물었다.

"설마, 노인장께서 바로 그 천검……?"

"맞아. 내가 바로 그 천하제일 황금충이야. 이제 대답을 했으니 우릴 은자림의 사람들이 있는 곳으로 안내해 주겠나?"

능운백의 대답에 흑의인이 당황했는지 얼른 대답을 하지 못하고 능운백의 얼굴을 뻔히 바라만 보고 있자 능운백이 혀를 차며 말했다.

"쯧쯧, 이봐. 우린 급하다고!"

그제야 흑의인이 제정신을 차리고 얼른 고개를 숙여 보였다.

"천검 어른을 뵙게 되다니 영광입니다. 검각의 송현(宋玄)이라고 합니다. 미처 몰라뵌 점 죄송합니다."

"황금충의 얼굴 몰라봤다고 미안해할 이유는 없지. 그나저나 말했지만 우린 조금 급하다네."

순간 흑의인이 자신의 뒤쪽에 늘어선 동료들에게 가볍게 눈짓을 했다. 그러자 하선 장소를 차지하고 있던 흑의인들이 재빨리 뒤로 물러나 고검 일행에게 배에서 내릴 공간을 내주었다. 그리고 그중 한 명은 번개같이 어두운 숲 속으로 사라졌다. 아마도 천검 능운백의 출현을 수뇌부에게 알리기 위해 움직였을 터이다.

고검을 선두로 무불장의 고수들이 그들이 타고 온 흑선에서 하선했다. 배 위에 누워 있던 추산은 대웅산이 들쳐 업고 있었는데 그 때문인지 검각의 고수들은 대웅산의 얼굴을 제대로 살필 수 없었다. 아니, 어쩌면 대웅산 스스로 그들에게 자신의 얼굴을 숨기고 있는지도 몰랐다. 자신을 송현이라 밝힌 검각의 고수는 과거 무상문의 제자이던 시절의 대웅산도 얼핏 스쳐 가듯 만났던 적이 있는 인물이었다. 아마도 정면으로 얼굴을 대하면 그 또한 대웅산을 기억할 수도 있었다.

대웅산이 동궁 육상천의 한 문파인 무상문을 떠난 데에는 피치 못할 곡절이 있었기에 청부사로 살아가면서 그는 가능하면 동궁의 세력권에는 발을 들여놓지 않았다. 만약 그가 동궁의 세력권에 들어온 것이 알려지면 동궁 내부에서 그로 인한 분란이 재현될 소지가 있었기 때문이다. 해서 지금은 비록 추산의 일로 어쩔 수 없이 묘산에 오긴 했지만 대웅산은 가급적 자신의 얼굴을 동궁의 고수들에게 보이고 싶지 않았던 것이다.

그렇게 대웅산이 추산을 들쳐 업은 채 자신의 정체를 감추는 사이 일행은 하선을 마치고 송현이 이끄는 검각 고수들의 안내에 따라 묘산의 검은 숲 속으로 걸음을 옮기기 시작했다.

"전쟁이라도 일어난 건가?"

추산을 들쳐 업은 채 일행의 중간에서 걸음을 옮기고 있던 대웅산이 눈앞에 펼쳐진 광경을 뒤늦게 발견하고는 나직하게 놀란 음성을 흘려냈다.

"심상치 않은 상황인 것은 분명한 것 같군."

추산을 업은 대웅산을 옆에서 돕고 있던 왕민도 낯빛을 굳히며 심각한 목소리로 입을 열었다.

불쑥 튀어나온 능선을 넘어 계곡을 접해 이어진 제법 너른 산비탈 위에는 묘산이라는 이름이 무색하게 각양각색의 천막 수백 개가 늘어서 있었다.

당연히 그 수백 개의 천막 모두가 검각의 고수들이 머물기 위해 만들어진 것은 아닐 터이다.

"동궁의 형제들이 모두 이곳으로 모여들고 있는 중입니다."

무불장 고수들의 의문을 짐작했는지 송현이 먼저 입을 열었다.

"무슨 사단이라도 발생한 것인가?"

능운백이 묻자 송현이 망설이며 대답했다.

"그게… 최근 홍택호를 둘러싼 강호의 사정이 심상치 않은 지라……."

"무슨 일이 있는 것인가?"

"제가 함부로 입에 올릴 일이 아니라 말씀드리기가……."

능운백의 질문에 송현이 곤혹스런 표정을 지으며 말꼬리를 흐렸다. 아마도 검각의 수뇌부로부터 함구령이 내려진 모양이다.

"알겠네. 상부의 명을 어기라고 강요할 수는 없는 일이지. 그나저나 은자림 사람들이 머물고 있는 곳이나 가르쳐 주게나."

능운백이 더 이상 홍택호의 사정을 추궁하지 않는 것이 고마운지 송현이 재빨리 손을 들어 수백 개의 천막 중 동북쪽 산정상 부근에 일군을 형성하며 세워진 회색 천막 수십 개를 가리켰다.

"은자림의 형제들이 머물고 있는 곳은 저곳입니다."

"가장 멀군."

"본래 은자림의 형제들은 동궁의 행사에 참여해도 타인과의 교류를 극히 꺼리는 편이지요."

"알겠네. 그들이 저곳에 있다니 일단 저곳으로 가야겠군."

능운백이 고개를 끄덕이고는 수백 개의 천막이 늘어선 산기슭 쪽으로 걸음을 옮기기 시작했다.

그런데 고검 일행이 산기슭 입구에 도착했을 때 갑자기 수백 개의 천막들 중 정중앙에 세워진 거대한 크기의 천막에서 일단의 인물들이 모습을 드러내더니 무불장 고수들이 오는 방향을 향해 빠르게 다가오기 시작했다. 아마도 앞서 능운백의 출현을 알리기 위해 움직인 검각의 고수에게 소식을 듣고 동궁의 수뇌들이 능운백을 만나기 위해 움직이는 모양이었다.

"제길!"

그런데 동궁의 수뇌부로 보이는 십여 명의 인물이 다가오자 대웅산의 입에서 나직한 욕설이 흘러나왔다. 아마도 그들 중 그가 아는 인물이 섞여 있는 모양이었다. 하지만 그렇다고 지금에 와서 몸을 피할 수도 없는 일. 대웅산이 할 수 있는 일이라고는 추산을 업은 채 가급적 동궁 고수들의 눈에 띄지 않는 것이 전부였다.

"정말 천검께서 왕림하셨군요?"

무불장 고수들이 있는 곳으로 달려온 십여 명의 인물 중 백발에 백염을 기른 청수한 노고수 한 명이 앞으로 나오며 능운백에게 아는 척을 했다.

"홍 노사께서 나와 계시다니 정말 이 홍택호에 큰일이 벌어지긴 벌어진 모양입니다."

본시 타인을 대할 때 싹싹한 편이 아닌 능운백조차도 노인의 앞에서 제법 예의를 차렸다.

"아직 이곳 소식을 듣지 못하신 모양이군요?"

홍택호의 소식을 모르고 있는 능운백이 오히려 이상하다는 듯 백발의 노고수가 되물었다.

"요즘 골치 아픈 문제가 있어서 강호의 일에 관심을 둘 여유가 없었습니다."

"허허, 도대체 무슨 일이기에 천하의 천검께서 여유를 잃어버리신 겁니까?"

백발의 노고수가 이해가 가지 않는다는 표정을 지어 보였다.

"그럴 일이 있습니다. 오늘 제가 이곳에 온 것도 다 그 일 때문인데, 마침 홍 노사께서 계시니 도움을 청해야겠군요."

"천검께서 남에게 부탁을 하신다니 이상한 일이군요. 본래 천검께선 남에게 부탁을 하는 분이 아니라 남의 부탁을 들어주는 분이 아니었던가요?"

노고수의 농이 섞인 말에 능운백이 씁쓸한 미소를 흘려냈다.

"세상을 살다 보니 저도 누군가에게 부탁할 일이 생기는군요."

"하하, 농입니다. 그나저나 부탁하실 일이라는 게……?"

백발 노고수가 정색을 하며 묻자 능운백 역시 낯빛을 굳히며 입을 열었다.

"이곳에 은자림의 고수 분들께서도 와 계시다 들었습니다만……."

"맞습니다. 은자림의 형제들 역시 이곳에 와 계시지요."

"그럼 은자림의 고수 분들과의 만남을 주선해 주실 수 있으시겠습니까? 제가 강호 견문이 적은 편이 아닌데 은자림의 고수 중에는 인연을 맺은 분이 없군요."

그러자 백발의 노고수가 천천히 고개를 끄덕였다.

"그건 어려운 일이 아니지요. 그런데 무슨 일로……?"

"그건 이곳에서 설명드리기 어렵군요."

"알겠습니다. 그럼 일단 지휘부로 뫼시지요. 그리고 잠시만 기다려 주십시오. 은자림의 형제들은 그 행사가 워낙 조심스러워 여간해선 출입을 하지 않는 양반들이라 마침 지휘부에 나와 있는 사람이 없습니다. 제가 사람을 시켜 불러오도록 하지요."

그러자 능운백이 재빨리 손을 저었다.

"그러실 필요 없습니다. 가능하면 저희들이 그분들을 직접 찾아뵙고 싶습니다만……."

순간 백발 노고수의 얼굴에 이채가 서렸다. 비록 황금충의 신분이지만 천하팔대고수 중 일인인 이 절대고수가 이렇게 조급함을 드러내 보인 적이 없었기 때문이다.

"그것도 안 될 것은 없지요. 하지만 거리가 먼데……."

노고수가 거의 산 정상 부근에 자리 잡고 있는 은자림의 천막들을 보며 말했다.

"아직 산 하나쯤 오를 힘은 남아 있습니다."

"하하, 천검께 힘이 없음을 걱정한 것은 아니지요. 알겠습니다. 무슨 일인지 모르지만 제가 직접 안내를 해드리지요."

"사정을 봐주시니 고맙습니다."

"고맙다니요. 천검을 모시게 되어 오히려 제가 영광입니다. 그럼 절 따라오십시오."

백발의 노고수가 몸을 돌려 은자림의 고수들이 머물고 있는 산의 상층부로 이어진 산길로 능운백을 안내했다. 능운백은 그런 노고수와 어깨를 나란히 하고 산길을 오르기 시작했다.

그런데 백발의 노고수와 함께 천검 능운백을 마중하기 위해 나온 자들 중 한 명이 노고수를 따라 신형을 돌리다 말고 추산을 들쳐 업고 있는 대웅산을 향해 날카로운 시선을 보냈다. 물론 대웅산도 시선은 외면하고 있었지만 동궁의 고수들에게서 관심을 돌리고 있지 않았으므로 자신을 바라보는 사내의 시선을 눈치 채지 못할 리 없었다.

하지만 대웅산은 애써 사내의 시선을 회피했다. 그러자 사내의 얼굴에 싸늘한 한기가 감돌더니 대웅산을 향해 뭐라 입을 열려다 애써 참는 듯한 모습을 보이며 서둘러 앞서 움직인 노고수의 뒤를 따르기 시작했다.

"젠장!"

사내의 시선에서 벗어난 대웅산이 나직하게 욕지거리를 흘려냈다.

"누군가?"

곁에 있던 왕민이 낮은 목소리로 물었다.

"썩 좋은 인연은 아니지요. 해동이가의 후극이란 자입니다."

"해동이가(海東李家)?"

"동궁 육상천 중 하나죠."

"보아하니 보통 인물이 아닌 것 같은데?"

"해동이가의 문주 이현암에게는 일곱 제자가 있는데 그는 바로 그중 대제자의 자리에 있는 사람입니다. 이미 그 나이가 오십을 넘었고, 해동이가에선 문주 이현암을 능가했다고 알려진 무학의 천재지요."

"음… 어쩐지 눈빛이 날카롭다 했더니……. 그런데 왜 자넬 저런 눈빛으로 바라보는 것인가?"

"에고, 우리 사이엔 피치 못할 사연이 좀 있지요."

대웅산의 말투에서는 그와 해동이가의 후극 사이에 존재하는 피치 못할 사연을 더 이상 말하고 싶지 않다는 기색이 역력하게 느껴졌다. 왕민은 더 이상 그와 후극 사이의 일을 묻지 않았다. 본래 무불장의 청부사들 간에는 상대의 과거에 대해 묻지 않는 것이 불문율로 되어 있었다. 하지만 왕민은 대웅산이 자신의 문파인 무상문을 떠나게 된 사연과 해동이가의 대제자 후극이 대웅산을 향해 보인 적대적인 눈빛 사이에는 분명 깊은 관계가 있을 거란 걸 확신할 수 있었다.

"그런데 천검 어르신을 마중한 노인은 누군가?"

왕민이 해동이가의 대제자 후극에게서 관심을 돌려 이번에는 동궁을 대표해 천검 능운백을 마중한 백발의 노고수에 대해 물었다. 그러자 대웅산이 정색을 한 얼굴로 대답했다.

"대단한 사람이지요. 왕 선생께서는 혹 단심(丹心) 홍사월이란 인물에 대해 들어보신 적이 있습니까?"

그러자 왕민이 크게 놀란 눈으로 대웅산을 바라봤다.

"아니, 그럼 그가 바로 그 유명한 홍사월이란 말인가?"

"그렇습니다. 그가 바로 그 유명한 홍사월입니다."

"아, 그럼 우린 지금 강호의 또 하나의 전설을 보고 있는 것이군."

"그렇다고 할 수 있지요. 세인들이 천하팔대고수를 강호에서 가장 강한 고수들로 꼽고 있고, 그중에는 동궁의 궁주인 육자선문의 문주 동종고가 동궁을 대표해 올라 있지만 만약 홍사월 저 양반이 양보하지 않았다면 현 천하팔대고수에는 동종고가 아닌 저 양반이 올라 있을 겁니다."

"그 이야기는 나도 알고 있다네. 검각의 전대 문주로서 무공에 관한 한 천하의 그 누구에게도 양보하지 않는다는 그가 아닌가?"

"그렇지요. 그런 그가 이곳에 있다니… 이건 정말 심상치 않군요. 그는 동궁뿐 아니라 검각의 일조차도 아들인 현 문주 홍원에게 모두 넘긴 후 완전히 은퇴했다고 알려졌는데……."

대웅산이 능운백과 어깨를 나란히 하고 걸어가는 홍사월을 보며 연신 고개를 저었다.

강호에서 홍사월의 명성은 천하팔대고수에 버금간다. 동궁 육상천 검각의 문주로 활동하던 시기, 그의 검을 십 초 이상 받아낸 자가 없었다고 알려질 만큼 고강한 무공의 소유자인 홍사월은 동궁의 전대 궁주인 무상문의 전전대 문주 화무룡의 뒤를 이어 동궁의 차기 궁주가 될 것이 확실시되던 인물이다.

그런데 그는 무슨 이유에선지 화무룡이 노령으로 적몰하자 동궁의 궁주 자리를 현 동궁주인 육자선문의 동종고에게 양보한 후 검각의 문주 자리까지 자신의 아들에게 넘기고 강호 은 퇴를 선언했던 것이다. 그것이 벌써 이십 년 전의 일이었으니 그의 은퇴가 얼마나 빨리 이루어졌는지 능히 짐작할 수 있었 다.

"단심 홍사월 같은 전대 고수까지 모습을 드러냈으니 과연 보통 일이 아니군. 어쨌든 이런 상황이 우리 일에 방해가 되지 말아야 할 텐데……."

왕민이 걱정스런 표정으로 말했다. 그렇게 두 사람이 홍사 월에 대해 이야기를 나누는 사이 일행은 어느새 묘산 기슭을 따라 올라 은자림의 고수들이 숙영하는 곳 가까이 다가서고 있었다.

천검 능운백과 단심 홍사월을 선두로 일행이 은자림의 숙영 지에 접어들자 수십 개의 은자림 고수들이 머무는 천막 중 한 곳에서 네 명의 인물이 밖으로 나오더니 부드러운 움직임으로 일행의 앞으로 다가왔다.

"단심 어른께서 어쩐 일로 이 누추한 곳까지 왕림하셨습니 까?"

은자림의 수뇌부로 보이는 네 명의 인물 중 가장 나이가 많 아 보이는 노고수가 부드러운 미소와 함께 입을 열었다. 그의 말투에는 약간의 장난기가 서려 있는 듯해서 세속을 떠나 산 중에 은거하는 자들의 모임인 은자림을 대표하는 사람치고는 조금 가벼워 보이기까지 했다.

"사 림주께서 하도 외출을 하지 않으시니 제가 찾아올밖에요. 그래, 숙소에 무슨 귀중한 것이라도 숨겨두셨습니까? 이곳에 도착한 날을 제외하고는 전혀 뵙지를 못했군요."

"귀중한 것이라고는 눈을 씻고 봐도 찾으실 수 없을 겝니다. 본시 저희 은자림 사람들은 번거로운 것을 꺼리는 편이라 그렇지요."

"그렇다고는 해도 강호의 일을 논할 때는 걸음을 좀 해주시기 바랍니다."

"아이고, 이거 오늘 단심 어른께서 단단히 각오를 하고 오셨군요. 알겠습니다. 앞으로는 기별이 오는 대로 내려가 볼 테니 그만 이 후배를 혼내십시오."

"혼내다니요. 대은자림의 림주을 감히 누가 훈계하겠습니까. 하하하!"

홍사월이 기분 좋은 웃음을 터뜨리자 은자림의 림주라 불린 노인이 정색을 하며 물었다.

"말씀대로 이 후배를 훈계하기 위해 오신 것은 아닌 듯합니다만, 무슨 일이신지……?"

어느새 진지한 모습으로 변한 은자림의 림주는 한순간에 가벼운 모습을 떨쳐 버리고 어느새 동궁 육상천의 한 문파를 이끄는 거인의 모습으로 변해 있었다.

'대단한 사람이군. 한순간에 스스로의 기운을 이렇게 급변시킬 수 있다는 것은 마음을 움직이는 능력이 극에 달해 있음을 말해주는 것이리라. 은자림의 사람들은 무인이라기보단 기인에 가깝다고 하더니 그 말이 사실이었나 보군. 그런데 은자

림주라면 그가 바로 무덕(武德) 사영인이란 말이군.'

고검이 내심 은자림주 사영인의 모습에 감탄하며 깊은 눈으로 그를 응시했다.

본래 은자림의 림주는 다른 문파들처럼 문도들에 대한 절대적인 권위를 지니고 있지는 못했다. 은자림이라는 조직 자체가 강호을 떠나 은거의 삶을 살길 원하는 자들이 모인 조직이라 누군가에게 예속될 수 있는 조직이 아니기 때문이었다. 하지만 절대적인 권력을 가진 자리가 아니라 하더라도 은자림주의 자리는 결코 가벼운 자리가 아니었다.

은자림에 속한 고수들에 대한 지배력은 타 문파의 문주들이 자신의 문도들을 통제하는 힘에 비해 뒤처질지라도 그 개인의 능력에 있어서는 강호의 그 어떤 인물에 견주어도 전혀 뒤떨어지지 않았기 때문이다.

현 은자림주 무덕 사영인 역시 무공의 극의에 이르는 깨달음을 얻은 인물로 알려져 있었다. 또한 그의 별호에서 알 수 있듯 그는 함부로 인명을 살상하지 않는 것으로도 유명했는데, 그가 평소 조금 가볍게 보이는 것은 그 성품이 밝고 쾌활한 면이 있기 때문이었다.

"오늘은 아주 귀한 손님을 모시고 왔습니다."

고검이 은자림주에 대해 이런저런 생각을 하는 사이 홍사월이 가벼운 미소와 함께 은자림주 사영인의 질문에 대답했다.

"귀한 손님이라면……?"

은자림주가 말꼬리를 흐리며 자연스럽게 홍사월의 곁에 있는 천검 능운백에게로 시선을 주었다.

"천검께서 림주를 보고 싶다고 하셔서 제가 뫼시고 왔습니다."

홍사월의 말에 은자림주 사영인의 표정이 급변했다. 비록 동궁 육상천 은자림의 림주지만 그 또한 천하팔대고수를 경시할 수는 없었다. 더군다나 이 능운백이라는 인물은 오로지 자신의 능력 하나만으로 천하팔대고수에 오른 입지전적인 인물이 아니던가.

"아, 천검이셨군요. 어쩐지 그 기운이 심상치 않다 했습니다. 인사 올리지요. 은자림을 맡고 있는 사영인이라 합니다."

사영인이 대동궁 육상천의 수뇌답지 않게 공손한 태도를 보이며 천검을 맞이했다.

"일개 황금충을 이렇게 환대해 주시니 송구할 따름입니다."

천검 역시 평소와 다른 정중한 모습으로 사영인에게 마주 인사를 했다.

"그런데 천검께서는 근래 강호 출입을 하지 않으시는 것으로 알고 있는데 무슨 일로……?"

그러자 능운백이 가벼운 미소를 지으며 대답했다.

"부탁드릴 것이 있어 이렇게 찾아뵙게 되었습니다."

"제게 말입니까?"

사영인이 고개를 갸웃하며 물었다. 그러자 능운백이 정색을 하며 말했다.

"물론 림주께서 도와주시면 일이 수월하겠지요. 하지만 제가 만나고자 하는 분은 다른 분입니다."

그제야 사영인이 고개를 끄덕였다. 본시 은자림의 은거기인들은 무공 이외에도 특출난 재주를 지닌 자들이 많아 간혹 이렇게 무엇인가를 부탁하기 위해 은자림을 찾는 사람들이 있곤 했다. 하지만 그래도 여전히 의문은 남는다. 천하팔대고수 천검 능운백이 누군가의 도움을 필요로 한다는 것은 확실히 뜻밖의 일이라 할 수 있었다.

"본 림의 어느 분을 찾으시는지……?"

"은자림의 고인 중 탁월한 의술을 지닌 분이 한 분 계시다고 알고 있습니다."

"의술이라면……?"

"묘수의 동신이란 기인을 찾아왔소이다만……."

능운백이 망설이지 않고 묘수의 동신의 이름을 꺼내 들었다.

"묘수의 동신… 동 의원을 찾아오셨다고요?"

"그렇습니다."

그러자 사영인의 얼굴에 감탄인지 의심인지 모를 표정이 떠올랐다.

"과연 무불장의 능력은 대단하군요. 묘수의 동 의원의 존재와 능력은 본 은자림 내에서도 아는 사람이 많지 않는데 그 동 의원을 찾아오시다니… 만약 누군가 몸이 상해 찾아오셨다면 잘하신 선택입니다. 당금 천하에 수많은 명의가 이름을 날리고 있지만 제가 보기에 묘수의 동 의원의 의술을 능가하는 의원은 존재치 않을 듯합니다."

그러자 능운백보다 먼저 홍사월이 놀란 얼굴로 물었다.

"그런 인물이 있었습니까?"

"본래 강호에는 일절 출입을 안 하는 사람이라 동궁의 형제들 중에도 아는 분이 적지요."

"허허, 그런 기인이 있었구려. 하면 이번 일에 큰 도움이 되겠군요."

"그래서 이번 출행에 그를 데려온 것입니다. 싸움이 커지면 부상자가 많아질 것이고, 그리되면 그의 의술이 필요하게 될 테니 말입니다. 오지 않으려는 사람을 억지로 끌고 나오느라 제가 애를 좀 먹었지요."

"어떤 인물인지 나도 한 번 만나보고 싶군요."

홍사월이 호기심을 드러내며 말했다. 그러자 사영인이 가벼운 미소를 지으며 능운백에게로 시선을 돌렸다.

"동 의원이 비록 사람 만나는 걸 무척 꺼려하지만 천검께서 오셨다면 아마도 얼굴을 비칠 겁니다. 잠시 쉬고 계시면 제가 가서 동 의원을 데려오도록 하지요."

그러자 능운백이 얼른 손을 저었다.

"그러실 것 없습니다. 만약 그가 만남을 허락한다면 제가 그를 찾아가도록 하겠습니다."

순간 사영인과 홍사월 두 사람 모두 놀란 표정을 지었다. 그들이 알고 있기로 천하제일청부사 천검 능운백은 그 자부심이 무척 강한 인물로 알고 있었다. 그런 그가 아무리 부탁하는 처지라 하더라도 직접 묘수의 동신을 찾아가겠다는 것은 무척 의외의 행동이었다.

강호에서 의술의 고명함은 나름대로 그 가치를 인정받지만 아무리 그래도 강호는 무공이 모든 것을 말해주는 세계다. 그 세계에서 천검 능운백은 최고의 경지에 올라 있는 인물이 아니던가. 하지만 당사자가 직접 동신을 찾아가겠다는데 그걸 반대할 수는 없는 일, 사영인이 고개를 끄덕였다.

"알겠습니다. 그럼 일단 먼저 제가 가서 동 의원을 만나보지요. 잠시 이곳에서 기다려 주십시오."

"그럼 부탁드립니다."

능운백이 사영인에게 가볍게 고개를 숙여 보였다. 이 또한 평소의 그에겐 어울리지 않는 행동이었다. 하지만 지금 능운백에게 가장 시급한 것은 추산의 목숨을 살리는 일이었다. 그를 위해서라면 고개쯤 숙이는 것은 능운백에게 아무런 일도 아니었다. 아내 교교와 화맹을 위해 평생 황금충이라는 멸시를 받으며 살아온 그가 아니던가. 하물며 지금은 제자의 목숨이 걸려 있는 상황이었다.

사영인이 묘수의 동신을 만나러 간 사이 고검과 무불장의 고수들은 은자림 고수들의 안내에 따라 수십 개의 천막 중 한 곳에 들어 휴식을 취했다. 홍사월은 고검 등이 은자림의 숙영지에 도착한 이후에도 돌아가지 않고 능운백 곁에 머물렀다.

그래서 당연히 홍사월과 함께 무불장 고수들을 맞이한 동궁의 고수들 역시 은자림의 숙영지에 머물러 있었다.

그런데 그렇게 무불장의 고수들과 동궁의 고수들이 한곳에 머물게 되자 처음부터 대웅산을 주시하고 있던 해동이가의 후극이 이제는 아주 노골적인 적대감을 드러내며 추산에게서 자유로워진 대웅산을 노려보는 것이었다.

하지만 대웅산은 그런 후극의 도발에 일체 대응을 하지 않았다. 그는 그저 장대하게 펼쳐진 동궁 고수들의 숙영지를 내려다볼 뿐 후극과 단 한 차례의 시선도 교환하지 않았다.

그렇게 시간이 흘러가자 어느 순간부터 후극의 얼굴이 벌겋게 상기되기 시작했다. 아마도 자신의 시선을 외면하는 대웅산의 태도가 그의 분노를 더욱 자극시킨 듯했다. 그러다 결국 후극은 인내심의 한계를 드러냈다.

대웅산은 고검과 함께 산 아래쪽으로 열린 천막의 입구 쪽에 앉아 있었는데 갑자기 후극이 고검과 대웅산 쪽으로 걸음을 옮겼던 것이다.

"오랜만에 보는군. 날 기억하나?"

후극이 한기가 느껴지는 음성으로 대웅산에게 말을 걸었다. 사영인에게서 올 묘수의 동신의 대답을 기다리고 있던 장내는 무척 조용했으므로 후극이 대웅산에게 건네는 말은 장내의 모든 사람들 귀에 또렷하게 들려왔다.

"물론 기억하고 있소, 후 대협."

대웅산이 덤덤한 목소리로 대답하며 고개를 끄덕였다.

"그렇다면 실망이군. 오랜만에 만난 처지에 아는 척이라도 할 줄 알았는데……."

후극이 빈정거리듯 말하자 대웅산이 슬쩍 눈을 치켜떠 후극을 바라보며 대답했다.

"반갑게 인사 나눌 사이는 아니잖소?"

직설적인 대웅산의 대답이 후극에겐 조금 의외였는지 잠시 입을 닫은 채 대웅산을 노려보다 천천히 입을 열었다.

"하긴 우리가 반갑게 인사를 나눌 사이는 아니지. 그런데 역시 용기가 대단하군. 본 문의 고수들이 이곳에 머물고 있다는 것을 알고 있을 텐데도 모습을 드러내다니……."

후극이 위협하듯 말하자 대웅산이 빙긋 미소를 지었다.

"해동이가의 고수들이 그리 경솔하지 않다는 것을 알고 있으니 이곳에 오기를 꺼릴 이유가 없었소."

그러자 후극의 눈에 한차례 살기가 스치고 지나갔다.

"나와 형제들이 과거의 빚을 갚지 못할 거라 자신하나?"

그러자 대웅산이 순식간에 눈빛을 변화시키며 냉랭한 어투로 대답했다.

"그 일은 이미 예전 내가 무상문을 떠나면서 끝난 일이오. 그건 무상문과 해동이가 문주들의 합의하에 결정한 일, 지금 다시 그 일을 거론하자고 한다면 나도 못할 이유가 없소. 하지만 과연 그대에게 양 파 문주들의 합의를 어기고 다시 그때의 일을 거론할 용기가 있을까?"

대웅산의 눈에서 강렬한 안광이 쏟아져 나왔다. 그건 마치 수년간 가슴에 묻어두었던 분노를 끄집어낸 듯한 모습이었다. 대웅산의 서슬에 그를 자극하던 후극이 움찔하며 잠시 할 말을 잃은 듯 아무런 대응을 하지 못했다. 하지만 이내 자신의 실태를 깨닫고는 노한 표정으로 다시 입을 열려는 순간, 갑자기 능운백의 목소리가 들려왔다.

"조용히들 하거라. 지금 너희들의 말다툼이나 듣고 있을 기분이 아니다."

순간 입을 열려던 후극이 급히 입을 닫았다. 비록 그가 동궁 육상천 해동이가의 대제자이긴 하지만 천검 능운백과 반목할 수는 없는 일이었다. 하지만 그는 능운백의 개입에 뒤로 물러나면서도 한마디 경고를 던지는 것을 잊지 않았다.

"언젠가 과거의 빛을 청산할 날이 올 것이다."

"훙!"

대웅산이 상대의 도발에 더 이상 대응할 필요도 없다는 듯 콧방귀를 흘려내며 시선을 돌려 버렸다. 그러자 후극이 그런 대웅산을 노려보며 천천히 본래 자신이 있던 곳으로 되돌아가는 것이었다.

그런데 후극이 물러나자 조심스런 걸음으로 한 명의 인물이 또다시 대웅산의 곁으로 다가왔다. 그는 능운백의 눈치를 살피며 대웅산의 곁으로 다가오더니 조심스럽게 대웅산에게 말을 걸었다.

"혹 절 기억하시겠습니까?"

순간 대웅산이 살짝 인상을 찡그렸다. 후극으로 끝날 줄 알았던 불편한 대면이 또 다른 누군가에 의해 시작되려 하고 있었기 때문이다. 더군다나 지금 말을 걸고 있는 젊은 무인은 기억조차 없는 사람이었다.

"누군지 모르지만 지금은 날 좀 가만 놔뒀으면 좋겠구려."

대웅산이 불편한 기색을 감추지 않으며 말했다. 그러자 젊은 무인이 조금 실망한 얼굴로 입을 열었다.

"역시 기억하지 못하시는군요."

상대의 반응이 이상하다고 느낀 대웅산이 고개를 돌려 자신에게 말을 거는 사내를 유심히 살폈다. 하지만 그의 기억은 여전히 상대를 기억해 내지 못했다.

"날 알고 있소?"

이번에는 대웅산이 묻자 젊은 무인이 고개를 끄덕였다.

"그렇습니다. 어린 시절 사부를 따라 문에 들어왔을 때 잠시 뵈었지요. 물론 그로부터 얼마 후 사… 형께서는 문을 떠나셨지만 말입니다."

순간 대웅산의 눈이 크게 떠졌다. 과거에나 현재에나 그를 사형이라 부를 수 있는 사람들은 오직 한곳에 속한 사람들뿐이었다. 과거 그가 몸담았던, 하지만 지금은 돌아갈 수 없는 문파, 동궁 육상천 무상문의 식구들이 바로 그들이었다.

대웅산의 눈이 가늘어졌다. 그러고 보니 상대의 얼굴이 어딘지 모르게 낯익은 듯도 했다. 그의 머리가 빠르게 회전했다. 이 정도 나이에 자신에게 사형이라 부를 수 있는 인물이라면, 그리고 그 자신의 기억에 가뭇하게 남아 있는 이름이라면…….

"중이(重移)?"

젊은 무사의 얼굴에 미소가 번졌다.

"생각나셨군요. 그렇습니다. 제가 바로 중이입니다."

순간 대웅산의 얼굴에도 언뜻 반가운 기색이 스치고 지나갔다.

"네가 이렇게 장성했다니……."

대웅산이 감개무량한 얼굴로 중얼거렸다.

"벌써 십 년이나 되어가는걸요."

순간 대웅산의 표정이 어두워졌다. 그가 무상문을 떠난 지 벌써 십 년이나 흘렀던 것이다. 그사이 사숙 득문자가 거둬들였던 어린 사제는 이미 장성한 청년이 되어 있고 그는 삼십대의 중년 고수가 되어 있었다.

"모두들 잘 있겠지?"

가슴속에 들끓기 시작하는 흥분을 애써 억누르며 대웅산이 물었다. 동궁의 권역에 들어서면 당연히 무상문의 식구들과 조우할 것이라는 것을 예상했지만 막상 사제 중이를 만나자 자신도 모르게 가슴이 두근거리는 것은 어쩔 수 없었다.

"모두 잘 계십니다. 다만…….'

"무슨 문제라도 있나?"

"둘째 사백께선 사형이 문을 떠나시는 순간부터 금동에 들어 일체 밖으로 나오지 않고 계십니다. 해서 이번에 동궁의 제 문파가 홍택호로 모였음에도 불구하고 강호에 출도해 달라는 문주님의 청을 거절하셨지요."

"음… 그렇군."

대웅산이 작은 신음성을 흘려내며 중얼거렸다. 중이가 둘째 사백이라 부르는 사람은 대웅산의 사부였던 무상문 최고수로 불리는 득무자 황웅을 일컫는다. 아무리 무상문과 인연을 끊었다고 해도 사부의 소식엔 담담할 수 없는 대웅산이었다.

"두 사람의 이야기는 잠시 뒤로 미뤄야겠군."

갑자기 고검이 대웅산의 어깨에 손을 올리며 입을 열었다. 순간 대웅산이 시선을 돌려 천막 쪽으로 이어진 길을 바라봤다. 그러자 묘수의 동신을 만나러 갔던 은자림주 사영인이 예의 그 부드러운 표정을 한 채 일행이 머무는 천막을 향해 다가오고 있었다.

"기회가 되면 다시 만나기로 하지."

대웅산이 어느새 본색을 회복하고 담담한 음성으로 중이에게 말하자 중이가 가볍게 고개를 숙여 보이고는 홍사월 곁으로 돌아갔다.

고검은 다가오는 사영인의 표정을 보며 안도의 숨을 내쉬었다. 사영인의 표정만 보아도 일이 잘되었음을 짐작할 수 있었기 때문이다. 아니나 다를까, 장내에 도착한 사영인이 능운백에게 다가가더니 밝은 목소리로 입을 열었다.

"다행히 천검 어른을 실망시키지 않게 되었습니다."

순간 능운백의 표정도 밝아졌다.

"만나주겠답니까?"

"하하, 아무리 본 림의 사람들이 사람을 만나길 싫어해도 천검께서 만나길 원하시는데 거절할 만큼 간이 큰 사람은 없지요. 그런데 한 가지 조건이 있습니다."

"조건이라면……?"

"아시겠지만 본래 본 림의 사람들은 자신의 얼굴을 드러내는 것을 극히 싫어합니다. 해서 오직 천검 어른 한 분만 만나겠다는군요."

그러자 능운백이 망설이지 않고 고개를 끄덕였다.

"그야 어려울 것이 없지요. 굳이 모든 사람이 몰려갈 일도 아니고."

"알겠습니다. 하면 함께 가시죠."

"그럴까요?"

능운백이 사영인의 말에 훌쩍 자리에서 일어났다. 그러자 사영인이 능운백의 다급한 마음을 짐작했는지 서둘러 능운백을 묘수의 동신이 있는 곳으로 인도하기 시작했다. 그런데 막 장내를 벗어나려던 능운백이 갑자기 걸음을 멈추더니 뒤를 돌아보며 냉랭한 목소리로 한마디 던졌다.

"무불장의 식솔들은 내 말을 명심하게. 우린 지금 타인의 영역에 들어와 있네. 그러니 내가 묘수의를 만나는 동안 절대 다른 사람과 분란을 일으키지 말도록 하게. 모두 알겠는가?"

능운백의 말에 고검 등 무불장의 고수들이 일제히 고개를 숙여 보였다. 그러자 능운백이 이번에는 홍사월에게 부탁의 말을 건넸다.

"홍 노사께서 알다시피 지금 무불장의 식구 중에는 과거 동궁과 인연이 있었던 아이가 있습니다. 바로 웅산 저 아이지요. 개인적으론 이제 제 딸아이와 혼인해 사위가 되었지요. 그런데 제가 자리를 비운 사이 혹 저 아이 때문에 분란이 일어날까 두렵군요."

그러자 홍사월이 미소를 지으며 대답했다.

"무슨 말씀을 하고자 하시는지 알겠습니다. 걱정 마시고 다녀오십시오. 돌아오실 때까지 제가 이곳을 지키도록 하지요."

"그리해 주신다면 걱정할 일이 없겠지요. 감사드립니다."

"하하하, 감사는요. 동궁을 찾아오신 손님들께 불민한 일이 생기지 않도록 하는 것도 제 소임 중 하나지요."

"그럼……."

능운백이 홍사월의 대답을 듣고는 가볍게 고개를 숙여 보인 후 사영인을 앞세우고 천막 사이로 난 산길을 따라 걸음을 옮기기 시작했다.

묘산의 검은 숲에도 노을은 찾아들었다. 묘산 앞 묵호에 드리워진 노을빛이 이번에는 반대로 묘산을 물들였다. 붉은 노을이 검은색 숲과 어울려 기이한 풍광을 만들어내고 있었지만 무불장 고수들 중 묘산의 기광에 관심을 두는 사람은 없었다.

그들은 오로지 은자림의 림주 사영인과 능운백이 따라 올라간 산길에 시선을 고정한 채 능운백이 나타나기만을 기다리고 있을 뿐이었다. 하지만 묘수의 동신을 만나러 간 능운백은 장내를 떠난 지 한 시진이 지나도 돌아올 생각을 하지 않았다.

다행인 것은 능운백이 장내를 떠나며 걱정했던 일이 벌어지지 않았다는 사실 정도일까. 능운백이 묘수의를 만나러 떠난 후 그의 복귀가 늦어지자 해동이가의 대제자 후극이 다시금 대웅산을 도발하려 했으나 미처 그가 걸음을 옮기기도 전에 홍사월이 눈빛으로 제지하는 바람에 후극의 도발은 미수에 그치고 말았다.

후극의 도발이 없는 이상 장내에서는 분란이 일어날 이유가 없었다. 무상문의 제자 중이도 대웅산과 못다 한 이야기를 나누고 싶은 듯했지만 무불장 고수들의 긴장된 모습에 차마 대웅산 곁으로 다가오지 못하고 있었다.

그렇게 침묵 속에 기다림은 계속되었다. 어느새 묘산을 기이한 빛으로 물들이던 석양도 사라지고 묘산은 이제 낮과는 다른 어둠 속으로 접어들고 있었다.

그믐이라 달도 뜨지 않아 해가 완전히 서쪽으로 넘어가자 묘산은 순식간에 짙은 어둠에 잠겨들었다. 그러나 잠시 후 동궁 고수들이 숙영하는 수백 개의 천막에서 하나둘 불빛이 흘러나오기 시작하자 묘산이 또다시 독특한 아름다움을 만들어내기 시작했다.

산기슭에는 수백 개의 천막에서 흘러나오는 불빛이 땅 위에 별을 뿌려놓은 듯 화려한 풍광을 만들어내고 있었고, 달이 없는 하늘에는 수천 개의 별이 다른 때보다는 훨씬 밝은 빛을 뿌

려대고 있었다.

하늘과 땅에서 동시에 빛나기 시작한 빛 덕분에 묘산의 숲은 오히려 낮의 음산함에서 벗어나 청명한 기운으로 충만해지는 것이었다. 그리고 그즈음 고검과 무불장 고수들이 학수고대하던 능운백이 돌아왔다.

"스승님!"

어둠 속에서 희미하게 능운백의 모습이 드러나자 고검이 튕기듯 자리에서 일어나 능운백의 앞으로 다가섰다.

"흠… 그래, 별일없었느냐?"

능운백이 담담한 목소리로 물었다. 그의 표정은 밝지도 그렇다고 어둡지도 않아 묘수의를 찾아갔던 일의 결과를 짐작하기 어려웠다.

"별일없었습니다, 스승님. 한데 가셨던 일은……?"

묻고 있는 고검의 목소리에서 은은한 두려움이 느껴졌다. 만약 묘수의 동신이 의가삼보 중 하나를 가지고 있지 않거나, 혹은 능운백의 청을 거절했다면 추산은 꼼짝없이 죽은 목숨이기 때문이었다.

"기다려 봐야 할 것 같구나."

능운백이 담담한 목소리로 고검의 물음에 대답했다.

"기다린다면 무엇을……?"

"그에게 지화(地火)가 있는 것은 확인했다. 하지만 그가 그 기보를 우리에게 내어줄 것인지는 내일이 되어봐야 알 수 있을 것 같구나. 그는 나에게 하루의 시간을 달라고 요구했다."

능운백의 대답에 고검은 한편으로는 의가삼보 중 하나를 찾은 것에 안도하면서도 묘수의 동신이 즉시 그 물건을 내어주지 않은 것에 적이 실망하며 작은 한숨을 내쉬었다. 추산의 운명은 아직 결정되지 않았던 것이다.

第六章

대법(大法)

孤劍秋山

　하룻밤이 지나고 새날이 찾아왔지만 묘수의 동신에게선 연락이 없었다. 대신 이른 아침부터 묘산에 모인 동궁 각 문파의 수뇌들이 숙영지의 중앙에 있는 거대한 지휘 천막으로 모여들었다.

　고검을 비롯한 무불장의 고수들은 잠을 설친 채 초조하게 묘수의 동신의 결정을 기다리고 있었다. 때문에 그들은 이른 새벽 숙영지의 중앙으로 모여드는 각 문파 고수들의 움직임을 모두 볼 수 있었다. 특히 은자림의 숙영지는 가장 위쪽에 자리잡고 있었기 때문에 더더욱 고수들의 움직임이 눈에 잘 들어왔다.

　"우리 문제 때문일까요?"

고검과 함께 추산의 곁을 지키고 있던 대웅산이 나직한 목소리로 물었다.

"알 수 없군. 단지 묘수의가 결심하면 되는 일이 아니었을까?"

"그렇죠. 그 물건은 동궁의 것이 아닌 묘수의 동신 개인의 것이니까요."

"하면 동궁의 수뇌들이 모여 지화(地火)를 건넬 것인가 말 것인가를 결정할 문제는 아니지 않겠는가?"

"흠, 그렇긴 하지만… 그럼 이른 새벽부터 동궁의 수뇌들이 모여드는 이유가 뭘까요? 무슨 범상치 않은 일이라도 생긴 걸까요?"

"동궁의 각 문파들이 이 묘산에 모였다는 것 자체가 이미 심상치 않은 일인 걸세. 그러니 그들이 급하게 모일 일이 발생했다고 해서 놀랄 일은 아니지."

"하긴, 그렇긴 해요. 도대체 동궁은 왜 이곳에 전 문파의 고수들을 집결시키고 있는 걸까요?"

"그 내막이야 잘 모르지만 분명한 것 하나는 있지."

고검의 대답에 대웅산이 돌아보며 물었다.

"분명한 것이라뇨?"

"이 정도의 고수들을 끌어 모을 때는 그만한 이유가 있다는 것 말일세. 그저 우의나 다지자고 이렇게 많은 고수들, 그것도 각 문파에서 내로라하는 고수들을 끌어 모으지는 않았을 걸세. 아마도 이들은 큰 싸움을 준비하고 있는 것이겠지."

"그런데 말입니다. 큰 싸움이라면 상대가 있어야 하는데……."

대웅산의 말에도 일리는 있었다. 고검과 그 일행이 홍택호를 가로질러 묘산에 이르기까지 그들은 동궁이 이토록 많은 고수들을 끌어 모아 대적할 어떤 세력도 보지 못했던 것이다.

"미 부인께서 전한 말에 따르면 지금 홍택호 주변으로 사패의 고수들과 수룡맹의 고수들, 그리고 정체를 알 수 없는 강호의 고수들이 모여들고 있다 했네. 그들 중 누군가가 이들의 상대가 되지 않겠는가?"

"사패와 수룡맹이라면… 자칫 오대혈전에 버금가는 싸움이 될 수도 있겠군요."

"아마도……."

고검이 침중한 음성으로 대답했다. 추산의 일 때문에 관심을 강호로 돌리지 못해 그렇지 현재 홍택호를 중심으로 벌어지고 있는 천하고수들의 움직임은 결코 간단한 문제가 아니었다.

동궁도 동궁이지만 사패의 고수들과 수룡맹의 고수들까지 홍택호로 모여들고 있었다. 그건 곧 홍택호가 현 강호의 폭풍의 눈이라는 말이었다. 더군다나 사패의 추격대가 맹렬히 추격하던 마천의 고수들 역시 갑작스럽게 종적을 감춘 상태였다.

"혹 마천의 무리가 이 홍택호로 스며든 건 아닐까요?"

대웅산이 무한에서 자취를 감춘 마천을 끄집어냈다.

"그럴 수도 있겠지. 하지만 단지 마천의 고수들만을 상대하기 위해서라면 이곳에 모인 고수들이 너무 많지 않은가? 지금 이 묘산에 모인 동궁의 고수들만 해도 족히 천여 명은 될 듯한데……."

"그렇긴 하군요. 마천의 마인들이 아무리 뛰어난 무공을 가지고 있다고 해도 그 수뇌들만 따지면 채 오십이 되지 않을 테니 이렇게 많은 고수들을 집결시킬 필요는 없겠지요. 자, 그럼 도대체 이 홍택호에서 무슨 일이 벌어지고 있는 것이냐?"

대웅산이 스스로에게 질문을 던지듯 말을 흘려냈다. 그러나 지금으로선 두 사람의 의문을 풀어줄 사람이 장내엔 없었다.

그렇게 시간이 흘러 묘산 동궁의 숙영지에 따가운 햇살이 내리쪼이기 시작했다. 그러자 묘산은 예의 그 검은빛으로 다시 물들어가기 시작했다.

그가 찾아온 것은 정오 무렵이었다. 긴 기다림이었지만 그를 직접 대하자 무불장 고수들의 잔뜩 흥분한 가슴이 심하게 요동쳤다. 능운백이야 어제저녁 장시간 대면한 사이지만 고검으로선 처음 보는 얼굴. 묘수의 동신은 생각보다 젊었다.

보통보다 조금 작은 체구에 단단한 몸매, 얼핏 보면 전혀 의원 같지 않아 보이는 모습의 동신은 무불장 고수들이 머물고 있는 천막 앞에 이르자 정중하게 능운백에게 인사를 건넸다.

"늦게 찾아뵈어 죄송합니다."

그 모습과는 달리 행동에선 천하제일명의라 불려도 손색이 없을 만큼 담백한 맛이 묻어나는 동신이었다.

"쉽지 않은 부탁을 했는데 어찌 시간 흘러가는 것을 탓할 수 있겠소이까. 자, 안으로 들어가십시다."

능운백이 정중하게 묘수의 동신을 맞아들였다. 그러자 동신이 조심스런 발걸음으로 무불장 고수들이 머물고 있는 천막 안으로 들어왔다. 그런데 능운백을 찾아온 묘수의 동신은 혼자가 아니었다. 홍사월과 사영인, 그리고 어제는 모습을 보이지 않았던 또 한 명의 청수한 인상의 중년 사내가 묘수의와 함께 동행한 것이었다. 그들 삼 인도 묘수의를 따라 천막 안으로 들어섰다.

본래 천막은 그 크기가 제법 커서 무불장의 고수들이 머물기에 충분한 넓이였지만, 묘수의 동신과 세 명의 고수까지 들어서자 천막은 금세 비좁은 장소로 변해 버렸다.

"이리로."

능운백이 묘수의 동신을 천막 안쪽에 놓여 있는 나무 탁자 쪽으로 안내했다. 묘수의 동신은 조심스런 움직임으로 능운백의 안내에 따라 움직이다 문득 한쪽 침상에 죽은 듯 누워 있는 추산을 발견하고는 잠시 머뭇거렸다. 그리곤 잠시 후 갑자기 능운백이 안내한 방향이 아닌 추산이 누워 있는 쪽으로 움직였다.

"이분인가 보군요?"

묘수의 동신이 창백한 안색을 한 채 누워 있는 추산을 내려다보며 물었다.

"그렇소이다. 그 녀석이 바로 못난 이 늙은이의 둘째 제자 추산이올시다."

"잠시 제가 제자 분을 살펴봐도 되겠습니까?"

묘수의 동신은 강호에 알려지진 않았지만 천하제일의 의술을 가진 것으로 짐작되는 인물이었다. 당연히 능운백으로선 거절할 이유가 없었다.

"천하제일의 의술을 지닌 묘수의께서 살펴주신다면 오히려 제가 감사하지요."

그러자 동신의 얼굴에 빙그레 미소가 지어졌다.

"산속에 틀어박혀 사는 인생이 의술을 익혔으면 얼마나 익혔겠습니까? 다만 의술을 익힌 자로서 제자 분의 상태가 궁금하기에 드린 부탁입니다."

"허허, 겸양이 지나치시구려. 일침(一針)과 만약(萬藥)의 후손 앞에서 누가 감히 의술을 논하겠소이까."

능운백의 말에 동신이 다시 한 번 빙그레 미소를 짓고는 천천히 추산의 손목을 잡아갔다.

일단 추산을 살피기 시작하자 묘수의 동신의 모습은 또다시 급변했다. 자그맣고 단단한 체구와 달리 그 행동은 부드럽고 조심스러운 동신이었는데, 일단 추산의 몸에 손을 대는 순간 누구도 함부로 방해할 수 없는 진지함이 묻어 나오기 시작했던 것이다.

'과연 범상치 않은 사람이다. 일단 환자를 앞에 두고는 혼신을 다해 진맥을 하는 것이 의원의 도리지만 그것을 실천하는 사람은 흔치 않은데… 타고난 의원이라 할 수 있겠구나.'

고검은 추산을 살피는 동신을 보며 내심 감탄했다. 고검뿐 아니라 장내의 모든 사람이 동신의 진지한 모습에 숨조차 함부로 크게 쉬지 못하고 있었다. 동신은 그렇게 일각 정도 추산의 몸을 살폈다. 그리고는 어느 순간 추산의 몸에서 손을 떼곤 감탄하며 말했다.

"대단하군요."

무엇이 대단하다는 건지 정확히 알 수 없었으나 추산의 몸속에 흐르고 있는 광포한 진기를 말하는 것으로 생각한 능운백이 입을 열었다.

"그 아이의 몸속에는 여러 종류의 기운이 뒤섞여 있소이다. 그것들이 섞여 엄청난 움직임을 보이고 있을 거외다."

그러자 동신이 빙긋 미소를 지으며 대답했다.

"물론 추 소협의 몸속에 흐르고 있는 진기들의 기운 또한 놀라운 것이지만 제가 감탄한 것은 그것 때문이 아닙니다."

동신의 말에 능운백과 장내의 고수들이 고개를 갸웃했다. 그렇다면 동신은 추산의 어떤 면에 놀란 것일까? 동신은 사람들이 의혹 어린 시선으로 자신을 바라보자 예의 그 부드러운 미소를 지으며 입을 열었다.

"어느 분께서 추 소협의 혈도를 점하시고 반사의 상태로 들게 하셨는지요?"

그러자 무불장 고수들의 시선이 자연스럽게 왕민에게로 향했다.

"제가 추 소협에게 손을 쓴 사람입니다만……."

왕민이 한 걸음 앞으로 나서며 말하자 동신이 왕민을 향해 가볍게 고개를 숙여 보였다.

"제가 비록 강호 경험이 많지는 않지만 이렇게 깔끔한 점혈 법을 본 적이 없습니다. 또한 기맥을 막으면서도 혈맥의 일부를 묘하게 살려놓아 추 소협의 신체가 상하는 것을 막았으니 아마도 대협께서는 의술에 도통한 분이 분명할 겁니다. 제가 감탄한 것은 바로 대협의 의술입니다."

의원은 의원을 알아보는 법. 의원의 세계에서는 무공보다도 의술이 그 사람의 가치를 결정하는 법이다. 동신이 추산에게 손을 쓴 왕민의 능력에 감탄한 것은 어쩌면 당연한 일이었다.

"그런 의미의 말이었구려. 본래 왕 선생의 의술은 강호일절 이라 할 수 있지요."

능운백이 그제야 동신이 감탄한 이유를 알아채고는 입을 열었다.

"그런 것 같습니다. 아마 저도 이렇게 완벽하게 추 소협을 잠재우지는 못했을 겁니다."

동신이 고개를 끄덕이며 말했다. 그러자 왕민이 고개를 저었다.

"제가 의술에 약간의 재주가 있는 것은 사실이나 어찌 명가의 후손에 비하겠습니까? 추 소협은 제게도 무척 소중한 사람이라 정성을 다했을 뿐입니다."

"추 소협의 기맥을 봉쇄한 손길에서 왕 대협께서 추 소협을 생각하는 마음을 알 수 있었습니다."

"추 소협을 어찌 보셨습니까?"

그러자 동신이 잠시 고개를 기울이고 생각하다 입을 열었다.

"확실히 위험한 상태군요. 만약 이대로라면 제 생각에 열흘을 견디기 어려울 듯합니다만……."

동신은 백일검에 대해 알지 못했다. 능운백은 동신에게 의가삼보를 청하기는 했지만 백일검에 대해선 이야기하지 않았다. 추산이 백일검을 익히게 된 연유와 그 인연의 시작이 천마임을 타인이 아는 것을 원치 않았기 때문이다. 그 사실이 세상에 알려지면 누군가는 분명 추산을, 그리고 무불장을 의혹의 눈초리로 볼 수도 있기 때문이었다.

그런데 동신은 백일검의 저주를 알고 있지 않은 상태에서도 정확하게 추산에게 남은 시간을 예측하고 있었다.

"과연 명의시군요. 맞습니다. 이대로라면 추 소협은 결코 열흘을 넘기지 못할 겁니다. 부디 동 의원께서 호생지덕을 베풀어주시길 바랍니다."

왕민이 진심을 담아 동신에게 부탁했다. 그러자 동신이 잠시 뜸을 들이다가 능운백을 돌아보며 말했다.

"어르신의 말씀대로 의가삼보라면 추 소협의 목숨을 구할 수도 있을 듯합니다. 물론 추 소협의 상태로 보자면 의가삼보 중 지화(地火)보다는 천안(天眼)이 좋겠지만 지화로도 부족한 것은 아니지요."

"그럼 도와주시겠소이까?"

능운백이 기대 서린 시선으로 동신을 보며 물었다. 그러자 동신이 정색을 하며 말했다.

"의가삼보는 셋 모두 천하에 다시없는 기보입니다. 이미 수백 년 전에 그 주인이 정해져 그 어느 것도 강호로 흘러나온 적이 없는 물건들이지요. 강호에서 의가삼보에 대한 소문이 사라진 것도 한 번 정해진 주인이 다시는 바뀌지 않았기 때문입니다. 달리 말하면 그만큼 귀중한 물건이란 것이지요. 해서 비록 한 사람의 생명을 살리는 일이나 의가삼보의 하나인 지화(地火)를 내놓는 일은 쉽게 결정할 수 있는 일이 아닙니다."

"알고 있소이다. 해서 이렇게 동 의원께 어려운 부탁을 드리는 것이 아니겠소이까?"

능운백이 사정조로 말하자 동신이 다시 입을 열었다.

"지화(地火)는 아시다시피 강력한 지열(地熱)이 모이는 곳에서 살아온 만년지주의 내단입니다. 무척 정순한 물건일 뿐 아니라 그 약효도 뛰어나서 만약 극독에 중독된 사람이 있다면 지화 하나로 수백 명의 목숨을 살릴 수 있는 약효가 있지요. 다시 말해, 추 소협 한 분을 살리기 위해서는 수백, 수천의 목숨을 포기해야 한다는 겁니다."

"물론 그것이 무척 귀중한 물건이라는 것은 알고 있소이다. 하지만 당장 그 물건이 쓰일 만큼 위중한 곳은 없지 않소이까?"

능운백이 동신을 보며 물었다. 그러자 동신이 고개를 저으며 대답했다.

"그게 꼭 그렇지만은 않아서 고민인 것입니다. 어쩌면 조만간 이 물건이 필요한 일이 벌어질 수도 있어서……."

동신이 말꼬리를 흐리며 홍사월 등 삼 인을 흘깃 바라봤다. 그러자 능운백도 세 사람의 표정을 살피며 재차 질문을 던졌다.

"조만간 그 물건을 쏠 일이 생길지도 모른다니, 그게 도대체 무슨 말씀이시오? 혹, 작금에 홍택호 주변으로 강호의 고수들이 모여드는 일과 관련이 있는 것이오?"

능운백이 조금 답답하다는 듯 목소리를 높여 묻자 동신이 다시 홍사월 등을 바라보고는 입을 열었다.

"솔직히 말씀드리지요. 제 개인적으로는 이 물건을 추 소협을 위해 사용하고 싶습니다. 하지만 전 은자림에 속해 있는 사람이고, 은자림은 동궁 육상천 중 한곳입니다. 그런데 당금 강호는 엄청난 혈풍이 밀려드는 형국입니다. 다시 말해, 이 물건이 언제 어느 때 동궁을 위해 쓰이게 될지 모르는 상황이지요. 해서 비록 이 물건의 주인이 저이기는 하지만 현재와 같은 상황에선 제 마음대로 사용할 수 없는 물건이랄 수 있습니다."

순간 능운백이 살짝 아미를 모았다. 비록 거절의 말은 아니지만 지금 동신이 한 말은 상황을 더욱 복잡하게 만드는 말이었기 때문이다. 동신의 말은 자신이 가지고 있는 지화(地火) 만년지주의 내단을 자신이 아닌 동궁의 수뇌부와 협의하에 사용하라는 말이나 마찬가지였다.

"우리에겐 시간이 없소. 아시겠지만 가능성이 없는 일이라면 한시라도 빨리 이곳을 떠나 다른 방법을 찾아야 할 입장이외다. 결정이 미뤄지는 것을 그저 기다리고 있을 수만은 없소이다."

능운백이 무거운 음성으로 말했다. 물론 묘수의 동신이 가지고 있는 의가삼보 말고 다른 의가삼보를 찾는 것은 지금으로선 불가능한 일이었다. 하지만 그렇다고 언제까지 이곳에 머물 수도 없었다. 남아 있는 시간은 이제 겨우 십여 일, 지화를 얻는 일이 불가능하다면 한시라도 빨리 강호로 나가 다른 방책을 강구해야 했다. 최소한 의가삼보에 필적할 만한 기보를 찾아보기라도 해야 하는 것이다. 그런데 그런 능운백의 우려를 불식시키는 말이 홍사월의 입에서 흘러나왔다.

"동궁의 결정은 이미 내려졌습니다, 천검!"

순간 능운백의 눈빛이 번뜩였다.

"결정이 내려졌다고 했습니까?"

"그렇습니다. 그래서 우리가 동 의원과 함께 능 노사를 뵈러 온 것입니다."

능운백이 지체하지 않고 물었다.

"동궁의 결정은 무엇입니까?"

능운백의 질문을 받은 홍사월이 조금 난처한 표정을 지으며 자신의 옆에 서 있는 중년 사내를 돌아봤다.

"본 궁의 결정은 제가 설명드리는 것보다 본 궁의 군사께서 설명하시는 것이 좋을 듯하군요."

홍사월이 대답을 미룬 인물은 오십대 초반의 청수한 인상의 사내였는데, 능운백을 비롯한 무불장 고수들은 홍사월이 그를 지칭한 호칭에 적지 않게 놀라고 있었다.

천하사패 동궁의 군사(軍師), 다시 말해, 실질적으로 동궁의 대소사를 꾸려 나가는 인물이란 뜻이었다. 강호에 동궁의 군사에 대한 소문은 적지 않게 돌고 있었다. 심중에 품은 지혜가 큰 강과 같다 하여 붙여진 별호가 대하(大河), 이름은 이존(李尊)으로 알려진 인물이었다.

동궁(東宮)에서 육상천 출신이 아니면서도 군사의 직위에 올랐다는 것은 그의 능력이 얼마나 출중한지 능히 짐작케 하는 일이다. 그는 평소 동궁의 본거지가 있는 항주 위쪽 현암산 본궁에 칩거하며 좀체 강호에 나오지 않는 것으로 알려진 인물이었다. 그래서 무림에선 그가 적어도 육십 이상의 노련한 노고수일 거라 추측하고 있었다.

그런데 지금 무불장 고수들 앞에 나타난 동궁의 군사 대하 이존은 강호인들의 예상과 달리 오십대 초반의 나이에 불과해 보이는 것이 아닌가? 대동궁을 실질적으로 움직이는 인물치고는, 그리고 강호에 알려진 그의 명성에 비하면 지나치게 젊은 나이의 인물이었다.

"이존이라 합니다. 천검 어른을 뵙게 되어 영광입니다. 과분하게도 동궁의 군사 자리를 맡고 있습니다."

이존이 감정이 드러나지 않는, 그러면서도 상대방의 기분을 상하지 않게 하는 부드러운 표정으로 천검 능운백에게 인사를 건넸다.

"강호의 동도들은 동궁의 군사께서 노회한 노고수일 거라 짐작하고 있는데 이렇게 젊으실 줄은 미처 예상치 못했소이다. 능운백이외다. 본시 이 사람이 조급해서 실례를 무릅쓰고 바로 묻도록 하리다. 동궁에선 나의 요청에 대해 어떤 결정을 내렸소이까?"

능운백은 이 이야기를 길게 끌고 싶은 생각이 전혀 없었다. 본시 어떤 사안이든 길게 늘어지는 것을 싫어하는 성격이기도 하려니와 어떤 대답을 듣더라도 시급히 움직여야 하는 상황이었다.

능운백의 질문에 동궁의 군사 대하 이존도 능운백의 심정을 알아차린 듯 뜸 들이지 않고 입을 열었다.

"본 맹은 묘수의께서 지니고 계신 지화(地火)를 천검께 내어 드리는 조건으로 어르신과 무불장에 한 가지 청부를 하고자 합니다."

순간 능운백의 백미가 꿈틀거렸다.

'청부라…… 결국 황금충의 본분을 지키라는 건가?'

고검이 씁쓸한 미소를 지었다. 동궁이 지화(地火)를 내놓겠다는 것은 다행한 일이었으나 거기에 청부라는 조건이 붙었으니 결국 동궁은 사람의 목숨을 놓고 흥정을 하려는 것이었다. 하지만 급한 쪽은 고검과 능운백이었다.

"좋소이다. 단, 정도(正道)에서 벗어나지 않는 청부에 한

해서!"

천검이 단호하게 말했다. 그러자 대하 이존 역시 순순히 고개를 끄덕였다.

"당연한 일이지요. 애초에 천검 어른과 무불장의 법도를 알고 있었습니다. 또한 저희 동궁 역시 정도에서 어긋난 일을 시도하지는 않지요. 대신 무척 위험한 일이 될 것이며, 지금껏 무불장에서 행했던 다른 어떤 청부보다도 어려운 일이 될 겁니다."

"사람 목숨보다 중한 일은 없소."

능운백의 대답에는 사람 목숨을 가지고 흥정을 하려는 동궁에 대한 비난의 뜻이 깃들어 있었으나 이존은 그런 능운백의 말을 무시하며 입을 열었다.

"청부에 관한 이야기는 조금 깁니다. 지금 급한 것은 추 소협을 살려내는 일이니 그 일을 먼저 시작하는 것이 좋겠군요."

어찌 보면 무불장 쪽의 편의를 봐주는 듯한 말이었지만 기실 능운백이라는 사람이 한 번 약속한 일은 반드시 지킨다는 것을 알고 있기에 할 수 있는 말이었다.

"편의를 봐주시니 고맙소이다."

"저희 또한 사람의 목숨이 무엇보다 중요하다는 것을 알고 있으니까요. 단지 본 궁의 입장도 다급한 처지라 조건을 붙였을 뿐입니다."

이존이 변명하듯 말했다. 그러자 능운백이 서늘한 시선으로 이존을 보며 말했다.

"이해하오. 하지만 만약 지금 살리려는 이 아이가 누군지 자세히 알고 있다면 그런 조건을 붙이기는 어려웠을 것이오."

능운백의 말에 이존을 비롯한 동궁 고수들의 눈에 의혹이 피어났다. 지금 죽어가고 있는 젊은 고수에 대해선 그들 또한 잘 알고 있기 때문이었다.

"노사의 두 번째 제자 분에게 다른 내력이 있었던가요?"

이존이 의아한 눈으로 묻자 능운백이 차가운 어조로 대답했다.

"이 아이는 내 제자가 되기 전 다른 한 사람을 사부로 두었었소. 그 첫 번째 사부가 죽었기에 내 제자가 될 수 있었던 것이오. 물론 나 또한 이 아이의 첫째 사부와 짧지만 중한 인연을 맺었던 터요. 혹, 이 아이의 첫 번째 사부가 누군지 알고 있소?"

물론 이존과 동궁의 고수들이 추산이 어린 시절 자운 노사를 모셨다는 사실을 알 턱이 없었다. 그들은 주하령이 아니었다.

"저희로서는 처음 듣는 이야기라 짐작키 어렵군요."

"아마도 그럴 것이오. 이 아이에게 다른 사부가 있었다는 것 자체를 아는 사람이 드무니까."

능운백이 당연하다는 듯 고개를 끄덕였다. 그러자 이존이 더욱더 호기심이 동하는 얼굴로 물었다.

"도대체 추 소협의 첫째 사부가 누구입니까? 말씀하시는 대로라면 본 궁과 인연이 있는 분인 것 같은데……."

"물론 그는 동궁과 인연이 있소."

능운백이 단정적으로 대답했다.

"이제 그만 그 사람이 누군지 말씀해 주시지요. 이 사람도 무척 궁금합니다, 능 노사."

능운백이 계속 대답을 미루자 이존 대신 홍사월이 앞으로 나서며 물었다. 그러자 능운백이 홍사월을 보며 말했다.

"그러지요. 아마 홍 노사께서도 알고 계시는 분일 겁니다. 추산 저 아이의 첫째 사부는 바로 자운 그분이외다."

능운백의 입에서 자운 노사의 이름을 흘러나왔을 때 처음 동궁의 고수들은 이 자운이란 이름을 쉽게 떠올리지 못했다. 왜냐하면 자운 노사가 강호에서 자취를 감춘 것이 워낙 오래 전의 일이기도 하려니와 설마하니 동궁의 창업에 큰 영향을 미친 자운 노사의 이름이 이 시점에서 거론될 것이라고는 꿈에도 생각지 못한 일이기 때문이었다.

하지만 잠시 후 자운 노사의 이름을 입에 올린 능운백의 표정을 확인한 홍사월은 퍼뜩 지금 이 추레한 노고수가 입에 올린 사람이 바로 자신이 알고 있는 그 자운 노사란 사실을 깨달았다.

"설마… 바로 그분을 말씀하시는 겁니까?"

이미 능운백의 표정에서 그가 말한 자운 노사가 과거 태호 대전에서 남련의 북상을 저지하는 데 결정적인 도움을 주었던 자운 노사임을 깨달은 홍사월이지만 그는 다시 한 번 능운백에게 자신의 짐작이 맞는지 확인했다.

"천하에 인걸이 많다지만 내가 자운 노사라 부를 양반은 그분 한 분뿐이외다."

능운백이 홍사월의 의문을 즉시 확인시켜 주었다. 순간 홍
사월을 비롯한 동궁 고수들의 표정이 기이하게 변했다.

자운 노사가 누구던가. 강호인들 사이에서 동궁을 사패의
하나로 정립시키는 데 가장 결정적인 공을 세운 사람을 꼽으
라면 일반적으로 전대 동궁의 궁주 무상문 출신의 화무룡을
들지만, 기실 동궁의 수뇌부들은 천하제일현자로 불리던 자운
노사야말로 실질적으로 동궁이 사패의 한 축을 이루는 데 가
장 중요한 인물이란 것을 인정하고 있었다.

과거 남련의 세력이 욱일승천하는 기세로 장강 이남을 일통
하고 동궁 제 세력들의 활동 무대인 강소, 절강으로 세력을 확
장하며 북상할 때 태호에서 남련의 북상을 막은 것은 동궁 고
수들의 힘보다는 자운 노사의 절진이었다는 사실을 당시 싸움
에 참여했던 주요 고수들은 누구나 알고 있었다.

만약 자운 노사가 없었다면 아무리 초대 동궁주 화무룡의
무공이 화경에 도달했다 하더라도 그 세력 면에서 세 배 이상
차이가 있었던 남련의 공격을 막아낼 수 없었을 터이다.

그런데 바로 그 자운 노사가 지금 죽어가는 추산의 첫 번째
사부라니, 동궁의 고수들이 아연실색하는 것은 당연한 일이었
다.

"진정 그분이 추 소협의 사부란 말입니까?"

홍사월이 다시 한 번 확인하듯 물었다. 홍사월은 동궁이 태
호에서 남련의 북상을 막아내던 시절 패기 넘치는 중년 고수

로서 전장을 호령한 인물이었으므로 태호대전에서 자운 노사의 도움이 얼마나 큰 역할을 했는지 누구보다 잘 알고 있었다.

"그렇습니다. 그분이 말년에 거둔 제자가 바로 추산 저 아이지요."

능운백이 담담한 목소리로 대답하며 고개를 끄덕였다. 그러자 홍사월이 감회가 서린 눈으로 죽은 듯 누워 있는 추산을 바라보고는 한숨을 내쉬며 말했다.

"휴… 이런 인연이 있나? 그럼 자운 노사께서는 돌아가셨다는 말이군요?"

"저 아이와 말년을 함께 보내셨지요. 삼 년이라고 했던가?"

능운백이 추산을 보며 중얼거렸다.

"아, 동궁의 은인이 세상을 뜨신 것도 모르고 있었으니 동궁의 문도로서 고개를 들 수 없는 일입니다. 그리고, 아아… 그렇다면……."

홍사월이 말꼬리를 흐렸다. 그러더니 이존과 사영인 등 동궁의 고수들을 보며 말했다.

"우린 아무런 조건 없이 추 소협을 살려야 할 것 같구려."

홍사월의 말에 동궁의 고수들이 아무 말 없이 고개를 끄덕였다. 과거 자운 노사가 동궁에 베푼 은혜를 생각하면 의가삼보를 내놓는 조건으로 능운백과 무불장에 청부를 요구한다는 건 그야말로 배은망덕한 일이기 때문이었다. 아무리 동궁의 사정이 다급하더라도.

동궁 고수들의 태도를 확인한 홍사월이 천천히 신형을 돌려 능운백에게 말했다.

"몰랐으면 모를까 사실을 안 이상 추 소협의 목숨을 담보로 노사께 청부를 부탁할 수는 없겠습니다. 군사께서 하신 말씀은 못 들은 걸로 해주십시오."

그러자 능운백이 고개를 저었다.

"일단 약조를 한 이상 청부의 약속은 지키겠소. 내가 굳이 저 아이의 첫째 사부를 거론한 것은……."

순간 홍사월이 손을 들어 능운백의 말을 가로막았다.

"말씀하지 않으셔도 알고 있습니다. 능 노사께서는 사람의 목숨을 놓고 흥정을 하는 동궁의 처사가 못마땅하셨겠지요. 하지만 본 궁의 사정이 그만큼 절박했기에 그런 조건을 내걸었던 것입니다. 그러나 제자 분이 자운 노사의 후인임을 안 이상 어찌 추 소협의 목숨을 살리는 데 조건을 붙일 수 있겠습니까? 청부의 건을 철회토록 하겠습니다."

홍사월의 말에 능운백이 뭔가 대꾸를 하려 하자 홍사월이 재빨리 입을 열어 능운백의 말을 가로막았다.

"다른 무엇보다 추 소협을 살리는 일이 급한 것 같으니 즉시 추 소협의 치료를 시작하도록 하지요."

능운백이 그런 홍사월을 물끄러미 바라보다 고개를 끄덕였다.

"좋습니다. 그렇게 하지요. 다른 이야기는 산이의 목숨을 되살리고 나서 해도 늦지 않겠지요."

능운백의 말이 끝나자 홍사월이 고개를 돌려 묘수의 동신을 바라봤다.

"이제 동 의원이 나설 차례인 것 같구려."

그러자 기다렸다는 듯이 동신이 앞으로 걸어나왔다. 그리고는 품속에서 작은 함을 꺼냈는데, 은은한 청색 기운이 감도는 청옥으로 만들어진 함이었다.

"제 판단으로는 추 소협을 치료하기 위해선 내가고수 한 분과 뛰어난 의술을 가진 의원 한 명이 필요할 것 같습니다. 마침 무불장에는 그 조건에 부합하는 분들이 계시니 다행입니다."

동신이 손에 든 옥함을 왕민에게 내밀었다. 그가 판단하기에 왕민의 의술이라면 능히 의가삼보 지화(地火)를 이용해 추산을 치료할 수 있을 거라 판단했기 때문이다. 그러자 왕민이 잠시 고민하다 동신이 건네는 옥함을 받는 대신 나직한 목소리로 입을 열었다.

"가능하다면 동 의원께 도움을 청하고 싶군요."

동신이 고개를 갸웃거렸다.

"제 도움이 필요할 것 같지는 않습니다만……."

"물론 동 의원께서 안 계셨다면 제가 추 소협의 치료에 나섰을 겁니다. 하지만 동 의원께서 계시는 이상 저보다 동 의원께서 추 소협을 치료하는 게 옳을 듯합니다. 전 의술을 익힌 사람이긴 하지만 의술보다는 무공을 앞에 두는 사람이라 손의 감각이 의술에 매진한 분을 따라갈 수 없지요."

동신은 금세 왕민의 말을 알아차렸다. 의술의 경우, 특히 위태로운 환자의 병을 다스리는 경우에는 의학에 대한 지식뿐 아니라 의원의 손 또한 아주 중요한 역할을 하게 된다. 특히 침을 사용할 경우 더더욱 의원의 손은 중요한 도구가 되는 것이다.

그런 의미에서 보자면 왕민의 의술에 대한 지식은 어떤 의원 못지않지만 도검이 난무하는 강호를 살아가는 무인 왕민의 손끝 감각이 의술에 매진하는 동신의 감각을 따라갈 수 없는 것은 확실했다. 그리고 의가삼보 지화를 복용시키는 일은 명의의 섬세한 손길이 필요한 일임이 분명했다.

"알겠습니다. 제가 돕도록 하지요."

의술을 익힌 사람으로서, 그것도 현 강호 최고의 의술을 지닌 인물일지도 모르는 동신이었으므로 그는 금세 왕민이 말한 의도를 알아채고 왕민의 부탁을 받아들였다.

"선뜻 응해주시니 감사합니다."

왕민이 고개를 숙여 보이자 동신이 고개를 저었다.

"감사를 받을 일은 아니지요. 추 소협이 본 궁 최고 은인의 제자이기도 하지만 그것보다도 순수한 의원의 입장에서 지화가 과연 추 소협에게 어떻게 받아들여지는지를 제 눈으로 보고 싶은 욕심도 있으니까요. 자, 그럼 치료를 시작해 볼까요?"

동신의 말이 끝나자 왕민이 능운백을 보며 말했다.

"치료 중에는 치료를 하는 사람 말고 다른 사람들은 자리를 비워주셔야 합니다."

"알고 있네."

능운백이 고개를 끄덕였다.

"아시다시피 치료에는 저와 동 의원님 말고 내가고수 한 분이 필요합니다."

그러자 능운백이 고검을 보며 말했다.

"네가 남아 있거라."

"알겠습니다, 사부님."

고검이 당연한 일이라는 듯 고개를 숙여 보였다.

"얼마나 걸릴 것 같은가?"

능운백이 묻자 왕민이 동신과 눈을 한 번 마주치고는 입을 열었다.

"제 판단으로는 추 소협에게 지화(地火)를 복용시키고 전신 혈도를 푸는 데 걸리는 시간이 대략 반 시진, 그리고 추 소협 스스로 운기할 수 있을 때까지 장주께서 추 소협의 운기를 도와주는 데 걸리는 시간이 대략 또 한 시진 정도입니다. 이후에는 추 소협 스스로 감당해야 할 시간들이지요. 그 시간이 얼마나 걸릴지는 누구도 알 수 없습니다."

"음, 알겠네. 그럼 일단 두 시진 동안은 이곳에 들어오면 안 되겠군."

"그렇습니다. 물론 그 이후에도 가급적 외인의 출입은 삼가야겠지요."

"알겠네. 그럼 바로 시작하시게나. 우린 장소를 옮겨야겠군요. 꽤 오래 걸릴 듯하니 그사이 강호 소식이나 좀 들을까요?"

능운백이 홍사월을 보며 말하자 홍사월이 의아한 기색으로 물었다.

"강호 소식이라니… 어떤……?"

"도대체 왜 천하의 고수들이 이 홍택호로 몰려드는지 그 이유가 궁금해서 말입니다."

능운백이 의미심장한 눈빛을 흘려내며 말하자 홍사월이 잠시 능운백을 바라보다 고개를 끄덕였다.

"알겠습니다. 천검께서 알고 싶으시다면 자세히 설명드리지요."

"고맙습니다. 자, 그럼 모두 밖으로 나가십시다."

능운백의 말에 장내의 고수들이 일제히 천막을 벗어나기 시작했다. 사람들이 물러난 천막 안에는 고검과 왕민, 그리고 묘수의 동신만이 남았다.

"그럼 우리도 시작할까요?"

왕민이 조금 긴장한 표정으로 묘수의 동신을 보며 묻자 동신이 상기된 표정으로 고개를 끄덕였다.

"좋습니다. 시작해 보지요."

"동 의원께서 주(主)가 되시면 제가 옆에서 돕도록 하겠습니다."

"왕 대협께서 도와주신다면 아마도 실수할 일은 없을 겝니다. 그럼!"

묘수의 동신이 의욕이 생겨나는 듯 반듯이 누워 있는 추산의 곁으로 다가갔다. 추산의 몸은 그사이 좀 더 수척해져 있었다. 다만 고른 숨소리에서 느껴지는 생기는 여전히 생생해 그의 내부에서 들끓고 있는 여러 기운의 힘이 느껴지는 듯했다.

"그럼 시작하겠습니다."

묘수의 동신이 왕민과 고검에게 눈으로 신호를 보내며 말하고는 조심스런 손길로 추산의 전신을 주무르기 시작했다. 동신은 강하지도 그렇다고 약하지도 않게 발끝에서 시작해 머리 끝까지 일정한 힘으로 추산의 전신을 주물렀다.

"추 소협은 오랫동안 이 자세로 누워 있었기 때문에 전신을 안마해 굳어 있던 근육을 풀어줄 필요가 있지요. 지화를 복용하는 일은 그 이후의 일입니다."

혹여라도 고검이 동신이 하는 행동을 궁금해할까 봐 왕민이 조용한 목소리로 동신이 하고 있는 행위를 고검에게 설명했다. 고검은 왕민의 말에 묵묵히 고개를 끄덕였다.

동신은 모두 열 차례에 걸쳐 추산의 전신을 안마했다. 그러는 사이 어느새 동신의 얼굴에는 땀이 흐르고 있었다. 왕민이 흰 면 수건을 꺼내 동신의 얼굴에 흐르는 땀을 훔쳐 냈다. 왕민의 행동은 특별히 동신을 예우해서 하는 행동은 아니었다.

보통 의원이 환자에게 손을 쓸 때 얼굴에 땀이 흐르면 그 땀이 눈으로 들어가 정신을 혼란하게 하거나 외상을 입은 환자의 경우 상처에 땀이 떨어져 치료에 해가 될 수도 있기에 항시 환자를 치료하는 의원의 경우 누군가 곁에서 흐르는 땀을 닦아주는 것이 상례인 것이다.

이각여 동안의 안마가 끝나자 이제 동신은 조심스런 손길로 옥함을 열었다. 순간 장내에 기이한 향기가 번졌다. 영약이라곤 생각할 수 없을 만큼 불쾌한 냄새. 마치 오래된 낙엽이 썩으며 만들어내는 악취 같은 냄새가 옥함 안에서 흘러나왔다.

하지만 장내의 누구도 옥함에서 흘러나오는, 아니, 정확하게 말하면 지화라 불리는 만년지주의 내단에서 흘러나오는 불쾌한 냄새에 신경 쓰지 않았다. 세 사람의 시선은 오로지 옥함 안에 들어 있는 내단에 고정되어 있었다.

냄새는 고약했지만 그 빛깔과 모양은 영약의 모습을 제대로 갖추고 있는 만년지주의 내단. 영롱한 검은빛은 그 내부까지 들여다보일 정도로 투명했고, 은은하게 흘러나오는 검은 빛에는 현기마저 스며 있는 듯했다.

"후웁!"

불쾌한 냄새에도 불구하고 동신이 한차례 깊은 숨을 들이쉬었다. 아마도 수백 년간 그의 조상들이 보관해 왔던 천고의 영약을 자신의 손으로 떠나보내려니 제법 긴장이 되는 모양이었다.

"저는 전신의 혈도에 침을 꽂을 테니 왕 대협께선 때가 되면 추 소협께 내단을 복용시키십시오."

동신의 말에 왕민이 고개를 끄덕이며 조심스런 손길로 동신의 손에 들렸던 만년지주의 내단을 건네받았다. 그렇게 내단을 왕민에게 건넨 동신이 미리 펼쳐 놓았던 침구(鍼灸)에서 열두 개의 침을 꺼내 들었다. 그리고는 조심스런 손길로 추산의 전신에 그 열두 개의 침을 꽂아 넣기 시작했다.

본시 능숙한 의원은 환자의 몸에 침을 꽂을 때 망설임없이 단번에 꽂는 것이 보통이지만 천하제일명의라 불리는 동신은 의외로 무척 조심스런 손길로 아주 천천히 추산의 몸에 열두 개의 침을 꽂아 넣었다. 그것도 연이어 열두 개의 침을 시침하는 것이 아니라 하나를 꽂고는 한동안 추산의 상태를 살피고 또 다른 하나의 침을 꽂는 식으로 열두 개의 침을 시침하는 동신이었다.

동신이 그렇게 열두 개의 침을 모두 추산의 몸에 꽂아 넣자, 이번에는 이미 추산의 몸에 꽂힌 침 크기의 반 정도 되는 침 스물두 개를 다시 침구에서 꺼내더니 열두 개의 침들 중간중간에 역시 조심스런 손길로 꽂아 넣었다.

묘수의 동신의 시침(施鍼)은 워낙 조심스럽고 느리게 이어져 그의 손에 있던 모든 침이 모두 추산의 몸에 꽂힌 것은 그가 처음 침을 놓기 시작했을 때로부터 거의 반 시진 가까이 흐른 뒤였다.

동신이 마지막 침을 추산의 발끝에 꽂으며 왕민을 바라봤다. 그러자 왕민이 고개를 끄덕이고는 자신 앞에 놓인 옥함에서 만년지주의 내단을 꺼내 들었다.

다시금 장내에 알싸한 내단의 향기가 감돌았다. 왕민은 현기를 머금은 듯 짙은 검은색의 영롱한 빛을 발하는 만년지주의 내단을 손으로 감싸더니 가만히 눈을 감고 진기를 끌어올렸다. 내공을 가해 내단을 부드럽게 만들기 위한 것이었다.

본래 내단이란 단단하게 굳은 상태로 복용해 체내에서 용해하는 것이 보통이지만 지금 추산의 경우는 단단한 내단을 삼킬 힘이 없기 때문에 왕민이 내공으로 만년지주의 내단을 부드럽게 만들어 추산에게 복용시키려는 것이었다.

잠시 후 왕민의 손에 있는 내단에서 희미한 안개 같은 것이 솟아오르기 시작했다. 그러자 왕민이 재빨리 만년지주의 내단을 추산의 입속에 집어넣었다. 그리고는 추산의 입을 꽉 밀어 닫았다.

전신에 크고 작은 침을 꽂은 채 만년지주의 내단, 그러니까 의가에서 가장 중한 영약 중 하나로 불리는 지화(地火)를 입에 넣은 추산의 모습은 영약을 복용한 사람치고는 너무도 평온하고 조용했다.

그러나 영약을 복용시킨 왕민이나 또 추산에게 시침한 동신, 그리고 그들의 모습을 깊은 눈빛으로 바라보고 있는 고검까지도 지금 그 영약의 기운이 동신이 꽂아 넣은 침들이 만든 혈맥을 따라 추산의 전신으로 퍼져 가고 있다는 것을 알고 있었다.

만년지주의 내단은 지열을 모은 극양의 물건이다. 자연히 그 기운 또한 양기의 결정체라 할 수 있었다. 그 때문일까. 처음 내단을 복용했을 때는 아무런 변화가 없던 추산의 몸에서 서서히 기이한 현상들이 나타나기 시작했다.

'내단의 기운이 활동을 시작하는군.'

평소 어떤 상황에서도 침착함을 잃지 않던 고검의 눈에도 긴장의 빛이 떠올랐다. 언제부터인지 추산의 몸에 꽂혀 있던 수십 개의 침을 따라 아지랑이 같은 기운들이 스멀스멀 올라

오더니 점점 그 농도가 짙어져 추산이 내단을 복용한 지 이각 정도가 지나자 마치 향에서 연기가 피어오르듯 온전한 형상을 한 채 솟아오르기 시작했다.

그렇게 내단의 기운이 연무의 모습을 하고 수십 개의 침을 따라 올라오자 왕민이 재빨리 고검을 돌아보며 말했다.

"이제 장주님께서 수고하실 시간입니다. 잠시 후면 내단의 기운으로 막혔던 추 소협의 혈맥들이 모두 타동될 것입니다. 당장은 동 의원께서 시침한 침들 때문에 추 소협의 몸에 깃들어 있는 여러 개의 기운이 격렬하게 발호하지 못할 것이나, 내단의 강력한 기운이 추 소협의 몸에서 침을 밀어내기 시작하면 추 소협의 몸에 담겨 있는 모든 기운이 추 소협의 혈맥을 따라 움직이기 시작할 겁니다. 그때 장주께서 그 기운들을 추 소협의 전신 혈맥으로 인도해야 합니다. 백일검을 익혀 파괴되었던 전신 혈맥과 심맥이 만년지주 내단의 효능으로 치유되는 시간이 얼마가 될지 모르지만 추 소협이 스스로 모든 기운을 자신의 의지대로 운기할 수 있을 때까지는 장주께서 추 소협을 도와주셔야 하는 것입니다."

왕민이 되도록 자세하게 고검이 할 일을 설명했다. 고검 또한 자신이 할 일을 이미 알고 있었지만 귀 기울여 왕민의 설명을 듣고 있었다. 그렇게 왕민의 설명이 끝나자 고검이 천천히 추산의 머리 쪽으로 움직였다.

고검이 추산의 머리 위에 멈춰 서자 왕민과 동신이 서로 시선을 교환한 후 조심스럽게 추산의 몸을 일으킨 후 두 다리를 가부좌 형태로 꼬아 앉게 했다. 고검은 추산의 자세가 운기하는 자세로 변하자 조심스럽게 추산의 등에 두 손을 가져다 대었다.

'웃, 엄청나군.'

추산의 등에 두 손을 대는 순간 고검은 마치 거대한 용광로에 손을 댄 듯한 느낌을 받았다. 추산의 몸속에서 움직이는 여러 갈래의 기운이 그의 손을 통해 생생히 전해오고 있기 때문이었다.

"지금부터 추 소협의 몸속에 흐르는 기운들을 읽으셔야 합니다. 이제 일각 후면 침이 모두 빠져나올 것이고, 그리되면 모든 것은 무불장주님께 맡겨지게 될 것입니다."

동신이 당부하듯 말했다. 동신의 말에 고검이 가볍게 고개를 끄덕이고는 서서히 진기를 끌어올리기 시작했다. 그리고 잠시 후 손을 통해 추산의 몸속을 흘러들어 간 고검의 진기가 애초에 추산의 몸속에서 요동치고 있던 여러 기운과 섞여 들어가기 시작했다. 고검의 눈이 서서히 감겼다. 그는 마치 자신이 운기를 하듯 추산의 몸속을 흐르는 기운들을 조금씩 통제해 가기 시작했다.

그리고 일각 후, 추산의 몸에 박혀 있던 침들이 하나둘 그의 몸 밖으로 밀려 나오기 시작했다.

第七章

전운(戰雲)

孤劍秋山

　고검 등이 추산의 치료에 여념이 없을 때 능운백과 대웅산, 그리고 미심은 동궁의 수뇌들과 함께 추산이 치료 중인 막사에서 이십여 장 떨어진 능선 위에 자리한 사영인의 막사에 들어 있었다. 그리고 그들은 제법 심각한 이야기를 나누고 있었다.

　"그러니까, 동궁에서는 지금 수룡맹의 칼끝이 동궁을 향했다고 판단하고 있군요."

　능운백이 몸을 앞으로 기울이고 진지하게 홍사월의 말을 듣고 있다가 불쑥 입을 열었다.

　"여러 정황상 그리 판단할 수밖에 없는 실정입니다."

　홍사월이 고개를 끄덕였다.

"그리고 그들이 동궁에 대한 공세를 시작하려는 곳이 이곳에서 얼마 떨어지지 않은 홍택호라 판단해서 동궁의 고수들을 이 묘산으로 불러 모은 것이군요."

"그렇습니다. 동궁으로선 과거 태호대전 이후 최대의 위기에 봉착했다고 할 수 있지요. 본 궁은 수룡맹의 저력이 강호에 알려진 것보다 훨씬 강한 것으로 판단하고 있습니다. 이미 세력 면에서는 본 궁을 능가한다고 보는 것이 맞을 겁니다."

"흠, 그래서 의가삼보를 내주는 대가로 나와 무불장을 이 싸움에 끌어들이려 했던 것이군요."

능운백이 홍사월을 보며 말하자 홍사월이 씁쓸한 미소를 지으며 고개를 끄덕였다.

"맞습니다. 천검께서 도와주신다면 강호의 그 어떤 세력보다도 강력한 조력자가 되어주실 수 있으리라 생각했던 거지요. 하지만 결국 그 요구는 제자 분이 자운 노사의 후인이란 사실을 알게 된 이상 염치없는 일이 되어버렸지요. 허허허!"

홍사월이 조금 허탈한 웃음을 흘려냈다. 홍사월의 아쉬움은 당연한 것이었다. 당금 천하에서 세력을 배제하고 논하자면 천검 능운백은 동궁이 찾을 수 있는 최고의 조력자이기 때문이었다. 더군다나 천검에게는 강호에서 가장 뛰어난 청부사로 불리는 무불장의 고수들이 있었다.

본시 전쟁이란 눈에 드러난 전면전보다 그 이면에서 승패가 결정되는 경우가 허다하다. 무불장의 고수들은 바로 그 눈에 보이지 않는 싸움에 가장 적합한 인물들이었다. 아마도 홍사

월이 아쉬워하는 부분도 바로 그런 무불장 고수들의 능력일
터다.

"흠… 다른 삼패의 힘을 빌면 싸움을 수월하게 끝낼 수도 있
지 않겠습니까? 어차피 현 상황에서 사패 중 어느 한곳이 수룡
맹에게 공격을 당하면 자연스럽게 수룡맹은 사패의 공적이 되
는 것이니 말입니다."

능운백의 말에 홍사월이 씁쓸한 미소를 흘려냈다.

"물론 사패가 힘을 모으면 수룡맹의 발호를 제압하는 데는
큰 어려움이 없겠지요. 또한 본 궁이 사패에 지원을 요청한 것
도 사실입니다. 하지만 사패의 공조는 아마도 기대만큼 이루
어지지 않을 겁니다."

홍사월의 대답에 능운백이 고개를 갸웃했다.

"제가 이곳으로 오면서 들은 소문에 의하면 이미 사패의 고
수들이 이 홍택호 주변으로 움직이고 있다고 하던데, 그렇다
면 사패의 공조는 발동된 것 아닙니까?"

"물론 명목적으로는 사패의 공조가 발동된 것이 맞습니다.
다른 삼패에서 자파의 고수들을 이 홍택호로 파견한 것도 맞
고요. 하지만 삼패에서 파견한 고수들은 각 세력의 일 할에도
미치지 못합니다."

"일 할에도 미치지 못하는 지원군이라면……?"

"그렇지요. 생색만 내려는 것입니다. 사실 다른 삼패의 경
우 본 궁의 존망에는 큰 관심이 없을지도 모릅니다. 아니, 오히
려 본 궁의 패망을 원하고 있는지도 모르지요. 지난 수십 년간

사패의 시대가 지속되면서 무림은 그 어느 때보다 안정을 유지했지만 본시 강호란 곳이 영원한 평화를 원하는 곳이 아니지 않습니까?'

홍사월의 말에 능운백이 눈을 가늘게 떴다.

"그 말씀은 동궁을 제외한 삼패가 이번 수룡맹과 동궁의 충돌을 통해 강호의 판세를 새롭게 정립하길 원한다는 말이군요."

"그렇습니다. 물론 천검께서도 아시겠지만 사패의 시대는 사패 모두 만족할 수 있는 시대는 아니었지요. 각자의 마음속에 천하군림의 욕망이 왜 없었겠습니까? 물론 본 궁의 경우는 좀 다르기는 하지만 나머지 삼패의 경우 천하군림의 욕망이 존재하는 것을 부인할 수는 없는 일이지요. 그간 사패의 은밀한 분쟁들이 그걸 증명하는 것이고 말입니다."

홍사월의 말에 능운백이 고개를 끄덕였다. 홍사월의 말대로 지난 수십 년간의 사패시대는 겉으로는 무척 평화로운 시절이었지만 암중에서는 언제나 사패 간의 치열한 주도권 싸움이 벌어지고 있었다.

애초에 강호의 무림인에게 타인과 권력을 공유하라고 요구하는 것은 어울리지 않는 일이었다. 그러니 천하를 사분하고 있는 각 세력들이 자파의 천하군림을 위해 암중 분쟁을 벌인 것은 당연한 일이었다.

물론 홍사월의 말처럼 동궁은 세력 면에서 다른 삼패에 미치지 못했고, 또한 그 탄생 배경이 남련의 공격으로부터 자파의 영역을 지켜내기 위해 안휘와 강소, 절강의 문파들이 연합한 것이기에 애초부터 군림천하의 욕망을 드러낸 다른 삼패와는 조금 다른 면이 있기는 했다.

이런 상황에서 수룡맹의 동궁에 대한 도발은 나머지 삼패의 입장에서는 위기가 아니라 오히려 호기라고 할 수 있었다. 동궁이 비록 그 세력 면에서 나머지 삼패에 미치지 못하지만 그래도 천하사패의 일각, 그리고 수룡맹은 천하를 오패의 세상으로 만들려는 의도를 드러낸 떠오르는 신흥 세력이었다.

이 두 세력이 정면으로 충돌하면 적어도 양패구상에 가까운 타격을 입을 터. 아마도 삼패는 싸움에 지친 동궁과 수룡맹을 정리하는 것으로 강호천하에 대한 야욕을 드러내려 할 터였다. 그러니 이런 상황에 삼패가 전력을 다해 동궁에 힘을 보탤 이유가 없었다.

오히려 지금 홍택호로 보내진 삼패의 지원군 역시 동궁과 수룡맹의 싸움에 적극적으로 참여할 가능성은 거의 없다고 봐야 할 터였다.

"어려운 상황이군요."

능운백이 홍사월의 말에 담겨 있는 저간의 사정을 짐작하고는 얼굴에 그늘을 드리우며 말했다.

"동궁으로선 무척 곤란한 지경에 빠져 있다고 할 수 있지요. 자칫하면 동궁은 이번 싸움으로 강호에서 사라질지도 모릅니다. 해서, 무례한 줄 알면서도 능 노사와 무불장에 그런 조건을 내걸었던 것입니다."

사정을 듣고 나니 동궁이 의가삼보를 내어놓는 조건으로 능운백의 힘을 빌리려 했던 것이 어느 정도 이해가 갔다. 동궁으로선 그야말로 생존을 건 일생일대의 싸움을 벌이기 일보 직전인 것이다.

"그런데 알 수 없군요. 수룡맹에도 머리 굴리는 사람이 없는 것이 아닐 텐데. 왜 양패구상의 위험을 무릅쓰고 동궁을 공격하려 한 것일까요?"

대웅산이 곁에서 능운백과 홍사월의 이야기를 듣고 있다가 자신도 모르게 중얼거렸다.

본래 사람이란 그 뿌리를 잊을 수 없는 법. 비록 대웅산이 지금은 무상문을 떠나 동궁과의 인연이 끊어진 사람이지만 그가 무상문에 대해 가지고 있는 감정은 고향에 대한 본능적인 그리움 같은 것이기에 자신이 끼어들기엔 껄끄러운 자리라는 사실도 잊은 채 불쑥 입을 열었던 것이다.

그러자 동궁의 고수 몇몇이 그런 대웅산을 다양한 감정이 섞인 시선으로 바라봤다. 그중에는 홍사월도 포함되어 있었는데 홍사월의 눈에 담긴 감정은 안타까움 같은 것이었다. 아마도 무상문을 떠나지 않았다면 지금쯤 대웅산은 동궁의 다음 대를 떠맡을 동량으로 성장해 있었을 것이다. 대웅산이 무상문에 머물던 시절 그의 뛰어난 무재는 암암리에 동궁의 여러 노고수들에게 익히 알려져 있었다.

그러나 대웅산은 이미 동궁과 연을 끊은 사람이었다. 설혹 그가 지금 다시 무상문에 복귀한다 해도 그렇게 되면 무상문을 둘러싸고 동궁에 일대 파란이 일어날 것이고, 그건 대적을 앞에 둔 상황에서 동궁에 결코 좋은 일이 아니었다.

"그들이 본 궁을 목표로 움직이는 데는 나름대로 그 이유가 있지요."

대웅산의 물음에 답을 한 사람은 따로 있었다. 동궁의 군사 대하 이존이 입을 열었던 것이다.

"그 이유가 무엇이오?"

대웅산이 나설 자리가 아님을 알기에 능운백이 얼른 이존에게 되물었다.

"수룡맹으로서는 가장 최선의 길을 찾은 건지도 모릅니다. 현 강호의 사정을 보면 분란의 불씨가 되고 있는 곳은 정확히 두 곳입니다. 수룡맹과 마천이지요. 하지만 대부분의 강호인들은 마천보다는 수룡맹의 위협에 더 민감한 편입니다. 왜냐하면 비록 마천을 이끌고 있는 인물이 신주마 악불위라 할지라도 드러난 마천의 세력은 사패를 위협할 만한 수준이 아니기 때문입니다. 이번에 곤륜에서 마총이 발견된 이후의 행적역시 마천은 일방적으로 사패의 추격에 쫓기는 입장이었지요. 하지만 수룡맹은 다릅니다. 수룡맹은 고수도 고수지만 그 세력 면에서 능히 천하사패 중 한곳과 자웅을 겨룰 만한 힘을 가지고 있다는 것이 중론이지요."

거기까지 말하고 이존이 잠시 말을 멈췄다. 능운백과 주변의 사람들은 이존의 말을 신중하게 듣고 있었으므로 그가 말을 멈춘 후에도 여전히 이존의 입에서 시선을 떼지 않았다. 이존은 자신의 앞쪽에 놓인 찻잔을 들어 한 모금 목을 축인 후 다시 입을 열었다.

"수룡맹이 사패 중 하나와 버금갈 만한 세력을 가지고 있다는 것은 사패에게 필연적으로 하나의 선택을 요구하게 됩니다. 즉, 수룡맹을 천하의 패자 중 하나로 인정하고 받아들일 것인가, 아니면 수룡맹을 공격해 멸절시킬 것인가? 하지만 지금까지 사패는 아직 수룡맹에 대한 처분을 결정하지 않은 상태지요. 수룡맹에 대한 결정이 늦어진 것에는 다분히 악불위의 마천이 한몫했다고 할 수 있습니다. 잠시나마 사패의 관심이 수룡맹에서 곤륜의 마총으로 이동했으니까요. 하지만 수룡맹도 분명히 알고 있었을 겁니다. 마천의 일이 끝나면 어떤 형태로든 사패가 수룡맹에 대한 결정을 내릴 것이란 걸 말입니다. 그리고 누구나 예상하듯 그 결정은 아마도 수룡맹에 대한 사패의 협공이었을 겁니다. 왜냐하면 천하를 나눠 갖기에는 넷도 많다고 생각하는 사패인데 하물며 거기에 또 한 마리의 호랑이를 끌어들일 수는 없는 일이니까요."

"그래서 선택한 것이 동궁에 대한 선공(先攻)이란 말이오?"

능운백이 묻자 이존이 고개를 끄덕였다.

"그렇습니다. 그리고 그건 그들에게는 아주 적절한 선택이라고 할 수 있지요. 만약 제가 수룡맹의 책사였다 해도 분명 같은 결정을 내렸을 겁니다."

"어떤 면에서 그렇단 말이오?"

"아마도 수룡맹에는 제법 심기가 깊은 인물이 있는 듯합니다. 수룡맹은 강호의 네 마리 호랑이를 모두 상대하는 대신 동궁을 먼저 공격함으로써 나머지 세 마리의 호랑이가 싸움을 방관토록 만든 것이지요. 수룡맹의 이런 행보는 강호의 정세를 정확하게 읽어내는 책사가 수룡맹에 있다는 것을 의미합니다. 그는 아마도 수룡맹이 동궁을 선공했을 때 나머지 삼패에서 적극적으로 동궁을 돕지 않을 거란 걸 계산하고 있을 겁니다. 즉, 지난 수십 년간 암중에서 벌어지고 있던 사패 간의 암투를 알고 있었던 것이죠."

"음, 그러니까 삼패가 동궁과 수룡맹의 싸움에 관여치 않고 어부지리를 노리며 방관할 것이란 걸 간파했단 말이구려."

"그렇습니다. 수룡맹이 움직이지 않으면 사패는 힘을 합쳐 수룡맹을 공격할 테지만 사패 중 한곳을 공격하면 나머지 삼패가 싸움을 방관할 것이란 걸 계산하고 있었던 것이지요. 그리고 일단 동궁을 무너뜨리면 그들은 신속하게 동궁의 자리를 차지하고 사패의 시대를 계속 이어갈 수 있을 거란 기대를 했을 겁니다."

이존의 설명에 능운백이 고개를 끄덕였다. 상황은 확실히 이존이 말한 대로 진행되어 왔음이 분명했다.

"그런데 왜 다른 삼패가 아닌 동궁이었을 것 같소?"

"두 가지 이유가 있을 겁니다. 하나는 누구나 짐작하는 이유지요. 즉, 사패 중 동궁의 세력이 가장 약하다는 것입니다. 이제 막 기지개를 켜기 시작한 수룡맹으로서는 사패에서 가장 세력이 약한 쪽을 선택하는 것이 당연한 일이었겠지요. 그리고 두 번째 이유는 바로 물길 때문일 겁니다."

"물길이라…… 흠!"

능운백이 무언가 짐작이 가는 얼굴로 고개를 끄덕였다. 이존의 설명은 계속 이어졌다.

"수룡맹은 애초부터 천하의 물길을 장악하는 것으로 사패의 빈틈을 노렸지요. 사패가 강호천하를 지배하는 상황에서 그들이 세력을 확보할 수 있는 곳은 물길이 유일했으니까요. 그들의 선택은 옳았고, 그들은 지금 천하 물길의 팔 할을 점유하고 있다 할 수 있습니다. 그런데 그들이 점유하지 못한 나머지 이 할의 물길 중 가장 중요한 곳을 본 궁에서 관할하고 있지요. 장강 하류와 홍택호를 중심으로 하는 회화 주변의 대운하 말입니다. 그러니 당연히 그들의 목표는 본 궁, 그중에서도 강남, 북을 이어주는 수로의 요충지 홍택호가 될 수밖에 없었을 겁니다."

이존의 설명에 귀 기울이는 사람은 능운백 등 무불장의 고수들만이 아니었다. 홍사월을 비롯한 동궁의 고수들 역시 지금까지 홍택호를 두고 벌어진 일련의 사건들에 어떤 의미가 내포되어 있는지 일목요연하게 설명하는 이존의 말에 귀 기울이지 않을 수 없었다.

능운백은 이 젊은 동궁의 군사가 천하의 판세를 면밀하게 읽을 수 있는 뛰어난 혜안을 가지고 있다는 것을 확인하고는 내심 감탄하지 않을 수 없었다. 그는 이제 겨우 오십대 초반이지만 강호의 정세를 읽는 눈은 노련한 노강호에 못지않았다.

그런 생각이 들자 갑자기 능운백의 입가에 작은 미소가 드리워졌다. 그 모습을 보았는지 홍사월이 궁금한 표정으로 물었다.

"능 노사께서는 어째서 미소를 지으신 건지요?"

지금까지 이존이 말한 이야기들은 하나같이 동궁에 불리한 이야기들이었음에도 불구하고 능운백이 미소를 지은 것은 어찌 보면 동궁의 불행을 즐기는 것으로 오해할 수도 있었으므로 능운백 또한 홍사월의 질문을 흘려 넘길 수는 없었다.

"제가 보기엔 동궁이 일시적으로 어려움에 처했지만 능히 그 위험을 헤쳐 나갈 수 있을 것 같기에 미소를 지었을 뿐입니다. 오해하지 마시길……."

능운백의 대답에 홍사월이 더욱 호기심을 드러냈다.

"물론 저 또한 본 궁이 그리 호락호락 수룡맹이나 다른 삼패의 의도대로 무너지지는 않을 거라 생각합니다. 그런데 능 노사께서는 어떤 이유로 본 궁이 이번 어려움을 무사히 헤쳐 나갈 수 있다고 생각하셨는지요?"

"그건 오늘 제가 한 명의 인재를 만났기 때문입니다."

의외의 대답에 홍사월이 재빨리 되물었다.

"인재라면……?"

"하하, 제가 말한 인재란 바로 귀 궁의 군사를 말하는 것입니다."

그러자 홍사월이 당연하다는 듯 고개를 끄덕이면서도 조금 실망한 기색으로 입을 열었다.

"군사께서 뛰어난 인재임은 익히 알려진 사실이지요."

홍사월의 말에 능운백이 가볍게 고개를 저었다.

"제가 강호를 종횡하면서 수많은 고수와 현사들을 만났지만 귀 궁의 군사와 같은 인재는 만나보지 못했습니다. 군사께서는 오늘날 귀 궁을 중심으로 일어나고 있는 일들의 원인과 각 세력의 내심을 손금 보듯이 들여다보고 있으니 어찌 그에 대한 해결책이 없겠습니까? 지피지기면 백전불패라는 말도 있지 않습니까? 비록 강호의 싸움이 도검에 의해 승패가 가려진다 해도 이렇게 세력과 세력 간의 싸움은 도검의 흉험함보다 지략가들의 머리에 의해 그 승패가 결정되게 마련이지요. 제가 보기에 귀 궁은 강호제일의 지략가를 보유하신 듯하니 동궁의 이번 어려움은 능히 이겨낼 수 있을 것 같습니다."

능운백의 말에 홍사월이 잠시 눈을 껌뻑이다가 새삼스런 눈으로 자신의 옆에 있는 대하 이존을 바라봤다. 능운백의 말이 끝난 후라 그런지 대하 이존의 눈빛이 언제보다도 맑고 깊어 보였다. 그러자 홍사월이 가만히 한숨을 내쉬었다.

"오늘 능 노사 덕에 제가 큰 깨달음을 얻었습니다. 본래 가까이 있는 기보는 아무리 귀중해도 그 귀한 법을 모른다더니 이제 능 노사의 설명을 듣고 보니 과연 본 궁에는 그 무엇과도 바꿀 수 없는 보배가 있었군요. 이보시오, 군사."

홍사월이 부드러운 목소리로 이존을 불렀다. 그러자 이존이 가벼운 미소를 지으며 대답했다.

"말씀하시지요."

"허허, 혹 그간 이 늙은이가 나이를 앞세워 군사에게 결례를 범한 일이 있다면 부디 너그럽게 용서해 주시구려. 오늘 능 노사 덕에 내 군사야말로 본 궁의 최고 보물임을 알게 되었소이다."

홍사월의 말속에는 진심이 깃들어 있어 누구라도 지금 그의 말을 농으로 받아들이지 않았다. 그러자 이존이 고개를 저으며 대답했다.

"천검께서 불초한 소인을 너무 높게 평가하신 듯합니다. 저는 그저 본 궁을 위해 각고의 노력을 다할 뿐이지요."

이존의 대답이 마음에 드는지 홍사월이 연신 고개를 끄덕였다.

"음, 지금까지도 그러했지만 본 궁을 지탱해 온 것은 사실 육상천이 아니라 본 궁의 영역에 은신하고 있는 수많은 강호 기인들이었소이다. 언제나 위기 때면 그 은자들이 나서서 동궁을 지켜냈지요. 그런데 지금 생각해 보니 그런 기인들 중 한 사람이 바로 군사였던 것 같소이다. 단지, 우리 곁에 있어서 몰라봤을 뿐이지요. 허허, 이렇게 되니 이번 수룡맹의 발호를 능히 제압할 수 있다는 자신감이 생기는군요."

그러자 이존이 가볍게 고개를 숙여 보였다.

"어르신께서 제게 무거운 짐을 지우시는군요. 어찌 저 혼자의 힘으로 수룡맹의 도발을 막아낼 수 있겠습니까. 아마도 이번 전쟁에서 승리하려면 동궁의 모든 역량이 동원되어야 할 것입니다. 더군다나 늑대를 물리친 후 호랑이의 습격을 방비하려면 늑대를 상대할 때 본 궁의 전력을 보존하는 것이 꼭 필요합니다."

이존의 말에 홍사월이 고개를 끄덕였다.

"맞는 말이오. 그래서 이번 수룡맹과의 싸움이 어렵다는 것이오. 세 마리의 호랑이가 호시탐탐 뒤를 노리고 있는 격이니……."

홍사월이 혀를 찼다. 눈앞에 닥친 수룡맹보다 뒤에서 지켜보고 있는 삼패가 더 두려운 상황이었다.

"그런데 혹 악불위와 마천의 소식은 없습니까?"

능운백이 갑자기 생각난 듯 홍사월에게 물었다. 그러자 홍사월의 표정이 급격하게 어두워졌다.

"솔직히 말하면 그 문제가 현재 본 궁을 무척 곤란하게 만들고 있는 문젭니다."

홍사월의 대답에 능운백이 고개를 갸웃거렸다. 눈앞에 닥친적은 수룡맹이었다. 그런데 홍사월은 뜬금없이 악불위와 마천의 행방이 동궁을 어렵게 만들고 있다 말하고 있었다.

"무슨 사정인지 모르겠군요."

"사실 사패의 추격대는 곤륜을 벗어난 악불위와 마천의 고수들을 무한에서 놓쳤지요."

"그건 알고 있습니다."

"알고 계셨군요."

"그런데 그들의 행방이 묘연한 것이 왜 지금 동궁에 문제가 되는 겁니까?"

그러자 홍사월이 정색을 한 표정으로 입을 열었다.

"기실 현재까지 악불위와 그 수하들의 행방에 대한 단서는 어디서도 발견하지 못한 상황입니다. 그야말로 하늘로 솟은 듯 사라진 것이지요. 애초에 그들이 무한에서 종적을 감추었을 때 사패는 이미 그들이 곤륜으로 떠나기 전 무한(武漢)에 천하사패의 추격으로부터 자신들의 몸을 숨길 수 있는 준비를 했을 거라 짐작했지요. 그렇지 않고는 그렇게 감쪽같이 모습을 감출 수는 없는 일이니까요."

홍사월의 말에 능운백도 맞장구를 쳤다.

"저희 또한 그리 생각했습니만……."

"그런데 최근에 우린 한 가지 가능성에 대해 주목하지 않을 수 없더군요."

"한 가지 가능성이라면……?"

"어쩌면 악불위와 귀왕 마천이 손을 잡았을 수도 있을 거란 사실 말입니다."

순간 능운백의 표정이 급변했다. 악불위와 귀왕 마천이 손을 잡는다면 그건 그야말로 강호의 판세를 뒤흔들 커다란 사건이라고 할 수 있었다. 다른 것을 따지기 전에 두 사람은 천하팔대고수들이 아니었던가. 강호란 곳이 절대고수의 존재 유무에 따라 그 판도가 결정되는 곳임은 누구나 알고 있는 사실. 그런데 천하팔대고수 두 명이 힘을 합친 세력이라면 감히 그 파괴력은 가늠하기 어려울 터다.

"하지만… 그건 불가능한 일인 듯한데……."

능운백이 고개를 저으며 회의적인 표정을 지었다.

"물론 두 사람이 손을 잡는 것은 극히 어려운 일이지요."

홍사월 역시 능운백의 의견에 동의했다. 악불위와 귀왕 마천이 손을 잡는 것이 거의 불가능하다는 것은 두 사람 사이에 맺어진 악연을 알고 있는 사람이라면 누구도 반박할 수 없는 사실이었다.

귀왕 마천은 과거 백마혈전을 통해 강호에 출도한 사람이었다. 그의 첫째 아들이 백마의 혈풍에 휩쓸려 죽음을 당하자 그는 그 분노를 백마를 척결하는 살검을 휘두름으로써 씻어냈다. 그리고 백마의 생존자들을 감금한 암옥의 옥주가 된 인물. 그런데 악불위은 그런 귀왕 마천과는 정 반대편에 서 있는 인물이었다.

마천의 후예들이 주동이 되어 일으킨 백마혈전에서 악불위의 아비인 악근은 백마의 수뇌 중 한 명이었다. 그는 결국 마천의 꿈을 이루지 못하고 백마혈전에서 죽임을 당했고, 악불위는 그런 아비의 뒤를 이어 마천의 부활을 꿈꾸고 있는 인물이었다.

그러니 백마혈전을 사이에 두고 귀왕 마천과 악불위는 도저히 양립할 수 없는 관계인 것이다.

더군다나 노륙지에서 벽산철가의 황금선을 탈취해 강호를 혈풍에 몰아넣었던 일 또한 악불위에 의해 벌어진 일. 벽산철가는 당시엔 알려지진 않았지만 기실 수룡맹의 자금줄이었다.

그런 두 세력이 손을 잡는다는 것이 과연 가능한 일일까? 능운백이 의문을 제기한 것은 바로 이 점이었고, 홍사월 또한 그 사실을 알고 있기 때문에 능운백의 반박에 수긍했던 것이다.

"하지만 그럼에도 불구하고 우린 그 두 세력이 어쩌면 서로의 야망을 위해 손을 잡았을 수도 있을 거라 생각합니다."

홍사월이 악불위와 귀왕 마천 사이에 얽혀 있는 혈원을 인정하면서도 두 사람의 합작 가능성을 고집했다.

"어떤 근거로 그런 추측을 하게 된 겁니까?"

홍사월 같은 인물이 고집을 피울 때는 그럴 만한 근거가 있을 터다. 홍사월 같은 노강호는 결코 겉으로 드러난 정황만으로 이런 판단을 내릴 인물이 아니었다.

"정보에 의하면 악불위와 그의 수하들이 무한에 도착했을 때 그들은 거의 막다른 골목에 몰려 있었다고 합니다. 그도 그럴 것이, 사패는 곤륜에서부터 그들을 추격해 간 고수들 외에 그 세 배에 가까운 고수들을 증원으로 들어온 악불위의 추격에 투입했으니까요. 아마도 백마혈전 이후 그렇게 많은 사패의 고수가 함께 누군가를 상대한 적은 처음이었을 겁니다. 아무리 악불위의 무공이 대단하고 그 수하들이 마총에서 마천삼십육마종의 유산을 얻었다 해도 당장 사패의 추격을 따돌리기에는 어려웠을 겁니다. 마천삼십육마종의 유산이란 것도 결국 시간을 두고 그 마정을 자신의 것으로 만들어야 위력이 나타나는 것이니 말입니다. 사패는 그들에게 그런 시간적인 여유를 악불위와 마천의 마인들에게 줄 생각이 전혀 없었지요. 결국 사패는 그들을 무한에 몰아넣을 수 있었습니다. 그런데 그곳에서 그들은 마치 연기처럼 사라져 버린 것이지요. 당시 악불위가 사라진 곳은 정확하게 말하자면 무한 인근의 동정호에서였지요. 그는 몇몇 수하들과 함께 소선에 몸을 싣고 장강의 물줄기를 따라 도주 중이었는데, 나중에 그 소선을 포획해 확인해 보니 그들은 감쪽같이 사라지고 없었던 것입니다. 결국 그들은 그 너른 동정호 위에서 모습을 감춘 것이지요."

사패가 악불위와 그 수하들의 추격에 실패한 것은 능운백도 익히 알고 있는 일이었다. 하지만 당시의 정황을 자세히 듣는 것은 이번이 처음이었다.

하지만 정작 능운백이 듣고 싶은 것은 악불위가 무한에서 사라진 이야기가 아니었다. 그가 정말 듣고 싶은 것은 왜 홍사월이 악불위와 귀왕 마천의 합작을 예상했는가 하는 점이었다. 그런 능운백의 마음을 알고 있는지 홍사월이 계속 말을 이어갔다.

"우린 악불위가 어떻게 사패의 추격을 뿌리치고 감쪽같이 도주할 수 있었는지를 조사하기 시작했지요. 처음에는 악불위가 곤륜으로 들어가기 전 무한에 미리 도주로를 준비해 놓았을 거라 생각했습니다. 그런데 조사를 계속하던 중 우리는 아주 중요한 사실 한 가지를 나중에서야 알게 되었습니다. 그건 바로 수룡맹의 암옥귀선이 당시 그 부근에 있었다는 사실입니다."

순간 능운백의 눈빛이 살짝 변했다.

"끙, 수룡맹의 암옥귀선이라……."

능운백이 신음 소리를 흘려내며 중얼거렸다. 그런 능운백을 보며 홍사월이 계속 이야기를 이어갔다.

"본래 수룡맹의 고수 일부분도 악불위의 뒤를 쫓아 곤륜으로 향했었지요. 하지만 수룡맹이 악불위의 추격에 나선 것은 사패에 비해 훨씬 나중의 일이었기에 마총에서 악불위와 사패의 추격대 간에 일대 추격전이 벌어졌을 때에도 그들은 미처 곤륜에 들어서지 못하고 있었습니다. 그런데 이후 악불위와 사패의 추격전이 중원으로 이어졌을 때 수룡맹 고수들의 움직임은 씻은 듯 사라졌지요. 마치 그들은 더 이상 악불위의 추격에 관심이 없다는 듯 말입니다. 해서 사패는 수룡맹이 악불위의 추격에서 발을 뺐다고 생각했었지요. 그런데 그 수룡맹이 악불위가 최후로 도착한 무한에 암옥귀선을 띄운 것입니다. 그리고 바로 그곳에서 악불위는 망망대해나 다름없는 장강의 물결 위에서 자취를 감췄고 말입니다."

홍사월의 말이 끝나자 능운백이 깊은 생각에 잠겨들었다. 확실히 수룡맹의 행보에는 의심스러운 점이 많았다. 수룡맹이 탄생하기 전, 그러니까 암옥의 시절, 암옥귀선이 강호로 나오는 경우는 강호의 마인들을 암옥으로 이송할 때가 유일했다. 그것도 암옥귀선의 출도를 강호에 미리 알려 그 십여 리 안쪽으로는 그 누구의 접근도 불허하는 것이 강호행의 원칙이었다.

물론 암옥이 수룡맹으로 탈바꿈한 상황에서 그런 강호의 규칙 같은 것은 무용지물이 되었지만 수룡맹이 탄생한 이후에도 암옥귀선이 강호에 나왔다는 소식이 전해진 적은 없었다.

그런 암옥귀선이 악불위가 사라진 근처에 있었다는 것은 확실히 의심해 볼 만한 일이었다.

"수룡맹에 암옥귀선의 출도 이유를 확인했습니까?"

생각에 잠겨 있던 능운백이 홍사월에게 물었다.

"사패의 이름으로 출도 이유를 묻기는 했지요. 또한 근처에서 악불위의 행방이 사라졌으니 그 단서가 될 만한 일들을 알고 있는지의 여부도 말입니다. 하지만 그들의 대답은 단순하더군요. 암옥귀선이 출도한 이유는 새롭게 탄생한 수룡맹의 각 지부를 순회하기 위한 것이고, 악불위의 증발에 관한 단서는 자신들도 찾지 못했다는 것이지요."

홍사월의 말에 능운백이 천천히 고개를 끄덕였다. 그리곤 조용한 목소리로 입을 열었다.

"확실히 그 두 세력의 움직임에는 의심할 구석이 있군요. 숨을 곳 하나 없는 물 위에서 사패의 추격을 받고 있는 악불위를 감쪽같이 빼돌릴 능력이 있는 자들을 찾으라면 당연히 수룡맹을 꼽을 수 있겠지요. 그들이야말로 현 강호에서 물에 관한 한 가장 뛰어난 실력자들을 데리고 있으니까 말입니다. 더군다나 근처에 암옥귀선까지 출현했었다면… 정황상 수룡맹이 악불위의 실종에 관여했을 가능성이 크군요. 단 하나, 그들의 관계가 결코 서로 화합할 사이가 아니라는 것만 제외한다면."

능운백의 말에 홍사월이 의미심장한 표정으로 말했다.

"강호엔 영원한 적도 영원한 친구도 없다고들 하지 않습니까? 어제의 원수가 오늘은 동지가 되는 곳이 강호입니다. 더군다나 그 두 사람은 모두 군림천하를 노리고 있는 자들입니다. 강호를 향한 욕망이 그들 두 사람을 하나로 뭉치게 하지 않았을까요?"

"흠… 그럴 수도 있겠지요. 물론 그들이 힘을 합쳤다 해도 서로 그 목적은 다르겠지만 일시적인 연합은 사패를 감당해야 하는 두 세력 모두에게 득이 되는 일이겠지요."

능운백도 이제는 악불위와 귀왕 마천의 연합을 거의 기정사실처럼 받아들이는 듯했다.

"그래서 걱정인 것입니다. 수룡맹이 본 궁에 대한 도발을 서슴없이 시도한 것이 바로 악불위와 마천의 힘을 얻었기 때문이 아닐까 해서 말입니다. 그들 또한 이번 싸움 뒤에 몰아닥칠 삼패의 공세를 모르지 않을 터, 그럼에도 불구하고 본 궁에 대한 도발을 감행했다는 것은 역시 믿는 구석이 있어서이지 않겠습니까?"

홍사월이 한층 어두워진 안색으로 말했다.

"음… 그렇게 생각할 수도 있겠습니다. 그래, 만약 이 모든 추측이 사실이라면 동궁은 저들을 어찌 상대하실 생각입니까?"

능운백이 홍사월을 보며 묻자 홍사월이 씁쓸한 미소를 지으며 대답했다.

"그걸 고민하던 차에 능 노사와 무불장의 고수들이 나타나신 겁니다. 해서 무례를 무릅쓰고 의가삼보를 걸고 흥정을 한 것인데… 적어도 천검이시라면 능히 싸움의 한 축을 감당해 주시리라 믿었던 것이지요."

이미 홍사월 본인의 입으로 의가삼보에 대한 대가로 요청했던 청부는 없던 일로 하기로 했으므로 동궁은 다시금 악불위와 연합한 수룡맹의 공격을 막아낼 방도를 찾아야 할 때였다.

"하지만 동궁의 힘이라면 그들의 공격을 너끈히 감당해 내실 겁니다."

능운백이 미소를 지으며 대답했다.

"물론 그들이 힘을 합쳤다 해서 동궁이 무너지리라 생각지는 않습니다. 솔직히 말하자면 지난 사패의 시절 동안 본 궁을 비롯한 사패의 힘은 초창기에 비해 엄청난 성장을 이룩했으니까요. 그 힘의 성장이 지나쳐 지금 사패가 서로를 잡아먹고 강호를 독패(獨霸)하겠다고 나대는 것이지요. 그러나 이미 말씀드렸듯 이번에는 승패가 중요한 싸움이 아닙니다. 승리를 하더라도 피해를 최소화해야 하는 것이지요. 뒤에서 호시탐탐 기회를 노리고 있는 세 마리 호랑이에게 빌미를 주지 않기 위해서 말입니다."

"전력의 손실이 없는 승리라……. 어려운 일이군요."

능운백이 천천히 고개를 저었다. 당금 천하에 수룡맹과 마천의 연합 세력과의 싸움에서 큰 피해 없이 승리를 거둘 세력이 누가 있을 것인가? 아마도 사패 모두가 함께 그들을 상대한다 해도 그 피해는 수년간 회복키 어려울 것이리라. 하물며 동궁은 지금 홀로 그들을 상대해야 하는 처지였다.

"그래서 고민이지요. 지금으로선 누군가 묘수를 찾아내야 할 터인데⋯⋯."

홍사월 역시 난감한 표정으로 고개를 저었다. 하지만 홍사월보다 더욱 어두운 표정을 하고 있는 사람이 있었으니 그는 바로 동궁의 군사 대하 이존이었다. 도검을 들고 나가 적을 맞아 싸우는 것이야 동궁주를 비롯한 동궁의 고수들이 할 일이지만 피해없이 수룡맹의 도발을 막아낼 방도를 찾아야 하는 사람은 군사인 자신이었기 때문이다.

장내가 잠시 침묵에 빠져들었다. 동궁의 상황이 무척 위태롭다는 것은 장내에 있는 사람 누구나 느끼고 있는 것이었다. 하지만 누구라도 딱히 그 해결책을 내어놓을 수는 없었다. 만약 무불장의 고수들이 이 싸움에 참여한다 해도 어쩌면 싸움의 결과가 바뀌지 않을지도 몰랐다. 무불장은 세력이 아닌 청부사 개개인의 능력으로 움직이는 조직이었으므로.

그런데 그렇게 장내의 사람들이 무거운 침묵에 빠져 있을 때 갑자기 미심이 자리에서 몸을 일으켰다. 미심의 움직임은 무척 조심스러웠지만 장내가 워낙 조용했던 탓에 사람들의 시선이 일제히 미심에게로 쏠렸다. 하지만 사람들은 곧 그녀에게로 향했던 시선을 다른 곳으로 돌렸다. 왜냐하면 자리에서 일어난 미심이 사람들의 시선에 아랑곳 않고 한 지점을 응시하고 있었기 때문이다.

"끝났나 보군."

미심을 따라 시선을 돌렸던 능운백이 신형을 일으키며 입을 열었다. 절대고수라 불리는 그의 음성이 가늘게 떨렸다. 절대고수 능운백을 긴장시키는 일이라면 이곳에서 오직 단 하나밖에 존재하지 않았다. 그건 바로 추산의 회복 여부. 과연 능운백의 시선이 향한 곳에는 막 천막을 벗어나는 고검 등 삼 인이 있었다.

장내의 고수들이 저마다 자리에서 몸을 일으켰다. 지금까지의 화제였던 동궁의 위기는 잠시 사람들의 관심에서 멀어졌다. 그 대신 천검 능운백의 둘째 제자 추산의 회복 여부가 사람들의 새로운 관심사로 등장했다.

제자의 소식을 제자리에 서서 기다리기가 힘들었을까. 능운백이 고검 등을 향해 걸음을 옮겼다. 그의 뒤로 대웅산과 미심 역시 긴장한 얼굴을 하고 따라붙었다.

"수고들 하셨네. 그래, 어찌 되었느냐?"

능운백이 짐짓 여유있는 미소를 지으며 고검에게 물었다. 그러나 고검은 자신의 사부가 내심 얼마나 긴장하고 있는지 금세 깨달을 수 있었다. 왜냐하면 능운백의 손이 끊임없이 허리에 찬 자신의 검집을 토닥거리고 있었기 때문이다. 능운백의 이 버릇은 그가 긴장했을 때만 나오는 특유의 행동이었다.

"다행히 백일검의 저주는 풀린 것 같습니다, 스승님."

고검이 얼른 대답했다. 한시라도 빨리 사부를 안심시켜 드리는 것이 제자의 도리라는 듯.

"오! 그것 참 다행이구나. 묘수의, 정말 고맙소이다. 이 능운백이 큰 신세를 졌소이다."

능운백이 그답지 않게 흥분한 목소리로 묘수의 동신에게 감사의 말을 건넸다. 그러자 묘수의 동신이 조금 피곤한 듯한 얼굴에 미소를 지으며 대답했다.

"감사라뇨, 오히려 과거 자운 노사께 받은 동궁의 은혜를 이렇게나마 갚을 수 있어서 저로서도 기쁜 일입니다. 다행히 큰 실수 없이 대법을 마쳤으니 추 소협의 안위는 걱정하지 않으셔도 좋을 듯합니다."

묘수의 동신의 말에 능운백의 얼굴이 더욱 밝아졌다.

"그래, 녀석이 완전히 회복하려면 얼마나 걸리겠는가?"

능운백이 이번에는 왕민을 보며 물었다.

"그건 저희로서도 알 수 없는 일입니다. 이제부터는 오직 추소협 자신에게 달린 문제니까요."

"음… 의식은 돌아와 있는 건가?"

"그렇습니다. 스스로 운기를 시작하는 것을 보고 나왔으니까요."

"다행이군, 정말 다행이야. 다시 한 번 묘수의께 고맙다는 말을 해야겠구려. 고맙소이다."

능운백이 묘수의를 보며 연신 감사의 말을 하자 묘수의가 잠시 망설이다가 조심스럽게 입을 열었다.

"이미 말씀드렸듯이 오늘 제가 추 소협을 치료한 일은 감사받을 일이 아닙니다. 이미 오래전에 동궁이라는 조직이 탄생할 때 자운 노사의 도움이 절대적이었으므로 이번 일은 그저 제가 과거의 은혜를 조금 갚은 것에 지나지 않지요. 하지만 그럼에도 불구하고 염치없지만 천검 어른께 한 가지 부탁을 드리고 싶습니다만……."

묘수의 동신의 말에 능운백이 망설이지 않고 고개를 끄덕였다.

"그렇게 하시구려. 사실대로 따지자면 과거 자운 노사께서 동궁에 베푼 은혜는 동궁 전체가 입은 은혜일 뿐 묘수의께서 개인적으로 짊어져야 할 은혜는 아니지요. 그럼에도 불구하고 천하에 다시없는 기보를 망설이지 않고 내어주시고, 또 고명한 의술로 제자 놈을 치료하셨으니 제가 어찌 동 의원의 부탁을 거절할 수 있겠소이까?"

"그리 말씀하시니 몸 둘 바를 모르겠습니다. 하지만 일단 꺼낸 이야기는 부탁을 드리도록 하지요."

"그러시구려. 그래, 이 늙은이에게 하고 싶은 부탁이 무엇이오?"

능운백이 묻자 묘수의 동신이 잠시 망설이다 결심을 한 듯 입을 열었다.

"새삼스런 부탁은 아닙니다. 애초에 의가삼보 지화를 내놓는 조건으로 본 궁은 천검 어른께 한 가지 청부를 하려고 했었지요. 하지만 추 소협이 자운 노사의 제자란 사실을 알고 나서 본 궁은 그 청부를 취소했습니다. 지금 제가 드리고자 하는 부탁은 부디 천검께서 어려움에 빠진 동궁을 도와주십사 하는 것입니다. 이건 만년지주의 내단을 내어놓은 대가로 청부를 요청하는 것이 아니라 동궁의 일원으로서 진심으로 부탁을 드리는 것입니다. 물론 천검께서 이 강호의 불구덩이 속에 발을 들이고 싶지 않으시다 하더라도 절대 원망치는 않을 겁니다."

묘수의 동신은 말을 마치고 정중하게 천검 능운백에게 허리를 숙여 보였다. 그의 말속에 깃든 진심은 장내의 사람들을 숙연하게 만드는 기운이 담겨 있었다.

그건 천검 능운백도 마찬가지였다. 그는 지긋한 눈으로 묘수의 동신을 바라보고 있을 뿐 쉽사리 그의 부탁에 대해 가부의 대답을 하지 않았다. 어찌 보면 묘수의 동신의 부탁은 예의에 어긋나는 일일 수도 있었다. 이미 없던 일로 하기로 했던 일을 다시 꺼내 들었기 때문이다. 단지 청부라는 말을 부탁이라는 말로 대신하고 있을 뿐.

능운백은 한동안 묘수의 동신을 바라보다 가볍게 한숨을 내쉬며 시선을 돌렸다. 묘산의 검은 산비탈을 타고 넓게 펼쳐진 거대한 천막 군락이 그의 눈에 들어왔다. 그 아래쪽에는 검은 물빛의 묵호가 펼쳐져 있었고, 묵호의 서쪽 끝으로 전장의 중심이 될 홍택호로 이어지는 수로가 뱀처럼 기어가고 있었다.

그렇게 한동안 묘산 아래 펼쳐진 풍경을 바라보던 능운백이 입을 열었다.

"흠… 동 의원의 말씀 잘 알아들었소이다. 하지만 내가 이 싸움에 관여할지는 쉽게 결정할 수 있는 문제가 아니구려. 아시다시피 그간 나와 무불장의 청부사들은 사패의 싸움에서 철저한 중립을 유지하고 있었소이다. 즉, 다시 말해 강호의 세력 다툼에는 관여치 않았다는 것이지요. 그 원칙을 지켰기에 나와 무불장의 청부사들은 오늘날까지 강호에서 살아남을 수 있었던 것이오."

능운백의 말에 동신이 고개를 끄덕였다.

"저 또한 그런 사실을 잘 알고 있습니다. 그래서 천검께서 제 부탁을 들어주지 않으셔도 전혀 아무런 원망이 없다고 말씀드린 겁니다. 전 단지 사패의 시대, 세력이 없는 무인들에게 안식처를 제공했던 동궁이 계속 강호에 남아 있기를 바라는 마음에서 드린 부탁입니다."

동신의 말에 능운백이 눈을 가늘게 뜨며 중얼거렸다.

"세력 없는 무인들의 안식처라……."

어쩌면 동신의 말은 동궁을 정확하게 표현한 말인지도 몰랐다. 물론 동궁은 동궁 육상천이라는 명문세가들이 중추가 되어 만들어진 세력이지만 다른 삼패와는 달리 애초부터 강호군림과는 거리가 먼 세력이었다.

동궁의 성립 자체가 남련의 북상을 방어하고자 하는 것에서부터 시작되었기에 그간 사패 군림의 시대에서도 동궁은 세력의 확장보다는 자신들의 영역을 보존하는 것에 만족했던 것이다. 덕분에 동궁의 영역에는 혼란한 강호로부터 은거하고자하는 수많은 강호기인들이 찾아들었고, 그들은 또한 스스로의 안식처를 지키기 위해 동궁이 위난에 빠졌을 때마다 불쑥불쑥 모습을 드러내 동궁을 지켜냈던 것이다.

"동 의원의 말씀은 잘 알았소이다. 하지만 무불장의 행보를 결정하는 것은 나 혼자 할 수 있는 문제도 아니고, 또 아직 산이가 깨어나지 않았으니 그 문제는 나중에 생각해 보도록 합시다."

"고려해 보시겠다는 말씀만으로도 감사합니다."

동신이 능운백에게 정중하게 고개를 숙여 보였다.

"허허, 과연 동궁에는 숨은 기인들이 많소이다. 오늘만 해도 귀 궁의 군사와 동 의원 두 사람의 기인을 만났으니 말입니다."

능운백이 홍사월을 보며 말하자 홍사월도 흐뭇한 표정으로 대답했다.

"그러게 말입니다. 가까이 두고서도 알아보지 못한 동궁의 기인들을 오늘 능 노사 덕에 여럿 알게 되는군요."

"제가 아니더라도 동궁이 위급한 지경에 처하면 모두들 모습을 드러냈겠지요. 그나저나 왕 선생."

능운백이 갑자기 왕민을 불렀다.

"말씀하시지요, 어르신."

"산이 그 녀석이 깨어나면 본래의 무공을 회복할 수 있겠는가?"

순간 왕민의 얼굴에 당황스런 표정이 떠올랐다.

"본래의 무공이라면……?"

"그 녀석이 기련산에서 일을 당하기 전의 무공 말일세."

"기련산으로 가기 전의 무공이라고 하셨습니까?"

왕민이 놀란 눈으로 되묻자 능운백이 실망한 기색으로 입을 열었다.

"역시 어렵겠지? 흠… 하긴 그 지경에 생명을 구한 것만도 다행이지."

그러자 왕민이 재빨리 고개를 저었다.

"그건 그렇지가 않습니다. 추 소협은 아마도 몸이 상하기 이전보다 훨씬 고강한 공력을 지니게 될 것입니다. 지금 추 소협이 몸에 깃든 기운을 모두 자신의 것으로 만들면… 아마도 추 소협의 공력은 이전과는 비교할 수 없을 정도로 증진될 것입니다. 전 다만 어르신께서 당연히 그 사실을 알고 계실 줄 알았는데 그런 질문을 하시니 잠시 당황했던 것뿐입니다."

순간 능운백의 얼굴에 화색이 돌았다.

"오, 그런가? 정말 다행이군. 나도 그 녀석의 몸에 깃든 기운들이 심상치 않다는 것은 알고 있었지만 단지 그 녀석의 몸이 워낙 상해 있어서 몸 안에 있는 기운들을 오롯이 자신의 것으로 만들지는 못할 거라 생각해서 물어본 말이었다네."

"그런 걱정은 하지 않으셔도 좋을 겁니다. 의가삼보는 의가에서 꼽는 절대기봅니다. 사람을 회복시키는 데 그만한 물건은 인세에 없다고 말씀드릴 수 있습니다."

묘수의 동신이 왕민의 말을 거들었다.

"그렇다면 참으로 다행이외다. 허허허, 이리되면 결국 전화위복인가?"

능운백이 흡족한 미소를 지으며 추산이 들어 있는 천막을 흐뭇한 시선으로 응시했다.

第八章

회생, 그리고 생명의 빛

孤劍秋山

　모든 강물은 바다를 향해 달린다. 바다는 천하의 모든 물을 구분없이 받아들인다. 의가삼보의 지화(地火), 뜨거운 지열을 먹고 산 만년지주의 내단이 하는 일은 강물을 바다로 인도하는 것과 같았다.

　추산의 몸속에 깃든 서로 다른 기운들, 능운백으로부터 물려받은 승천공의 진기, 자운 노사, 아니, 어쩌면 천마로부터 이어졌을지도 모르는 천통지의 기운, 그리고 혼돈마 육반산으로 비롯된 백일검의 기운, 이 세 가지 기운은 모두 각자 특성이 뚜렷한 절대심공에서 비롯된 상이한 기운들이었다. 그중 하나만 익혀도 절정 경지에 도달할 수 있는 기운 셋이 추산의 몸속에서 함께 요동치고 있었다. 물론 만불통의 삼천공도 있었지만 추산이 삼천공을 익힌 것은 극히 짧은 기간이었고, 삼천공이라는 심공은 본래 주보다는 보하는 기능이 강했으므로 지금 추산의 몸속에서 요동치는 절대적인 심공들과는 다른 차원의 심공이었다.

강호에서 무공을 수련하는 자들이 가장 금기시하는 것 중 하나가 이종의 심공을 함께 연성하는 것이다. 내공은 수련할수록 그 기운이 커져 간다. 그런데 서로 다른 성질의 심공을 연성한다면 내공의 진보가 일정한 수준에 이르게 되면 필경 두 개의 상이한 내력이 충돌을 일으키게 되고, 그런 상충은 결국 수련자의 몸을 상하게 하기 마련이다. 강호에서 보통 주화입마라 부르는 부작용은 대부분 이렇게 서로 다른 기운이 상충했을 때 일어나는 현상이었다.

그런데 지금 추산의 몸속에는 다른 성질의 기운이 한두 개도 아니고 여러 개가 깃들어 있었다. 또 그 하나하나가 절정의 경지에 도달할 수 있는 내력들이었다. 이런 상황이라면 누구라도 주화입마의 위험에서 벗어날 수 없었다. 그런데 지금 가부좌를 틀고 운기를 하고 있는 추산의 모습은 그 어느 때보다도 평온해 보였다. 그의 몸속에서 용솟음치고 있는 기운들은 전혀 충돌할 기미를 보이지 않고 있었다. 그리고 사실 그의 전신을 돌고 있는 기운들은 전혀 충돌을 일으키지 않고 있었다. 그리고 이런 현상은 바로 의가삼보 중 지화(地火), 만년지주의 내단과 만불통에게 전수받은 삼천공의 효능 때문이었다.

만년지주의 내단은 비단 백일검의 저주에서 추산을 구했을 뿐만 아니라, 그의 몸속에 깃들어 있는 세 개의 기운을 하나로 융해시키는 효능까지 가지고 있었다. 그야말로 의가의 전설로 불릴 만한 기물 중의 기물이 바로 지화 만년지주의 내단이었던 것이다.

추산은 꼬박 하루 낮을 홀로 천막에 앉아 있었다. 그의 의식이 명확하게 돌아온 것은 고검과 왕민, 그리고 동신이 천막을 나설 때였지만 그의 몸은 그때에도 무척 위험한 상태에 놓여 있었기 때문에 그는 사형 고검에게 어떤 말도 건네지 못한 채 자신의 몸속에 흐르는 진기들을 부여잡는 것에 집중할 수밖에 없었다.

그리고 그렇게 하루 낮이 지나가자 온몸을 휘감은 기운들이 드디어 추산 본인의 것으로 변하고 있었고, 억지로 기로를 만들지 않아도 스스로 자신의 길을 찾아 온몸 구석구석으로 퍼져 나가고 있었다. 그리고 그때쯤 드디어 추산 본래의 성격이 깨어나기 시작했다.

'이건 정말 지루하군.'

추산이 내심 투덜거렸다. 자신의 목숨이 걸려 있는 일생일대의 위기를 넘기고 나자 어느새 위험은 기억 저편으로 사라져 버리고 현실의 지루함만이 그의 머리를 찾아들었던 것이다.

그도 그럴 것이, 추산의 조급한 성격을 고려하면 하루 낮을 홀로 운기하고 있다는 사실 자체가 그가 살아난 것보다 더한

기적이라 할 만한 일이었다.

'이쯤에서 끝을 볼까?'

추산의 마음속에 불현듯 한가닥 유혹이 생겨났다. 지금 그의 상태는 세 줄기의 거대한 강물이 막 바다에 진입하려는 순간과 마찬가지였다. 승천공을 필두로 백일검의 기운과 천통지의 기운이 완벽하게 하나로 융화되려는 순간인 것이다. 그리고 무인 특유의 직감으로 추산은 이 기운들이 하나로 합쳐진다면 그의 공력이 순식간에 몇 단계의 상승을 이룰 것이란 걸 알고 있었다.

그럼에도 불구하고 추산이 운기를 끝마치고 싶은 유혹에 빠진 것은 그 마지막 단계를 거의 한 시진 넘게 넘지 못하고 있기 때문이었다. 일이란 것이 언제나 마지막 고비가 가장 어렵고 힘들기 마련. 추산은 그 마지막 고비의 지루함을 견뎌내기 힘들어하고 있었다.

아마도 사형 고검이었다면 이런 고민은 아예 하지도 않았을 것이다. 고검의 집중력과 끈기는 천검 능운백조차도 감탄할 정도였으므로. 그래서 천검은 추산을 제자로 들이면서도 그 타고난 천재성은 고검보다 앞설지 모르지만 결국 무공의 극의에 도달하는 사람은 고검일 것이라고 예상했던 것이다.

그런 천검의 예상은 적중해서 똑같이 승천공을 수련한 고검과 추산은 시간이 갈수록 그 무공의 격차가 벌어지고 있었다. 고검은 묵묵히 한발 한발 쉬지 않고 무공의 극을 향해 걸어가는 반면, 추산은 강호의 대소사에 관심을 보이며 무공 수련을 진득하게 해내지 못했던 것이다.

그럼에도 불구하고 추산이 같은 나이 또래에 비해 월등한 무공을 가질 수 있었던 것은 천검 능운백이 그런 추산의 성격을 고려해 설연장에 그를 오랫동안 묶어두고 무공 수련을 다그쳤기 때문이다.

그런데 추산은 지금 사형 고검과의 무공 격차를 단숨에 줄일 수 있는 기회를 맞이하고도 천성적인 조급함 때문에 그 기회를 흘려버리려 하고 있었다.

지금 만년지주의 내단이 만들어내는 효능을 이용해 여러 기운을 하나로 합일시키지 못하면 또 언제 이런 기회가 찾아올지 장담할 수 없음에도 불구하고 추산은 운기를 멈출지를 고민하고 있는 것이었다.

'에잇, 계속해도 안 되는 걸 언제까지 붙들고 늘어질 수는 없지. 이쯤 해두자고. 이 정도로도 본래의 공력보다 훨씬 높은 공력을 얻었으니 나쁘지는 않은 결과야. 더군다나 난 죽을 목숨이었지 않은가 말이야. 사람은 본래 적당한 선에서 욕심을 버려야 하는 법이라구.'

추산은 자신의 조급함을 탓하지 않고 다른 핑계를 끌어다 대며 길고 긴 운기를 마치기로 결정했다. 그리하여 추산이 막 호흡을 정리하려는 순간 갑자기 추산의 귀에 천둥소리 같은 꾸짖음이 들려왔다.

"이놈, 계속하지 못할까?"

순간 추산의 몸이 움찔했다. 덕분에 고르던 그의 운기가 흐트러져 자칫 큰 위험에 빠질 뻔했지만 추산은 금세 흐트러지는 진기를 바로잡으며 요동치려는 세 개의 진기를 가라앉혔다.

'이런 제길, 언제 사부님이 들어와 있었지?'

추산은 자신의 귀에 들려온 전음이 천검 능운백의 것임을 깨닫고는 얼굴을 찌푸렸다. 그도 모르는 사이 어느새 천검 능운백이 천막 안으로 들어와 추산을 지켜보고 있었던 것이다. 천검이 추산이 함부로 운기를 중단하는 것을 용납할 리 없었다.

'꼼짝없이 또 몇 시진 이러고 있게 생겼군. 그나저나 사부는 어떻게 내가 운기를 중단하려는 것을 알았을까?'

추산은 내심 의아한 생각이 들었다. 운기란 것은 체내의 진기를 움직이는 것이므로 그 시전자가 운기를 중단하려는 마음을 먹었다고 해서 곁에서 지켜보는 사람이 그런 시전자의 마음을 읽을 수는 없었다. 그런데 천검은 마치 추산의 마음을 눈으로 보고 있었다는 듯 추산이 운기를 멈추려는 순간 전음을 흘려 호통을 내질렀던 것이다.

'이 양반의 무공이 극에 달해 이제 독심술로 타인의 마음까지 읽을 수 있게 된 것일까?'

추산이 그런 의심을 하며 다시금 마음을 다잡고 운기를 계속하기 시작했다.

그러나 추산의 이런 의심은 사실 허황된 것이었다. 아무리 고수라 해도 상대의 마음을 읽어낼 수는 없는 일이다. 보통 독심술이라는 것도 상대의 눈을 보고 그 내심을 짐작하는 것에 지나지 않았다. 그런데 지금 추산은 눈을 감고 운기 중이었으니 능운백이 추산의 마음을 그 눈빛에서 읽었을 리는 없었다. 더군다나 능운백은 독심술 따위를 익힌 적도 없었다.

기실 능운백이 추산이 운기를 중단하려는 것을 알 수 있었던 것은 능운백의 능력 때문이 아니라 추산 스스로의 몸에서 일어나는 현상 때문이었다.

추산은 모르고 있었지만 지금 운기를 하는 그의 몸에서는 희미한 아지랑이 같은 기운이 흘러나오고 있었다. 이런 식의 기운의 발산은 본래 그 내공이 극에 이른 고수의 운기에서는 자연스런 현상이라 할 수 있었다.

그런데 지금 추산의 경우는 그 기운의 발현이 조금 특이했다. 마치 그의 몸속에 깃든 강력한 세 기운을 나타내듯이 그의 몸 밖으로 흘러나오고 있는 기운들이 제각기 조금씩 다른 색깔을 띠며 희미한 안개처럼 그의 몸을 휘감고 있었던 것이다. 그 서로 다른 색깔의 기운들의 움직임에서 능운백은 추산의 상태를 읽어낼 수 있었던 것이다.

추산의 몸에서 흘러나오는 기운들은 추산의 운기가 깊어질 때마다 서로의 차이를 없애며 투명한 한 가지 색으로 변해가고 있었다. 그런데 추산이 운기를 그만둬야겠다고 생각하는 순간 하나의 색으로 융화되어 가던 기운들이 금세 본래의 자기 색을 되찾으며 분리되었다. 노련한 능운백이 그런 추산의 상태를 짐작하고 추산에게 전음을 보내 운기를 계속할 것을 명했던 것이다.

천검 능운백의 감시하에 추산은 꼼짝없이 운기를 계속해야 했다. 산만한 성격으로도 강호 절정고수로 성장했던 이유, 즉 능운백의 엄한 수련이 오늘 묘산의 천막 속에서 또다시 추산을 한 단계 더 높은 경지로 전진시키고 있었다.

"흐흐, 추 아우가 제대로 걸렸군."

내려진 천막의 입구를 빠끔히 열고 천막 안을 살피던 대웅산이 음흉한 미소를 흘려냈다. 추산이 운기를 끝내려다 천검의 호통에 다시 운기에 들어가는 광경을 지켜보았기 때문이다.

"하지만 추 사제에겐 나쁜 일이 아닐세."

고검이 담담한 목소리로 말했다. 추산의 몸이 완전히 회복되어 이제 생명을 구하는 문제에서 무공을 한 단계 진보시키는 문제로 상황이 변하자 고검은 예의 그 침착한 모습으로 돌아와 있었다.

"뭐, 그렇긴 하지요. 추 아우가 만년지주의 내단을 이용해 내공을 대성하면 그 성취는 놀라울 테니까요."

대웅산이 고개를 끄덕였다.

"강호에서 저런 기회란 그리 흔하게 찾아오는 것이 아닐세. 기회가 왔을 때 그 기회를 잡지 못하면 다신 그런 기회가 찾아오지 않을 수도 있다네. 지금 추 사제는 바로 그런 기회를 잡은 것일세."

"하긴 대단한 기회이긴 하지요. 단번에 내공이 몇 단계 진보할 테니까요. 아, 이거 잘못하면 제가 추 아우의 검을 받아내지 못할 수도 있겠는데요?"

"무공이 어디 내력만 높다고 되는 일인가? 내공은 결국 힘이라 할 수 있는데 무공은 힘과 기, 그리고 깨달음이 함께 이루어져야 하는 것이 아닌가."

"검법에 있어서는 추 아우도 이미 한 경지에 이르렀다고 할 수 있지요. 추 아우의 그 유성검은 내력만 뒷받침된다면 강호에서 가장 뛰어난 검법 중 하나가 될 것입니다."

"글쎄, 그건 두고 봐야 알겠지."

말은 그렇게 하면서도 고검 역시 추산이 이룩할 성취에 제법 기대를 하는 모습이었다. 그런데 그때 조용히 두 사람의 말을 듣고 있던 미심이 입을 열었다.

"그들이 도착했나 보군요."

순간 고검과 대웅산, 그리고 왕민이 미심이 가리키는 곳으로 시선을 돌렸다. 그러자 멀리 맞은편 산 능선에 나타난 일단의 무리가 눈에 들어왔다.

새롭게 묘산에 진입한 인물들은 얼추 보아도 대략 백여 명은 넘는 숫자로 보였는데, 그 복색이 각양각색이어서 그 정체를 알아보기 힘들었다. 그러나 고검과 무불장의 고수들은 그들의 정체를 능히 짐작할 수 있었다.

동궁의 정예들이 모여들고 있는 이 묘산에 백 명이 넘는 숫자의 고수들을 스스럼없이 이끌고 들어올 곳은 오직 세 곳밖에 없었기 때문이다.

"삼패의 출현이라……. 역시 동궁의 예상이 맞나 보군요. 수룡맹에 대한 지원군이라고 하기에는 지나치게 숫자가 적군요. 물론 일백 명이 넘는 고수란 강호에서 대단한 위력을 발휘하겠지만 이번 싸움에 동원될 동궁과 수룡맹 고수들의 숫자는 그 단위가 다르니까요."

대웅산이 조금 못마땅한 시선으로 산 능선을 넘어 동궁 고수들이 운집한 산비탈로 다가오는 삼패의 고수들을 보며 말했다.

"하지만 저들의 전력을 무시할 수는 없을 걸세. 저들이야말로 삼패에서 고르고 고른 고수들이 아니겠는가? 그들의 목적이야 어떻든 호랑이 굴에 들어오는 것이니 보통 인물들을 보내지는 않았을 거야."

왕민이 경계하는 표정으로 말했다.

"그렇긴 하지요. 동궁의 뒤를 치든 힘을 합쳐 수룡맹을 막든 시시한 고수들로는 감당될 일이 아니지요. 그나저나 장주님!"

대웅산이 갑자기 고검을 불렀다.

"할 말이라도 있는가?"

"어쩔 생각이시우?"

"뭘 말인가?"

"그 묘수의 동신이란 의원이 한 부탁 말입니다."

대웅산의 질문에 고검이 즉시 대답을 하지 못했다. 그도 그럴 것이, 무불장을 동궁과 수룡맹이 벌이는 전쟁의 소용돌이 속으로 밀어 넣어야 하는 이 결정은 아무리 그가 무불장의 장주라 해도 쉽사리 내릴 수 있는 것이 아니었다.

"스승님이 결정하실 문제겠지."

평소 무불장의 행보에 관해선 지나치리만치 단호한 결정을 내리는 고검이 이번에는 그 결정을 사부인 천검 능운백에게로 미뤘다.

"하지만 제 생각에 장인어른께선 결국 장주님께 결정을 내리라고 할 것 같은데요."

"왜 그렇게 생각하는가?"

"그야 뭐, 지금까지 언제나 그래 왔으니까 그렇지요. 장인어른께서 장주께 무불장을 맡긴 이후 언제 무불장의 행보에 대해 한 말씀이라도 당신의 의견을 말하신 적이 있습니까? 장주의 결정을 모두 그대로 인정하셨지요. 그러니 아무리 이번 일이 무불장의 운명에 중대한 영향을 미치는 일이라 할지라도 결국 장주께 그 결정을 내리라고 하실 겁니다. 그만큼 장주님을 믿고 계신 거지요."

대웅산의 말에 왕민과 미심도 고개를 끄덕였다. 고검이 무불장을 맡아온 지 벌써 십 년이 지났고, 그동안 능운백은 고검의 결정에 관여한 적은 단 한 번도 없었다. 고검 또한 결국 사부가 자신에게 이번 일에 대한 결정을 내리게 할 것이라는 예감을 가지고 있었기에 대웅산의 말을 반박할 수는 없었다.

"만약 사부께서 그리 말씀하신다 하더라도 지금으로선 나조차 어떤 결정을 내려야 할지 모르겠군."

"장주님답지 않은데요?"

대웅산이 빙글거리며 말했다.

"쉽게 결정을 내리기엔 너무 위험한 문제가 아닌가. 일단은 좀 더 고민해 봐야 할 것이네."

고검이 나직한 목소리로 말했다. 대웅산 역시 더 이상 고검의 대답을 들으려 하지 않았다. 그 또한 이 문제가 그리 간단한 문제가 아니라는 것을 잘 알고 있기 때문이었다. 하지만 대웅산의 표정에는 뭔가 아쉬운 듯한 기색이 남아 있었다. 그 모습을 본 고검이 천천히 고개를 저으며 생각했다.

'웅산 자네의 생각을 모르는 것은 아닐세. 자네가 비록 무상문을 떠났다고는 하나 어찌 자네의 오늘을 있게 한 무상문을 잊을 수 있을 것인가? 무상문은 곧 동궁의 일부, 고향과도 같은 동궁이 위기에 처했으니 당연히 돕고 싶겠지. 하지만… 이 일은 본 장의 명운과도 연관될 수 있으니 나도 신중할 수밖에 없네.'

고검이 그렇게 속으로 대웅산에게 말을 건네고는 시선을 돌려 이제는 동궁 숙영지의 중심에 다다른 삼패의 고수들을 바라봤다. 어느새 동궁의 수뇌부들이 밖으로 나와 삼패의 고수들을 영접하고 있었다.

"바야흐로 폭풍의 시기인가!"

고검이 고개를 들어 어둑해져 가는 서쪽 수로를 응시하며 나직이 중얼거렸다.

능운백은 마치 그 자신이 운기를 하듯 추산의 맞은편에 가부좌를 틀고 앉아 묵묵히 추산을 바라보고 있었다. 추산은 여전히 운기에 열중이었는데, 그의 몸 주위로 휘감고 있던 세 가지 기운은 어느덧 하나의 색깔을 내고 있었다.

능운백의 호통에 추산이 다시 운기에 들어간 지 두 시진. 천막 밖의 세상은 암흑에 휩싸여 있었다. 어제는 그토록 맑고 투명하던 하늘이 오늘은 웬일인지 잔뜩 구름을 머금고 있어 별빛조차 묘산의 대지에 내려오지 못했다.

천막 안에는 두 개의 호롱불이 타오르고 있었다. 천막 밖에서 추산이 운기를 마치길 기다리고 있는 고검 등이 조심스럽게 천막에 들어와 밝혀놓은 호롱불이었다.

그렇게 깊은 밤을 향해 달려가고 있는 추산의 운기를 바라보고 있던 능운백의 눈빛이 어느 한순간 번개처럼 번뜩였다. 그리고는 서서히 자리에서 일어나 천천히 추산의 앞으로 다가갔다. 그러자 추산의 주위를 휘감고 있던 기운들이 좀 더 명확하게 능운백의 시야에 들어왔다.

휘르르르!

마치 불꽃이 타오르듯 추산의 몸에서 타오르는 진기의 기운들. 봄날 아지랑이를 통해 보이는 사물처럼 진기의 기운에 휘감긴 추산의 몸이 굴곡져 보였다.

그런데 능운백이 추산에게 다가갔을 때 그 진기의 기운들이 지금까지와는 다른 모습을 보이기 시작했다. 이제는 거의 같은 빛깔을 내고 있는 세 줄기의 기운이 추산의 머리 위에서 더 이상 하늘로 솟구치지 않고 마치 서로가 서로를 잡아당기듯 둥그런 원을 그리며 하나의 커다란 덩어리를 만들기 시작하는 것이었다.

능운백은 추산의 몸에서 일어나는 현상을 단 하나라도 놓치지 않으려는 듯 눈 한 번 깜박이지 않고 응시하고 있었다. 그런 능운백의 표정은 마치 대적을 앞에 둔 사람처럼 긴장한 듯 보였는데, 그건 지금 추산이 아주 중요한 고비에 이르렀다는 것을 알고 있기 때문이었다.

부모는 자식이 밥을 먹는 것만 보아도 배가 부르듯, 제자가 하나의 경지를 넘어서는 순간을 보는 것 또한 스승 된 자로서 최고의 기쁨이라 할 수 있다.

천하팔대고수로 추앙되는 능운백 역시 그 점에 있어서는 다른 스승들과 다를 바 없었다. 그는 두 손을 굳게 말아 쥐고 마치 추산에게 자신의 힘을 보태주듯 그렇게 추산의 곁을 지키고 있었다.

그러던 어느 순간, 이제는 더 이상 추산의 몸에서 흘러나오는 기운들이 삼색이 아닌 단 하나의 색으로 변하는 순간 갑자기 추산의 머리 위에 만들어지던 진기 덩어리가 뿌연 백무로 변화하기 시작했다. 투명한 진기가 유형의 모습으로 변화하는, 그야말로 강호의 기사(奇事)라 할 만한 광경에 능운백의 얼굴에도 감탄의 표정이 떠올랐다.

오기조원이니 삼화취정이니 하는 축기의 단계들을 거론치 않더라도 지금 추산의 몸에서 일어나는 현상이 범상치 않음은 열 살짜리 꼬마가 보아도 알 수 있는 일이었다.

능운백이 추산을 바라보며 한편으로는 기쁘고 또 한편으로는 긴장한 것처럼 추산 역시 얼굴에 땀이 송골송골 맺혀 있었다. 그의 아미는 가운데로 살짝 모아져 있었는데, 추산 역시 마지막 순간을 넘기는 것이 힘겨운 모양이었다.

그렇게 일각여의 시간이 화살처럼 빠르게 지나갔다. 그리고 어느 순간 추산의 머리 위에 멈춰 있던 백색의 진기 덩어리가 서서히 추산의 전면으로 이동하기 시작했다. 추산의 표정은 진기 덩어리가 이동하는 순간부터 조금씩 편안해지더니 진기 덩어리가 그의 이마 바로 앞에서 멈췄을 때 추산의 입가에는 한줄기 미소가 생겨났다.

"끝인가!"

능운백의 입에서 나직한 중얼거림이 흘러나왔다. 동시에 추산의 이마 앞에 멈춰져 있던 진기 덩어리가 순식간에 한줄기 연기로 화하더니 추산의 콧속으로 빨려 들어가 버렸다.

"후욱!"

추산이 깊은 숨을 뱉어내며 천천히 눈을 떴다. 순간 추산의 눈에서 한줄기 광채가 번뜩였다. 그러나 그 안광은 순식간에 사라지고 어느새 추산의 눈에서는 담담한 안광이 흘러나오고 있었다.

본래의 눈빛을 회복한 추산에게선 한 올의 마기나 사기도 느낄 수 없었다. 마치 백일검을 익히기 전의 그의 모습으로 돌아간 듯한 느낌. 하지만 그때와는 또 무언가 다른 분위기가 묻어나는 추산이었다.

"살아났구나."

능운백이 운공을 마치고 눈을 뜬 추산에게 장난스럽게 말을 걸었다. 보통 제자가 죽음의 늪에서 헤어 나오면 제법 감격적인 말로 제자의 회복을 축하해야 하지만 능운백의 표정이나 말투에서는 그런 감격이라고는 찾아볼 수 없었다. 하지만 추산은 이 늙은 사부가 자신을 살리기 위해 얼마나 애를 썼을 것인지 능히 짐작할 수 있었다.

본래 귀찮은 것을 무척 싫어하는 그가 지금 이 천막 안에서 자신이 깨어나기를 기다리고 있었다는 사실 하나만으로도 능히 사부의 마음을 읽고도 남음이 있었다.

"그러게요. 살긴 살았네요."

추산의 대답 역시 능운백의 그것과 크게 다르지 않았다. 장난스런 추산의 대답에 능운백이 짐짓 노한 표정을 지었다.

"이번 한 번뿐이다. 다신 이 늙은 사부를 고생시키지 말거라. 또다시 그따위 함정에 빠져 몸을 상하게 된다면 그땐 이 사부의 손으로 널 저승으로 보내주겠다."

"헤헤, 앞으론 그런 일은 없을 거예요. 이번 일은… 음, 제가 좀 경솔했어요."

추산이 머리를 긁적이며 말했다. 그러자 능운백이 그런 추산을 못마땅한 눈으로 바라보다 나직하게 입을 열었다.

"사람은 누구나 실수를 하는 법이다. 중요한 것은 그 실수를 되풀이하지 않는 것이지. 하지만… 이번엔 그 실수의 대가가 너무 크구나."

순간 추산의 표정이 금세 어두워졌다. 능운백이 뭘 말하고 있는지 잘 알고 있기 때문이었다. 천하제이청부사라 불리는 만불통의 죽음은 무불장이 생긴 이래 유일하면서도 가장 큰 손실이라 할 수 있었다.

'만 노사께는 정말 큰 죄를 지었구나. 더군다나 내가 살아난 것은 만 노사의 삼천공 덕분이니… 후…….'

추산이 내심 한숨을 내쉬다가 문득 생각난 듯 물었다.

"그녀는 어찌 되었습니까?"

"누구 말이냐?"

"주하령 그녀 말입니다."

"지금은 화맹에서 데리고 있단다. 그 아이를 데리고 의가삼보를 구하러 다닐 수야 없지 않느냐?"

"진정 그녀를 살려두실 생각인가요?"

추산의 물음에 능운백이 물끄러미 추산을 바라봤다.

"왜, 그녀의 목숨을 거두고 싶으냐?"

"마땅찮은 일이기는 하나 만불통 어른을 생각하면……."

"쓸데없는 일이다. 아마 만 노제도 네 손으로 그녀의 목숨을 거두는 일 따위는 원치 않을 것이다. 그녀의 목숨을 빼앗는 순간 네 심성 또한 변할 것이니까. 만 노제는 결코 그걸 원치 않을 거다."

"그럴까요?"

"암, 만 노제는 너의 그 밝은 성정을 무척 좋아했으니까. 그리고 사실 네가 살아난 데는 그녀의 공이 없다고 할 수 없으니……."

"그게 무슨 말씀이세요?"

"아니다. 그 이야기는 나중에 하기로 하자."

"휴… 세상 사는 게 쉬운 게 아닌 것 같아요."

"망할 놈, 늙은 사부 앞에서 못하는 말이 없네!"

능운백의 입에서 호통 소리가 흘러나오는 순간 그의 오른 주먹이 번개처럼 추산의 머리를 향해 날아갔다. 그러나 능운백의 주먹은 아슬아슬하게 추산의 이마를 스치고 지나갔다.

"엇? 이놈 봐라?"

능운백이 자신의 주먹을 피한 추산을 놀란 눈으로 바라봤다. 그동안 추산이 능운백의 주먹을 피한 적은 단 한 번도 없었는데 오늘 생전 처음으로 자신의 주먹을 피해냈던 것이다. 그런데 놀라긴 추산 역시 마찬가지였다. 추산은 자신이 사부의 주먹질을 피했다는 게 믿겨지지 않는 듯 놀란 눈으로 능운백을 마주 바라봤다. 그러다가 갑자기 입가에 묘한 미소를 지었다.

"흐흐흐, 스승님, 이젠 더 이상 그 주먹으로 절 때리지 못하시겠는데요? 전화위복이라고, 한바탕 죽을 고비를 넘기고 나니 제 무공이 몰라보게 진보해 버렸네요. 히히히!"

추산의 입에서 득의한 웃음이 흘러나왔다. 그러자 능운백의 입에서 콧방귀 소리가 흘러나왔다.

"흥! 네놈이 영약의 도움으로 공력이 조금 늘었다만, 감히

이 사부의 주먹을 피할 수 있을 것 같으냐?"

능운백의 말이 끝나는 순간 재차 그의 주먹이 추산의 머리를 향해 날아갔다.

"글쎄, 이제는 안 맞는다니까요."

추산이 호기롭게 대꾸하며 번개같이 날아오는 능운백의 주먹을 피해 고개를 살짝 옆으로 젖혔다. 그러자 처음과 마찬가지로 능운백의 주먹이 추산의 귀밑을 아슬아슬하게 스치고 지나갔다. 그러나 다음 순간,

퍽!

"윽!"

강력한 타격음이 터져 나오고 추산의 입에서 신음 소리가 흘러나왔다. 어느새 능운백의 왼발이 추산의 허벅지를 강하게 걷어차고 있었던 것이다.

"건방진 녀석아, 주먹을 피하면 단 줄 알았지? 하지만 이 사부에게는 두 발도 있다는 것을 명심하거라. 자, 이젠 그만 나가서 네 사형과 무불장의 식구들을 불러 오너라."

그러자 추산이 인상을 찡그리며 물었다.

"어디들 계신데요?"

"어디 있긴, 천막 밖에서 네가 깨어나길 기다리고 있지."

능운백이 손을 들어 천막의 입구를 가리켰다. 그런데 그때 누군가가 천막의 입구를 젖히고 슬며시 천막 안을 들여다봤다.

"어? 깨어났네? 하도 시끄러워서 무슨 일인가 했지."

대웅산이었다.

"대 형님, 오랜만에 뵙네요."

추산이 반가운 목소리로 인사를 건넸다. 그러자 대웅산이 성큼 천막 안으로 들어오며 너털웃음을 터뜨렸다.

"하하하, 이제 완전히 회복을 한 모양이군. 추 아우야 날 오랜만에 보는 것이지만 나야 늘 추 아우 곁에 있었으니 오랜만이라고 할 수는 없지."

그러자 추산이 고개를 끄덕였다.

"그렇군요. 제가 정신을 잃고 있는 와중에도 다들 제 곁에 계셨을 테니까요."

그렇게 대웅산과 추산이 오랜만에 인사를 주고받는 사이 어느새 고검과 왕민, 그리고 미심도 천막 안으로 들어와 추산과 능운백 곁으로 다가왔다.

"괜찮은 거냐?"

고검이 깊은 정이 우러나는 눈으로 추산을 보며 물었다. 추산은 고검의 목소리만 듣고도 이 무뚝뚝한 사형이 얼마나 자신을 걱정했는지 느낄 수 있었다.

"걱정 마세요, 사형. 이젠 완전하게 회복했어요. 아니, 오히려 전보다 더 좋아졌다고 할 수 있겠네요."

"그래, 다행이구나. 다시 예전의 사제로 돌아온 걸 환영한다."

"맞아, 난 추 아우가 아주 마인이 되어버리는 줄 알았다고. 그 백일검인가 뭔가 하는 것의 광기에 씌어 있을 때는 정말 무서웠지."

"걱정 마세요. 이젠 백일겁의 저주에서 완전히 벗어났으니까요. 그런데 그럼 결국 제가 의가삼보 중 하나를 취한 건가요?"

추산이 궁금한 눈으로 고검을 보며 물었다.

"그렇단다. 넌 의가삼보 중 지화(地火)라 불리는 만년지주의 내단을 복용했다."

"만년지주의 내단이요?"

"그래. 지열이 모여드는 곳에서 서식하는 만년지주에 의해 극양의 기물로 만들어진 것이지. 천운이 네게 있었던 것이다."

"누가 그걸 가지고 있었지요?"

"동궁 은자림의 기인 묘수의 동신이란 사람이 그 물건을 가지고 있었다."

"하면 여기는……?"

추산의 물음에 고검이 고개를 끄덕였다.

"이곳은 홍택호 인근의 묘산이란 곳이다. 지금은 동궁 고수들의 숙영지가 세워져 있는 곳이지."

"숙영지요?"

추산이 의아한 눈으로 묻자 고검이 담담한 목소리로 대답했다.

"지금 동궁의 전 고수들이 이 묘산으로 모여들고 있단다."

순간 추산의 눈에 이채가 서렸다.

"전쟁이라도 난 건가요?"

"아직은 아니지만 이제 곧 이 묘산과 홍택호는 거대한 혈풍에 빠져들게 될 것이다."

"누가 감히 천하사패의 한곳인 동궁과 싸움을 하려는 거죠?"

"그럴 만한 곳이 한곳밖에 없다는 것은 너도 잘 알고 있지 않느냐?"

"설마… 수룡맹이 도발을 했다는 건가요?"

"그렇단다."

"하! 일이 그렇게 된 것이군요. 음… 그럼…….."

순간 추산이 살짝 인상을 찡그렸다. 아마도 뭔가 걱정되는 것이 있는 모양이었다.

"무슨 걱정이라도 있느냐?"

"의가삼보는 고대로부터 내려오는 천하의 기물이지요. 그걸 동궁에서 순순히 내놓았을 리는 없고… 설마 본 장이 이번 싸움에 개입하게 된 것인가요?"

본래의 몸을 회복하자 추산의 머리도 예전처럼 빠르게 돌아갔다. 그는 이미 의가삼보를 자신이 복용함으로써 일어났을 일들을 단번에 추리해 내고 있었다.

"흐흐, 녀석, 확실히 머리는 좋아. 물론 네 녀석이 그 만년지주의 내단을 복용하기까지는 제법 많은 사연이 있었다."

능운백이 고검을 대신해 추산의 말을 받았다.

"어떤 대가를 치른 거죠?"

"뭐, 대가를 치렀다기보다 과거에 미뤄두었던 계산을 끝냈다고나 할까?"

"그게 무슨 말이에요?"

"어차피 네 녀석도 알아야 할 일이니 내 차근히 말해주마. 자, 모두들 앉도록 하지."

능운백의 말에 고검과 무불장의 고수들이 천막 이곳저곳에 편하게 자리를 잡고 둘러앉았다. 모든 사람이 자리를 잡고 앉자 능운백이 담담한 목소리로 추산에게 그가 의가삼보를 복용하게 되기까지의 일들을 설명하기 시작했다.

능운백의 이야기는 이각여 동안 이어졌다. 중간중간 추산이 이것저것 묻기도 했으며 가끔가다 고검과 다른 무불장 고수들도 이야기에 끼어들었다.

그렇게 이각여의 시간이 흐르자 추산은 이제 자신이 묘산에 도착한 이후 묘수의 동신을 만나 의가삼보 중 하나인 만년지주의 내단을 복용하게 된 경위를 모두 알 수 있었다.

"그러니까 결국 전 자운 사부의 과거의 은혜 때문에 살아난 것이네요?"

"꼭 그렇다고는 할 수 없지. 만약 자운 노사가 과거 동궁에 베푼 은혜가 없었더라도 우린 동궁으로부터 만년지주의 내단을 받아냈을 테니까. 물론 그 대가로 동궁의 요구를 들어줘야 했을 테지만."

추산의 물음에 고검이 대답했다.

"그럼 이제 어쩌실 생각이세요? 그 묘수의 동신이란 사람의 부탁에 대해 어떤 답을 주실 건가요?"

추산이 고검과 능운백을 번갈아 보며 물었다. 묘수의 동신의 부탁이란 이번 수룡맹과의 싸움에 무불장의 힘을 보태달라는 것이었다. 그리고 그 일에 대한 결정은 결국 능운백과 고검 두 사람이 내려야 했다. 추산의 물음에 고검이 능운백을 바라봤다.

"왜 날 보는 것이냐?"

"스승님께서 결정하시는 대로 따르겠습니다."

고검의 말에 능운백이 손을 내저었다.

"무불장의 장주는 내가 아니고 너다. 그러니 이번 일은 네가 결정해야 한다. 나야말로 네가 결정하는 대로 따르도록 하마."

"하지만……."

고검이 난감한 표정으로 다시 입을 열려는 순간 능운백이 손을 들어 고검의 말을 막았다.

"글쎄, 더 이상 말하지 말거라. 이번 일은 네가 결정하도록 해라."

능운백이 단호하게 말을 하자 고검도 더 이상 능운백의 말에 반발치 못했다. 하지만 고검 스스로도 어떤 결정을 해야 할지 갈피를 잡지 못하고 있는 것은 확실해 보였다.

"내일 아침까지는 답을 줘야겠지요?"

대웅산이 고검의 답을 재촉하듯 물었다.

"그렇겠지. 그들을 돕겠다면 문제가 아니지만 만약 그들을 돕지 않기로 한다면 서둘러 이 묘산을 벗어나는 것이 좋을 테니까."

능운백이 고개를 끄덕였다. 그러자 사람들의 시선이 일제히 고검에게로 쏠렸다. 이미 밤은 깊어 있었다. 새벽까지는 그리 많은 시간이 남아 있지 않았다. 가부간의 결정을 내려야 할 시간인 것이다. 그런데 고민에 잠겨 있던 고검이 갑자기 추산을 보며 물었다.

"추 사제, 네 생각은 어떠냐?"

그러자 추산이 기습을 당한 사람처럼 얼떨떨한 표정으로 되물었다.

"제 생각이요?"

"그래, 네 생각을 들어보고 싶구나. 어차피 이번 일은 모두 너와 연관되어 일어난 일이니……."

"험, 듣고 보니 그도 그렇군. 사실 우리야 제삼자라고 할 수 있지."

능운백도 고개를 끄덕이며 추산을 바라봤다.

"아니, 갑자기 왜 나한테……."

추산이 원망스런 눈으로 고검을 바라봤지만 고검은 진심으로 추산의 생각을 듣고 싶은 표정이었다. 사형의 정색한 표정을 대한 추산이 표정을 바꾸며 진지하게 고민하기 시작했다. 그러더니 한순간 굳은 표정으로 얼굴을 들고는 입을 열었다.

"무불장 전체가 그들을 돕는 것은 제가 결정할 문제가 아니지만, 저는 이곳에 남아 동궁을 도와야 할 것 같아요."

"어째서?"

능운백이 되물었다.

"비록 과거 자운 사부께서 동궁에 베푼 은혜가 있다고는 하지만 그건 이미 수십 년 전의 일이고, 또 자운 사부께서 무슨 대가를 바라고 한 일은 아닐 터이니 이제 제가 자운 사부의 제자라 해서 의가삼보를 아무런 대가 없이 취할 수는 없다고 생각해요. 더군다나 지금 동궁의 처지가 무척 곤란하다고 하니 제가 어떻게 동 의원의 부탁을 거절할 수 있겠어요."

그러자 능운백이 만족한 얼굴로 고개를 끄덕였다.

"옳은 말이다. 사람이란 은혜를 입었으면 반드시 그 은혜를 갚아야 하는 법이지. 하물며 은혜를 베푼 사람이 위급에 처해 있다면 더더욱."

그러자 추산이 즉시 말을 이었다.

"하지만 만약 제가 사형의 위치에 있다면 동 의원의 부탁을 거절할 거예요."

"그건 또 왜?"

"아주 간단한 이유예요. 지금 무불장이 동궁의 편에서 수룡맹과 싸우는 것은 무척 위험한 일이니까요. 본 장은 본래 청부사들의 안전을 가장 우선시하잖아요. 그리고 이건 뭐 청부도 아니고… 황금충은 결국 재물을 대가로 움직이는 것 아닌가요?"

"재화로 따지면 의가삼보를 받지 않았느냐?"

"그건 무불장이 아닌 제가 받은 재화지요. 그러니 전 남고 다른 분들은 돌아가시는 게 올바른 결정인 것 같아요."

추산이 결심을 굳힌 듯 말했다. 그러자 능운백이 고검을 바라봤다.

"네 생각은 어떠냐?"

그러자 고검이 생각할 것도 없다는 듯 입을 열었다.

"사제 혼자 두고 갈 수는 없지요."

그러자 대웅산도 고검을 거들었다.

"저도 장주와 추 아우를 두고 무불장으로 돌아갈 생각은 없습니다."

"네가 남는다면 다들 남겠다는구나. 이래도 이곳에 남아 동궁을 도울 생각이냐?"

능운백이 정색을 하며 묻자 추산이 되물었다.

"사부님이시라면 이대로 돌아갈 수 있으시겠어요?"

그러자 능운백이 빙긋 미소를 지었다.

"흐흐흐, 물론 나 또한 그냥 갈 수 없겠지. 본래 강호에선 은원을 확실히 해야 하는 법이거든. 더군다나 목숨의 빚이란 참으로 벗어나기 어려운 덫이지. 검아, 아무래도 우린 바로 그 목숨의 빚이라는 덫에 걸려든 것 같구나."

"사제의 생명을 살리고자 걸린 덫이라면 언제든지 걸려들 의사가 있지요."

"그럼 무불장은 이곳에 남는 것이냐?"

능운백이 고검을 보며 묻자 고검이 대웅산 등 무불장의 고수들을 돌아보며 말했다.

"이번 일은 무불장의 일이라기보단 오히려 설연장의 문제라고 할 수 있습니다. 즉, 사부님과 우리 사형제의 문제라는 것이지요. 그러니 다른 분들은 굳이 이곳에 남아 계실 필요가 없겠습니다. 모두 무불장으로 돌아가 계시기 바랍니다."

순간 대웅산이 눈을 부라리며 말했다.

"아니, 그게 무슨 말이우? 무불장과 설연장을 언제부터 나누었다고 그런 말씀을 하시우. 그리고 그렇게 나눈다 해도 난 설연장 사람이기도 하니 이곳에 남아 있겠수!"

그러자 왕민 역시 입을 열었다.

"저 또한 이곳에 남아 있겠습니다. 지금 무불장에 돌아가 청부를 받을 것도 아니고… 이곳에 있는 것이 덜 심심할 것 같군요."

"어르신께서 남으신다면 저도 역시 이곳에 남아야지요. 제 임무 중에 어르신의 곁을 지키는 것도 포함되어 있는 것은 잘 아시죠?"

미심의 말에 능운백이 살짝 인상을 찡그렸다.

"제길, 교교가 그대에게 한 말은 그저 농일 뿐이야. 내가 어딜 봐서 계집질을 할 사람인가? 더군다나 이 나이에."

"호호, 그야 모르는 일이지요. 그리고… 일단 동궁의 일에 간여하겠다고 결정하셨다면 역시 제가 이곳에 남아 있는 것이 좋겠지요. 모든 정보를 전적으로 동궁에만 의존할 수는 없으니까요."

다른 사람들과 달리 미심은 아주 현실적인 문제를 들어 자신이 남아야 한다는 것을 설명했다. 그리고 장내의 누구도 미심의 말을 반박할 수 없었다. 지금껏 무불장은 강호의 소식에 관한 한 전적으로 화맹에 의지한 것이 분명한 사실이기 때문이었다.

"이렇게 되면 모두 남겠단 말이군. 참, 사람들 하곤. 좋아, 그럼 모두 남도록 하지. 본래 황금충은 강호의 일에 깊이 관여해선 안 되는 법이지만 이번만은 예외로 해보자구. 그리고 일단 발을 담근 다음에야 모두들 각오해야 할 거야. 안 한다면 모를까, 하기로 한 이상 천검 능운백이라는 이름에 걸맞는 결과를 보여줘야 하지 않겠어?"

"그야 당연한 일이지요. 천하제일청부사의 체면이 있는데……."

대웅산이 걸쭉하게 대답했다.

"자, 그럼 오늘은 일단 쉬고, 내일 동궁의 수뇌부를 만나 우리의 결정을 전하도록 하자구."

능운백이 고검을 보며 말하자 고검이 가볍게 고개를 숙여 보였다.

"알겠습니다, 사부님. 그리하지요."

"자자, 그럼 난 그만 눈 좀 붙여야겠어. 젊은 제자 놈 살리려다 늙은 사부가 먼저 죽게 생겼어. 어, 피곤하다."

능운백이 기지개를 켜며 짐짓 추산을 흘겨보고는 자신의 침상이 있는 곳으로 걸음을 옮겼다. 그러자 다른 무불장의 청부사들도 각자 잠자리를 찾아들었다. 그러나 다른 사람들이 모두 잠자리에 들었어도 고검과 추산은 여전히 그 자리에 앉아 있었다.

"나갈까?"

고검이 추산을 보며 묻자 추산이 고개를 끄덕였다.

"그게 좋겠죠? 괜히 시끄럽게 하면 잠을 방해한다고 사부께 잔소리나 듣게 될 거예요."

"그렇겠지. 그럼 밤바람이나 쏘이자꾸나."

"피곤하지 않으세요?"

"청부사가 하루쯤 잠을 자지 않았다고 피곤하다면 창피한 일이지. 너는 어떠냐? 휴식이 필요치 않느냐?"

"헤헤, 저야말로 한 달 내내 잠만 잤는걸요."

"하긴 그도 그렇군."

고검과 추산이 서로를 마주 보며 빙긋 미소를 짓고는 조용히 자리에서 일어나 천막을 벗어났다. 두 사형제가 천막을 벗어나자 장내는 이내 침묵으로 빠져들었다.

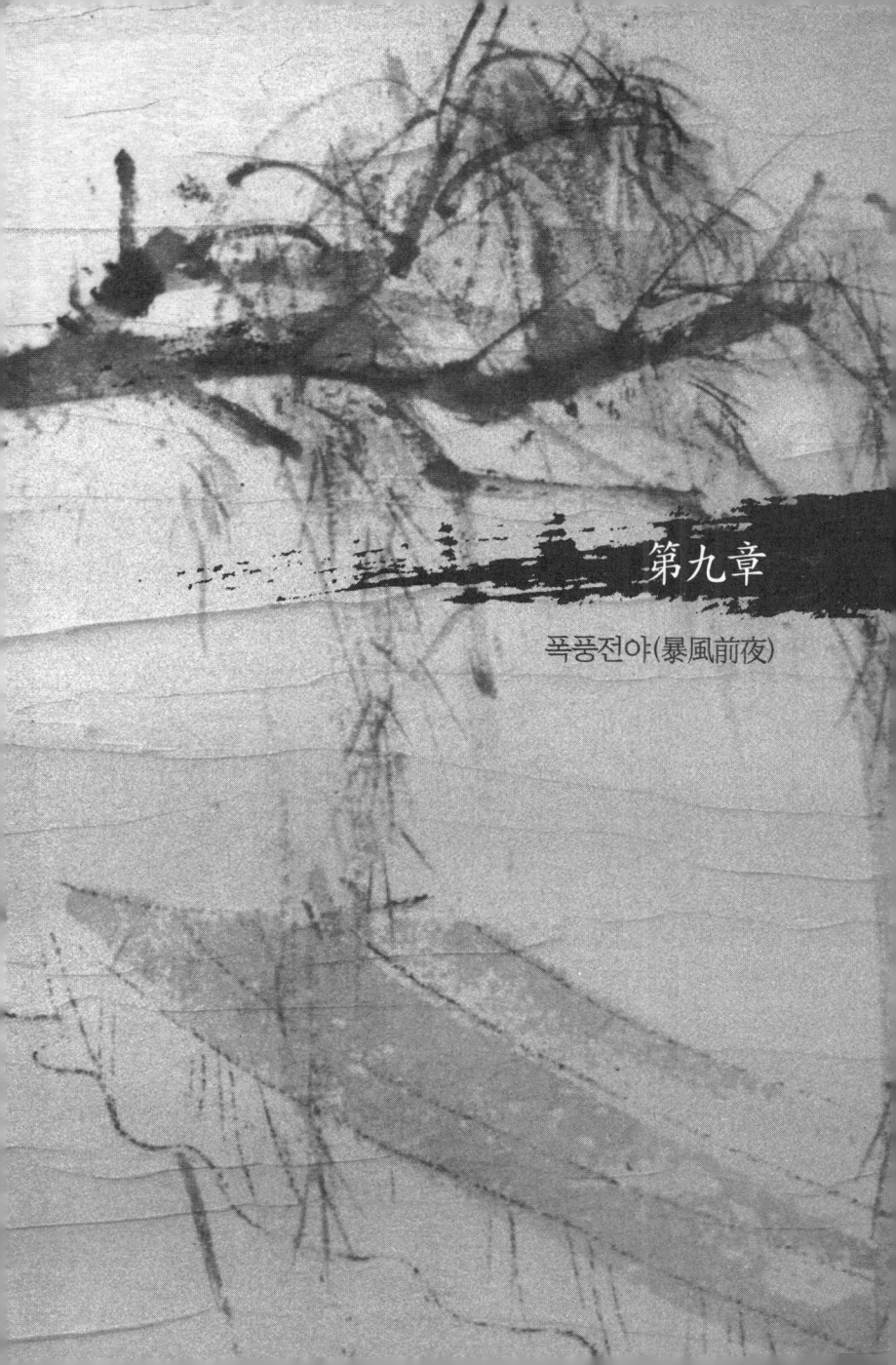

第九章

폭풍전야(暴風前夜)

孤劍秋山

"지금 묘산에 모인 동궁의 고수들을 이끌고 있는 사람은 홍사월, 홍 노사입니다. 동궁의 궁주인 육자선문의 문주 동종고는 동궁의 본궁이 있는 현암산에서 전체 판도를 지휘하고 있지요. 안휘와 절강, 강소로 이어지는 동궁의 세력권 전체를 놓고 보자면 결국 이 묘산에 모인 동궁의 고수들은 동궁의 선봉이라 할 수 있습니다. 하지만 어쩌면 이 전쟁의 모든 것이 이 묘산 선봉대에 걸려 있다고도 할 수 있지요. 수룡맹으로부터 홍택호를 지켜내지 못하면 동궁은 급격하게 무너질 가능성이 큽니다. 일단 약세를 보인 동궁에 대해 삼패 역시 결코 우호적이지 않을 테니까요."

능운백과 무불장의 고수들은 산비탈을 따라 늘어선 동궁 각

파의 막사 사이에 난 길을 따라 걷고 있었다. 은자림주 사영인이 그들의 앞쪽에서 길을 열고 있었는데, 그 와중에 재빨리 왕민이 그간 미심이 모아들인 정보를 바탕으로 현재의 정세에 대한 자신의 생각을 능운백과 고검에게 전하고 있었다.

"이곳에 모인 동궁의 전력은 어느 정도인가?"

능운백의 물음에 이번에는 미심이 대답했다.

"적어도 드러난 동궁의 힘 중 삼분의 일 이상은 모인 것 같습니다. 동궁 육상천의 문주들만 해도 은자림주와 해신문주 두 명이나 나와 있고, 그 유명한 동궁십이선 중 다섯 명이 모습을 드러낸 상황입니다. 더군다나 비록 문주들이 나오진 않았지만 동궁 육상천 모두 각 파에서 서열 오위 안의 고수들이 각 파의 고수들을 이끌고 있으니 그 전력은 굳이 설명할 필요가 없을 듯합니다만……."

미심의 말에 능운백이 고개를 끄덕였다.

"대단하군. 아마도 동궁에서 이런 전력을 모은 것은 태호대전 이후 처음이겠군."

"그렇겠지요. 그동안 동궁은 강호의 대소사를 거의 본궁 조직인 삼각에 맡겨놓았었으니까요."

동궁의 삼각 오대는 강호에 알려진 거의 유일한 동궁의 공식적인 조직이었다. 그중 오대는 동궁 각 파에서 일정한 기간을 주기로 파견한 무사들을 관리하기 위해 만든 조직이었으므로 상설 조직이기는 하나 그 구성원이 수시로 바뀌는 조직이었고, 나머지 삼각, 그러니까 무각(武閣), 율각(律閣), 현각(玄

閣)으로 불리는 삼각이야말로 동궁의 본궁이 있는 현암산에 상주하며 궁주의 명에 따라 강호의 대소사를 처리해 온 동궁의 대표적인 조직이라고 할 수 있었다.

삼각의 경우, 그 인원이 각각 일백에 지나지 않는 조직이었으므로 지난 세월 동안 동궁은 강호사에 직접적으로 간여하기보단 언제나 은밀한 움직임으로 자신들의 존재감을 드러내 왔다.

하지만 수룡맹의 도발은 결코 삼각 오대만으로 대처할 수 있는 일이 아니었다. 당연히 지금 묘산에서는 삼각 오대가 아닌 동궁 각 파에서 파견한 고수들이 홍사월을 중심으로 적을 맞을 준비를 하고 있었다.

"수룡맹의 상황은 어떤가?"

능운백이 미심을 보며 물었다.

"수룡맹의 움직임에 대해선 화맹의 정보보다 동궁의 정보가 좀 더 정확할 듯합니다. 물론 화맹에서도 나름대로 홍택호 인근에서 이루어지는 강호고수들의 움직임을 살피고 있지만, 일단 대모께서 동궁과 수룡맹의 싸움에서 일정한 거리를 유지하라 명하셨기에……."

미심이 말꼬리를 흐리자 능운백이 고개를 끄덕였다.

"음, 알겠네. 당연한 명이실세. 이번 싸움에 잘못 휘말렸다간 자칫 큰 낭패를 당할 수 있어. 더군다나 동궁의 군사 대하이존이라면 이미 홍택호로 밀려온 수룡맹의 동태를 모두 읽고 있을 테니 그에게 수룡맹의 정보를 듣는 것이 좋겠지."

능운백과 무불장의 고수들이 강호의 정세에 대해 이런저런 이야기를 나누는 사이 어느새 길을 안내하던 은자림주 사영인은 묘산 동궁 숙영지의 중심에 위치한 거대한 막사 앞에 도달해 있었다.

보통의 막사들이 오 장여를 넘지 않는 크기인 데 반해서 사영인이 안내한 막사는 그 넓이가 적어도 이십여 장은 넘을 듯했고, 높이는 사람 서넛의 키보다도 높아 보였다. 이 막사는 묘산 동궁 세력의 수뇌부가 모여 대소사를 논하는 집무실로 사용하는 막사로서 홍사월과 대하 이존이 상주하는 곳이었다.

"어서 오십시오. 그렇잖아도 천검께서 오시기를 기다리고 있었습니다."

어느새 막사 밖으로 나온 홍사월과 대하 이존이 능운백을 맞이했다. 이미 그들은 무불장이 묘산에 남아 동궁을 돕는 것으로 결정한 것을 은자림주로 부터 전해 들었으므로 능운백을 맞이하는 그들의 표정은 정중하기 이를 데 없었다. 하지만 그러면서도 그들의 얼굴에는 한가닥 그늘이 깔려 있었는데, 눈매 좋은 능운백과 무불장 고수들이 그런 사실을 놓칠 리 없었다.

'벌써 무슨 일이 벌어진 것일까? 수룡맹과 동궁의 고수들이 충돌했다는 이야기는 듣지 못했는데……?'

고검이 홍사월과 이존의 얼굴에 드리운 그늘을 보며 내심 의아해하고 있을 때 능운백이 담담한 미소를 지으며 홍사월 등의 인사에 답했다.

"일개 황금충 무리를 새삼스레 환대해 주시니 감사할 따름입니다."

"일개 황금충 무리라뇨. 본 궁으로서는 천검께서 본 궁에 힘을 보태주시기로 결심하신 것이 그야말로 천군만마를 얻은 것과 같다고 할 수 있습니다."

"허허허, 겨우 십여 명도 안 되는 인원이 어찌 천군만마의 일을 해내겠습니까? 이번 싸움의 규모에 비하자면 본 무불장의 힘은 보잘것없는 것이지요. 그저 나의 둘째 제자 놈이 목숨의 빚을 안고 그냥 돌아갈 수 없다고 고집을 피우는 통에 적은 힘이나마 보탬이 되고자 남기로 한 것이지요."

그러자 홍사월의 시선이 고검의 곁에 서 있는 추산에게로 향했다.

"둘째 제자 분께선 온전히 회복을 하신 듯합니다."

"모두 묘수의께서 귀한 물건을 내주시고 또 직접 손을 써주신 덕이지요."

사영인과 함께 동궁의 중앙 막사로 일행을 안내했던 묘수의 동신을 가리키며 능운백이 말했다. 그러자 묘수의 동신이 미소를 지으며 고개를 저었다.

"추 소협은 본 궁의 큰 은인이신 자운 노사의 후예시니 저로서는 당연히 할 일을 했을 뿐입니다. 그런데도 불구하고 조그만 노고를 크게 생각해 주셔서 본 궁에 남아주시니 저로서는 감사할 따름입니다."

동신의 말에 능운백이 너그러운 미소를 지었다.

"누가 뭐래도 동 의원께서는 제 둘째 제자 놈의 은인이십니다. 그나저나 정세에 무슨 변화라도 있는 것입니까?"

능운백이 홍사월과 이존을 번갈아 보며 물었다. 그러자 두 사람의 표정이 동시에 굳어졌다.

"일단 안으로 들어가시지요. 본 궁의 수뇌들이 천검께 인사를 올리기 위해 기다리고 있습니다."

"허! 변변찮은 황금충에게 인사라니……."

"그런 말씀 마십시오. 천하팔대고수를 그 누가 두려워하지 않겠습니까? 자자, 안으로 드시지요."

홍사월은 나이로 보자면 능운백보다 몇 살 위였지만 마치 윗사람을 모시듯 천검 능운백을 막사 안으로 이끌었다.

막사 안에는 홍사월의 말처럼 이십여 명의 동궁 고수들이 능운백과 무불장 고수들을 기다리고 있었다. 수십 명의 인원이 들어섰음에도 막사는 너끈히 그 인원을 감당해 낼 정도로 넓었다.

막사의 안쪽에는 보통의 집무실과 마찬가지로 제법 너른 서탁이 놓여 있었고, 그 서탁의 양쪽 옆으로 각기 대여섯 명이 앉을 수 있는 의자가 늘어서 있었다.

그중 한쪽 면의 의자에는 머리가 희끗희끗한 고수들이 이미 앉아 있었고, 그 반대편 의자는 텅 비어 있었는데, 아마도 능운백과 무불장의 고수들을 위해 비워놓은 듯했다.

"이쪽으로들 앉으시지요."

홍사월이 직접 능운백과 무불장 고수들을 빈 의자가 있는 곳으로 안내했다. 그리고는 자신은 머리 쪽에 자리를 잡고 앉았다.

"모두 아시고 계시겠지만 이분이 바로 천하팔대고수이신 천검이시오. 모두들 인사를 올리시구려."

홍사월이 동궁 고수들에게 능운백을 소개했다. 그러자 동궁의 고수들이 분분히 자리에서 일어나 일제히 능운백을 향해 포권을 취해 보였다.

"천검 어른을 뵙습니다."

"아아, 보잘것없는 늙은이를 환대해 주셔서 고맙소이다. 능운백이라 하오."

천검 역시 자리에서 일어나 동궁 고수들의 인사에 답례했다. 그런데 천검에게 인사를 하는 동궁 고수들의 표정이 각양각색이었다. 대부분은 천검에 대한 존경심을 드러내고 있었지만 개중 몇몇은 뭔가 못마땅한 표정을 짓고 있었다.

'역시 선입견은 어쩔 수 없는 건가? 이미 사부님께서는 천하팔대고수의 반열에 올라 그 능력을 모든 강호인들이 인정하고 있거늘, 저들 중 일부는 사부님께 정중한 예를 갖추는 것을 못마땅해하는 것 같으니…….'

고검이 씁쓸한 표정을 지어냈다. 강호에서 황금충이 받는 멸시야 어제오늘의 일이 아니지만 그의 사부인 천검 능운백은 이미 황금충이라는 굴레를 넘어선 지 오래인 인물이었다. 하물며 지금 능운백은 동궁을 돕기 위해 나선 사람이었다. 그런데도 불구하고 동궁의 일부 고수는 능운백과 무불장에 대한 멸시의 기운을 여전히 드러내고 있었던 것이다.

어쩌면 지금 홍사월과 동궁의 수뇌부가 능운백과 무불장의 고수들을 대하는 태도가 그야말로 정중하기 이를 데 없었으므로 오히려 이런 환대가 황금충을 무시하는 동궁의 일부 고수들에게는 불쾌할 수도 있었다.

그러나 어쨌든 자신들을 돕기 위해 나선 사람들이었으므로 무불장의 고수들을 무시하는 자들이라 해도 드러내 놓고 능운백의 체면을 깎는 행동을 할 수는 없었다.

좌중에 감도는 미묘한 기운을 느끼지 못했을 홍사월이 아니었지만 그는 일부 동궁 고수들의 불만을 무시하며 여전히 공손한 태도로 능운백에게 말을 건넸다.

"천검께서는 혹여라도 본 궁에 머무시는 동안 불편한 점이 있다면 무엇이든 말씀해 주시기 바랍니다."

"하하하, 강호의 이슬을 밟고 사는 황금충이 이만하면 되었지 무슨 불편이 있겠습니까? 그런데……."

능운백이 말꼬리를 흐렸다.

"무슨 하실 말씀이라도……?"

홍사월이 능운백을 보며 묻자 능운백이 정색을 한 얼굴로 입을 열었다.

"본래 강호에서 본 무불장이 수십 년 동안 그 명성을 유지할 수 있었던 것은 오로지 황금충의 본분에 충실했기 때문입니다. 다시 말해, 무슨 강호의 권력을 탐하거나 세를 모으기 위한 시도를 하지 않았다는 말이지요."

"그렇지요. 무불장이 오직 청부업 이외의 일에는 관여치 않는다는 것은 강호의 모든 사람이 알고 있는 일이지요."

"해서 이번 일도 비록 서로의 인연에 따라 동궁을 돕게 되었지만 형식적으로 본 장이 동궁의 청부를 받은 것으로 했으면 합니다."

순간 동궁 고수들의 얼굴색이 살짝 변했다. 듣기에 따라서는 재물을 요구하는 말로 해석될 수도 있는 말이기 때문이었다. 물론 놀란 것은 동궁의 고수들만이 아니었다. 고검과 추산을 비롯한 무불장의 고수들 역시 놀라긴 마찬가지였다.

'아니, 사부는 이 상황에서도 재물을 받아내려 하시는 건가? 정말 못 말릴 늙은이라니까?'

추산이 고개를 저으며 투덜거렸다.

"하면, 일의 대가를 계산해 드리는 것으로……."

홍사월의 말은 능운백에 의해 중간에 끊겼다.

"그런 말은 아닙니다. 재물이라면 이미 추산 저 아이가 받은 만년지주의 내단으로 충분하지요. 다만 지금 이곳에는 사패의 선발대가 와 있고, 또 천하의 시선이 주목하고 있으니 그저 그들에게 동궁에서 만년지주의 내단을 조건으로 본 장에 청부를 넣어 본 장이 동궁의 일을 돕게 되었다고 알려주시면 족하겠습니다."

능운백의 말에 그제야 장내의 고수들이 고개를 끄덕였다. 능운백은 어떤 연유로든 사패나 여타의 강호고수들이 무불장이 청부가 아닌 다른 이유로 동궁에 남아 있다고 생각하는 것을 바라지 않았던 것이다. 이런 능운백의 생각은 향후 무불장이 여전히 강호의 중립적인 청부업체로 남아 있기 위해선 무척 중요한 문제이기도 했다.

"천검께서 말씀하신 의도, 잘 알겠습니다. 그 문제는 걱정 마십시오. 본 궁이 무불장에 청부를 넣은 것으로 모두에게 알리도록 하겠습니다. 그야 어려운 일도 아니지요."

"이해해 주시니 고맙소이다. 그리고 일단 이번 일이 청부의 형식을 갖추게 된다면 일의 진행도 그에 걸맞게 처리해야 할 겁니다. 해서 이 늙은이는 앞으로 한발 뒤로 물러나 있으려 합니다. 아시다시피 무불장의 장주는 제 첫째 제자가 맡고 있으니 앞으로의 일은 이 아이에게 맡기도록 하겠습니다."

뜻밖의 말에 고검이 당황스런 얼굴로 능운백을 바라봤다. 그러나 능운백의 표정은 단호해서 자신의 말을 거둬들일 것 같지 않았다.

당황하기는 했으나 그렇다고 고검이 이번 동궁에서의 일을 주관하는 것에 두려움을 느끼는 것은 아니었다. 그는 이미 십 년이 넘는 세월 동안 수많은 청부를 해결해 왔고, 청부사로서는 이미 그의 사부 천검 능운백에 버금가는 명성을 얻고 있는 사람이었다.

하지만 청부를 수행하는 능력과 상관없이 노령의 사부를 제쳐 두고 무불장을 대표하는 것은 그로서도 쉽게 받아들일 수 없는 일이었다.

"스승님!"

"더 이상 거론치 말거라. 설마하니 이 늙은 사부에게 모든 것을 맡길 생각은 아니겠지?"

능운백의 단호한 말투에서 고검은 더 이상 사부의 말을 거역할 수 없음을 느꼈다.

"고 장주라면 능히 본 궁과 중대사를 논할 만하지요."

홍사월은 오히려 능운백이 뒤로 물러나고 고검이 앞으로 나서는 것이 기꺼운 모양이었다. 아무래도 능운백의 명성이 그와 허심탄회하게 향후의 일을 논하는 데 방해가 되었던 듯싶었다.

"그럼 스승님의 명을 받들겠습니다. 앞으로 잘 부탁드리겠습니다."

홍사월까지 나선 마당에야 고검도 계속 사양만 할 수는 없었다.

"부탁이야 이 늙은이가 해야지 않겠소? 무불장주의 무공과 심기가 이미 천하팔대고수에 근접한다는 소문은 익히 듣고 있었소이다. 본 궁을 많이 좀 도와주시구려."

"부족하나마 최선을 다하도록 하겠습니다."

강호의 일대고수 홍사월을 상대하면서 고검은 전혀 긴장한 기색이 없었다. 그는 무척 담담한 모습으로 홍사월을 대했는데, 그건 그 나이 또래의 다른 강호고수들과는 확연히 다른 모습이라 할 수 있었다.

고검의 담담한 태도에 홍사월도 감탄하는 기색을 보였지만 능운백을 멸시의 눈으로 바라보던 동궁의 일부 고수들은 오히려 고검의 태도에 분노의 빛을 떠올렸다. 그러나 그런 동궁 고수들의 반응에 아랑곳하지 않고 고검이 다시 입을 열었다.

"현재의 상황을 들어보고 싶군요. 더불어 무불장이 해야 할 일도 말씀해 주시면 좋겠습니다."

말을 하면서 고검이 홍사월에게게서 시선을 돌려 동궁의 군사 대하 이존을 바라봤다. 비록 묘산에 모인 동궁의 고수들을 통솔하는 것이 홍사월이기는 했지만 실질적으로 전황을 읽고 동궁 고수들의 행보를 결정하는 것은 대하 이존이기 때문이었다. 대하 이존이야말로 묘산에서 동궁의 궁주를 대신하고 있다고 해도 과언이 아니었다. 그러니 결국 무불장의 고수들을 어떻게 쓸 것인지는 대하 이존의 생각에 달려 있는 것이나 마찬가지였다.

"그렇지 않아도 지금 본 궁의 수뇌들이 모여 앞으로의 일을 논의하던 중이었소이다. 그럼 군사, 하던 말씀을 계속하시지요."

아마도 무불장의 고수들이 도착하기 전, 대하 이존과 동궁의 수뇌들이 앞으로의 일을 논의하고 있었던 모양이다.

"알겠습니다. 새로운 분들도 오고 하셨으니 다시 이야기를 시작하지요. 말씀드렸듯이 지금까지 현각(玄閣)에서 조사한 바로는 홍택호를 중심으로 장강을 따라 올라온 수룡맹의 고수가 대략 오백이고, 또 황하에서 대운하를 따라 내려온 수룡맹의 고수가 모두 삼백, 드러난 전력으로는 도합 팔백의 수룡맹

고수들이 홍택호에 진입한 것으로 알려졌습니다. 아직까지 남과 북으로 나누어진 두 세력이 한곳에 집결하지는 않았지만 아마도 삼사 일 안에 홍택호 서안(西岸)의 천보산을 근거로 영지를 구축할 것으로 판단됩니다."

"음, 천보산이라면……?"

대하 이존의 말을 끊고 수염이 가슴까지 자란 노고수가 입을 열었다. 그는 바로 묘산에 거동한 동궁 육상천의 문주 두 명 중 한 명인 해신문의 문주 장국사였다. 대대로 해신문은 해전에 관한 한 강호제일의 실력을 보유한 문파로 알려져 있었다. 해신문은 이번 묘산행에 문주인 장국사뿐 아니라 동궁십이선에 들어 있는 상당군까지 동행했으므로 묘산에 모인 그 어느 문파보다도 홍택호 싸움에 큰 힘을 보태게 될 문파라 할 수 있었다. 이렇게 해신문이 많은 전력을 동원하게 된 것은 싸움이 벌어질 장소가 바로 홍택호였기 때문이다. 홍택호의 싸움은 곧 수전이 될 가능성이 높았고, 비록 바다가 아니더라도 수전이라면 동궁의 문파 중 해신문을 빼놓을 수 없었다.

아무리 동궁을 실질적으로 움직이는 대하 이존이라도 동궁 육상천의 문주는 어려울 수밖에 없다. 이존이 장국사를 향해 공손한 모습으로 대답했다.

"인근에 제법 큰 도읍인 사홍(泗洪)을 배후에 둔 곳이지요. 서안 쪽에서 보자면 묘산으로 이어지는 수로와 가장 가까운 지점이라 할 수 있습니다."

"음, 사홍을 손에 넣었다는 건가? 사홍을 손에 넣었다면 배후가 든든하다는 말인데…….”

장국사가 살짝 아미를 모았다.

“사홍(泗洪)이라면 제법 큰 도읍이라고 할 수 있지요. 그들이 사홍을 장악했다면 아마도 장기전을 생각하고 있을지도 모르겠군요.”

장국사의 말을 초로의 노인이 받았는데, 그는 무상문주 득리자의 네 사형제 중 막내인 득문자 노명갑으로 대웅산의 과거 사숙이 되는 사람이었다. 그의 별호에서 알 수 있듯 무상문의 인물 중 가장 뛰어난 학식을 지니고 있는 것으로 알려져 있었다. 또한 묘산에 온 무상문 고수들의 인솔자이기도 했다.

장국사와 노명갑의 말을 듣고 있던 대하 이존이 고개를 끄덕이며 말했다.

“두 분께서 말씀하신 대로 수룡맹이 사홍(泗洪)을 배후에 두고 천보산에 영지를 구축한 것은 장기전을 고려한 행보라 할 수 있습니다. 하지만 그들이 진정으로 장기전을 원하는가 하는 것은 한 번 고민해 볼 필요가 있습니다.”

“다른 의도가 있단 말씀이오?”

장국사가 날카로운 눈빛을 흘려내며 물었다.

“얼핏 보면 사홍을 배후로 택한 것은 장기전에 대비한 보급처를 확보한 것처럼 보이지만 천보산의 위치와 현 정세를 보면 그들이 마냥 장기전을 노린다고도 할 수 없습니다. 천보산이 위치한 곳은 홍택호의 서안에서 호수의 중심 쪽으로 불쑥 돌출된 지형입니다. 동안(東岸)과의 거리가 가장 가까운 곳이지요. 천보산에서 배를 띄우면 쾌속선의 경우 반나절이 채 안되어 홍택호의 동안(東岸), 그것도 이곳 묘산을 지나 회음에 이르는 수로의 입구에 도착하게 됩니다. 다시 말해, 본 궁의 정예가 모여 있는 이 묘산을 기습할 수 있는 가장 좋은 장소가 바로 천보산이라 할 수 있지요."

"음, 그럼 오히려 허허실실을 노린 기만술이란 말인가?"

장국사가 고개를 갸웃했다. 그러자 노명갑이 입을 열었다.

"군사께서도 현 정세를 언급했지만 저들로서는 장기전보다 기습을 하여 단기에 승기를 잡아야 하는 상황이지요. 장기전으로 가면 승리를 취한다 해도 전력의 손실이 커 삼패의 역습을 받을 가능성이 많거니와, 본 궁과의 승부가 길어지면 삼패가 어쩔 수 없이 본 궁의 편을 들고 나설 수밖에 없으니 아마도 삼패가 정세를 관망하는 초기에 선공을 가해 승기를 잡는 것이 그들로서는 상책(上策)이라고 할 수 있을 겁니다."

노명갑의 조리있는 설명에 장내의 고수들이 저마다 고개를 끄덕였다.

"그렇다면 결론은 역시 기습을 위한 기만술인가?"

홍사월이 중얼거리자 대하 이존이 입을 열었다.

"일단 기습을 대비하는 것은 반드시 해야 할 일입니다. 수룡맹으로서는 일단 기습을 시도하고, 기습이 실패했을 경우 사홍을 근거로 장기전을 대비할 수도 있으니 천보산을 근거지로 한 것은 일거양득의 효과를 노린 것이라 할 수 있지요."

"저들 중에 지리(地理)를 볼 줄 아는 책사가 있단 말이군."

장국사가 중얼거렸다.

'암제 마극이라면 제법 잔머리를 굴릴 줄 아는 인물이지.'

추산이 내심 과거 그와 약간의 악연을 맺었던 암제 마극을 떠올렸다. 암옥, 아니, 수룡맹에서 책사 노릇을 할 인물로는 암제 마극이 제격이었다.

"수룡맹을 지금 정도의 거대한 세력으로 키우기 위해서는 당연히 뛰어난 책사가 있어야 했겠지요. 그나저나 그럼 저들의 기습을 대비해 홍택호에서 이곳 묘산에 이르는 수로의 감시를 철저하게 해야겠구려. 그리고 묘산에서 그들을 맞을 준비를 해야겠고 말이외다."

득문자 노명갑이 군사 이존을 보며 말하자 이존이 살짝 고개를 저으며 말했다.

"그건 너무 수세적인 대응이지요. 기실 이 싸움을 빨리 끝내야 하는 쪽은 수룡맹만이 아닙니다. 본 궁의 입장에서도 가장 적은 피해로 신속하게 싸움을 끝낼 방도를 찾아야지요."

"군사께 생각이 있으신 모양이구려?"

해신문주 장국사가 기대감이 서린 눈빛으로 이존을 보며 물었다.

"다행히 그들이 기습을 생각하고 있다면 본 궁에도 좋은 기회가 될 것입니다."

"적의 기습이 곧 기회라……?"

장국사가 고개를 갸웃했다. 그러자 이존이 재빨리 말을 이었다.

"기습이란 상대가 예상치 못하고 있을 때는 가장 효과적인 공격이 될 수 있지만 상대가 예상할 수 있는 기습은 오히려 호랑이 굴에 뛰어드는 것과 같다고 할 수 있지요. 전 굴을 파고 그들을 기다릴 생각입니다."

"기습을 역으로 이용한다?"

"그렇습니다."

"성공만 한다면 좋은 방법이긴 하오. 하지만 그들이 진영을 구축한 천보산에서 이 묘산까지는 물길로 이어져 있소. 배를 타고 진입하는 저들을 어떻게 역습할 생각이시오? 물론 본 문이 수전에 능한 고수들을 이끌고 오긴 했지만, 수룡맹의 선단을 역습할 만한 숫자는 아니외다. 적보다 전력이 떨어지면 어딘가 복병을 두었다가 역습을 해야 할 것인데 홍택호의 물 위에서 복병을 둔다는 것은……."

장국사가 걱정스런 얼굴로 물었다. 산과 숲으로 이루어진 전장이라면 복병을 두었다가 역습을 가하는 일이 수월할 테지만 바다와 같이 사방이 탁 트인 홍택호의 물 위에서 복병을 두어 기습해 오는 적을 역습하는 것은 거의 불가능한 일이라고 할 수 있었다. 그러나 장국사의 의문에 이존은 살짝 미소를 지어 보였다.

"물론 숨을 곳 없는 물 위에 복병을 두어 역습을 가하는 것은 쉬운 일이 아니지요. 하지만 굳이 방법을 찾자면 불가능한 일도 아닙니다."

"불가능한 일이 아니다라……. 그래, 군사께선 어떤 묘수를 준비해 둔 것이오?"

홍사월이 이존의 말에 흥미가 동한 표정으로 물었다. 그러자 이존이 사람들이 둘러앉은 서탁 위에 양피지로 만든 커다란 지도를 펼쳤다. 지도 위에는 홍택호와 그 인근의 지형이 빼곡하게 그려져 있었다.

"처음 저는 그들이 수로를 통해 기습을 해온다고 가정하고 이곳 묘산에서 적들을 맞을 생각이었습니다. 이 묘산은 검각이 오랫동안 자리를 잡았던 곳이라 본 궁에서 그 지형을 세세하게 알고 있고, 또 산 빛이 검어 복병을 두어 적을 상대하기에 적합한 곳이지요. 반면에 물 위에서 적을 맞는 것은 해신문주께서도 지적하셨듯이 수상 전력에 있어 절대 열세인 우리에게 무척 불리하다고 판단했기 때문입니다."

"음, 그런데 생각이 바뀌셨다는 것이오?"

홍사월이 이존의 말을 재촉했다.

"그렇습니다. 전 이 묘산이 아닌 홍택호의 동안에서 적을 맞을 생각입니다."

"분명 수전에선 본 궁이 불리할 것이라 하면서 수전을 선택하다니 도대체 군사의 생각은 알다가도 모르겠구려."

장국사가 답답한 기색으로 물었다. 그러자 이존이 한줄기 미소를 입가에 베어 물며 고검과 추산을 향해 고개를 돌렸다.

"제가 수전을 택하게 된 가장 큰 이유는 무불장의 고수 분들께서 본 궁을 돕기로 하셨기 때문입니다."

그러자 장내의 사람들이 더더욱 혼란에 빠졌다. 무불장의 고수라야 능운백을 포함해 겨우 여섯. 더군다나 그들은 수전(水戰)과는 거리가 먼 사람들이었다.

"본 장이 어떤 도움이 될 수 있을지……?"

고검 역시 이존의 의도를 알 수 없어 의혹을 담은 눈으로 물었다. 그러자 이존이 고검이 아닌 추산을 보며 물었다.

"추 소협께선 이제 완전히 몸을 회복하신 겁니까?"

"물론 제 몸은 더 이상 걱정할 필요가 없습니다."

추산이 고개를 끄덕였다. 그러자 이존이 만족한 듯 고개를 끄덕이며 다시 입을 열었다.

"다행이군요. 추 소협께서 건강을 회복한 것은 추 소협뿐 아니라 동궁에도 참으로 다행한 일입니다."

이존의 말에 추산이 의아한 눈으로 이존을 바라봤다. 도대체 이 인사가 무슨 말을 하고 있는지 감을 잡을 수 없었기 때문이다. 그런 추산을 보며 이존이 정중하게 말했다.

"추 소협께 긴히 부탁드릴 일이 있습니다!"

*　　　*　　　*

"젠장, 이게 무슨 생고생이람. 배를 타고 나오면 편하게 경치나 즐기며 갈 길을……."

숲은 끈적한 습기로 가득했다. 호수를 따라 이어진 숲이었으므로 습기가 많은 것은 당연한 일이었다. 투덜거린 사람은 대웅산이었다. 몸집이 커서 그런지 대웅산은 다른 사람에 비해 유독 땀을 많이 흘리고 있었다.

물론 강호의 고수에겐 나름대로 이런 날씨를 이겨내는 방편이 있긴 했다. 살을 에는 듯한 추위에서도 얇은 적삼 하나만입고 유유히 지낼 수 있는 것이 강호의 고수들이 아니던가.

진기를 한차례 끌어올려 온몸에 흘러내리는 땀을 단숨에 날려 버리는 것은 그리 어려운 일이 아니었다. 하지만 그런 방법으로 할 수 있는 일이란 겨우 자신의 몸에 생겨난 땀을 말리는정도, 숲에 가득 찬 습기는 사람의 몸과 더불어 그 정신조차 불쾌하게 만들고 있었다. 그리고 이건 진기를 끌어올려 해결할문제가 아니었다.

"쓸데없이 투덜거리지 말고 어서 걷기나 하거라. 서둘러야하는 일임을 모르지 않을 테니."

뒤에서 걸음을 옮기고 있던 능운백이 투덜거리는 대웅산을타박했다. 그러자 대웅산이 찔끔한 모습으로 재빨리 걸음을옮겨 일행의 가장 앞에서 이동하고 있는 고검과 추산의 곁으로 다가섰다.

"얼마나 더 가야 하죠?"

대웅산이 지루함이 한껏 배어 나오는 목소리로 고검에게 물었다.

"지도에 그려진 대로라면 앞으로 반 시진이면 수로가 끝나고 홍택호의 동안(東岸)에 다다를 것이다."

"음… 아직 반 시진이나 더 가야 하는군요. 좀 쉬었다 가면좋으련만……."

대웅산이 한참 떨어져 있는 능운백의 귀에 들리지 않을 정도의 작은 목소리로 말했다.

"스승님 말씀대로 지금은 쉬엄쉬엄 움직일 때가 아니에요. 수룡맹이 움직이기 전에 준비를 끝내야 한다고요."

추산의 타박에 대웅산이 어깨를 으쓱하며 말했다.

"추 아우, 그건 나도 안다고. 하지만 이 길은 너무 멀고 불쾌하잖아. 에이, 하긴 저 작자들이 저렇게 바싹 따라오는데 쉬어 가자고 할 수도 없지."

대웅산이 고개를 돌려 무불장 고수들의 뒤를 따르고 있는 일단의 동궁 고수들을 보며 말했다. 그들의 뒤쪽에는 오십여 명가량의 동궁 고수들이 따르고 있었는데 그 표정이 하나같이 비장해서 대웅산의 말대로 쉽사리 쉬어 가잔 말을 꺼낼 수 없는 분위기였다.

"가서 지난 이야기라도 하지 그러는가?"

침묵하던 고검이 대웅산을 보며 말하자 대웅산이 고개를 저었다.

"어차피 과거의 인연인데요."

동궁의 고수들을 이끌고 있는 인물은 무상문의 득문자 노명갑. 대웅산에게는 과거 사숙이었던 사람이다.

"하지만 무슨 원한을 가지고 무상문을 나온 것은 아니지 않은가?"

"그렇긴 하지만, 또 함께 움직이는 자들 중 껄끄러운 자들이 있지 않습니까? 내가 사숙과 이야기를 나누면 나중에라도 반드시 그걸 트집 잡을 인물이지요."

대웅산이 날카롭게 동궁의 고수들 속에 섞여 있는 해동이가
의 대제자 후극을 바라보며 말했다.

"하긴 분란이 일어날 수 있는 행동은 처음부터 하지 않는 것
이 좋을지도 모르지."

일행은 다시 침묵 속에 빠져들었다. 말이 끊기자 움직이는
속도는 더욱 빨라졌다. 대웅산 역시 일단 입을 닫은 후에는 묵
묵히 고검과 추산의 뒤를 따르고 있었다.

반 시진을 이동하자 일행의 옆을 따라 흐르던 수로의 넓이
가 서서히 넓어지며 서쪽 산 능선을 비껴 거대한 호수가 일행
의 시야에 들어왔다. 홍택호였다.

홍택호의 푸른 물결이 눈에 들어오자 습한 기운이 물러나고
시원한 강바람이 일행을 맞이했다.

"아아, 이제야 좀 살 것 같군."

대웅산이 옷 앞섶을 살짝 풀어헤치며 말했다.

"어디들 있지?"

능운백이 고검과 추산 곁으로 다가서며 물었다. 그러자 고
검이 손을 들어 호수와 인접해 구불거리며 이어진 호숫가를
가리켰다.

"저들인 것 같습니다."

고검이 가리킨 곳으로 일행이 시선을 돌리자 뭍과 이십여
장 떨어진 거리에 떠 있는 세 척의 중선(中船)이 사람들의 눈에

들어왔다.

"수룡맹에선 아직 홍택호 동쪽으로 사람을 보낸 것 같지는 않군."

한가롭게 떠 있는 세 척의 배에선 어떤 긴장감도 느껴지지 않았다. 아마도 수룡맹의 선박이나 고수가 인근에서 발견되지는 않는 듯 보였다.

"아무리 수룡맹이라 해도 이런 대낮에 호수를 건너올 수는 없었겠지요."

대웅산의 말에 능운백이 고개를 끄덕이다 고개를 돌려 그들의 오른쪽에 솟아 있는 작은 산봉우리를 바라봤다.

"저곳에 동궁의 사람들이 나와 있다고 했지?"

"그렇습니다. 홍택호의 동안을 따라 저런 초소가 백여 개가 있다고 했습니다."

"그렇다면 대낮에 홍택호를 건너는 것은 거의 불가능하겠군."

"그들이 기습을 감행한다면 역시 밤을 이용하겠지요."

고검의 말에 능운백이 잠시 고개를 끄덕이다 추산을 돌아보며 물었다.

"어떠냐? 가능하겠느냐?"

그러자 추산이 눈을 가늘게 뜨고 동궁의 배들이 떠 있는 호숫가를 살피며 입을 열었다.

"지형을 좀 더 살펴봐야겠지만 작은 섬들이 제법 복잡하게 떠 있고, 또 호수를 따라 이어진 뭍의 굴곡이 심하니 진을 펼치기엔 좋은 곳입니다."

"그래? 역시 이존 그의 말이 틀리지 않구나."

그러자 추산이 빙긋 미소를 지었다.

"아마도 그는 제가 없었어도 이곳에 함정을 팠을 겁니다."

"그건 또 무슨 말이냐?"

"처음부터 그는 묘산에서 적을 맞을 생각이 없었던 것이지요. 그렇지 않다면 제가 깨어나기도 전에 이미 이곳을 주목하고 있었을 이유가 없었을 테니까요. 제가 아니라도 그는 이곳에 진을 펼쳐 수룡맹을 상대하려 했을 겁니다. 더군다나 그는 동궁의 군사, 그가 한두 가지 고절한 진법을 모를 리 없지요."

"그런데 왜 굳이 그는 네게 포진(布陣)을 부탁한 것일까?"

"두 가지 이유가 있을 것 같아요. 혹시 동궁의 고수 중 자신이 세운 계획에 회의를 가지는 사람들에게 태호대전을 승리로 이끌었던 과거의 기억을 떠올리게 하고 싶었겠지요. 남련의 공격을 막아낸 자운 사부의 진법을 이어받은 제가 나섰다는 것만으로도 내부의 반발을 어느 정도 잠재울 수 있을 테니까요. 그리고 두 번째는 순수하게 진법만을 논할 때 그 자신이 자운 사부에 미치지 못한다고 생각했을 수도 있어요. 이번 일이 단순히 진법을 겨루는 일이 아닌 다음에야 좀 더 확실한 쪽을 선택하고 싶었겠지요."

추산의 설명에 무불장의 고수들이 고개를 끄덕이는 사이 동궁의 고수들을 인솔하고 있는 득문자 노명갑이 일행 쪽으로 다가왔다.

"어떻습니까? 가능하겠습니까?"

득문자는 능운백에게 묻고 있었지만 기실 그 질문은 추산에게 하는 것이었다.

"뭐, 제자 놈의 말을 들으니 나쁘지는 않다는군요."

"나쁘지 않다니 다행입니다. 그럼 언제 시작하실지……?"

그러자 이번에는 추산이 득문자의 질문을 받았다.

"아무래도 해가 진 이후에 해야 할 듯합니다. 간단한 진이 아니고 수백 명의 적을 끌어들일 진이니 그 작업이 백주대낮이라면 사람들의 눈에 띄지 않기가 어렵습니다. 더군다나 앞쪽으로는 아무것도 막힌 곳이 없는 호수이니 만약 수룡맹에서 빠른 배들을 척후로 내보낸다면 필경 이쪽의 움직임을 감지할 겁니다."

그러자 득문자 노명갑이 걱정스런 얼굴로 물었다.

"진을 치는 작업이 하룻밤에 끝날 수 있겠소이까?"

"그야 어렵지요."

"하면 내일 아침 해가 뜨면 어찌 되는 것이오? 저들에게 노출될 위험성은 오늘 낮이나 내일 낮이나 마찬가지가 아니겠소?"

노명갑의 걱정에 추산이 빙그레 미소를 지었다.

"그것에 대해선 제가 생각해 둔 방법이 따로 있습니다."

추산의 자신있는 표정에 노명갑이 호기심이 동한 얼굴로 물었다.

"어떤 고견을 가지고 있는지 무척 궁금하구려."

"그건 두고 보면 알게 되실 겁니다."

추산이 가벼운 웃음으로 노명갑의 질문을 받아 넘겼다.

무불장 고수들과 동궁의 고수들은 조심스런 움직임으로 호숫가로 이동했다. 일단 홍택호와 인접한 곳에서는 언제나 수룡맹의 눈이 있을 수 있으므로 가급적 조심할 필요가 있었다.

무불장 일행이 호수 변에 도착했을 때는 해가 서쪽의 수평선 위로 기울어져 가고 있을 때였다. 울창한 수림에 휩싸여 있는 호수 변은 무척 복잡한 지형을 이루고 있었다.

"어서 오십시오, 어르신!"

일행이 호수 변에 도착하자 굴강해 보이는 오십대 중반의 고수가 배에서 내려 재빨리 득문자 노명갑의 앞으로 다가와 고개를 숙여 보였다.

"수고가 많군. 그래, 저들의 움직임은 있는가?"

"보시다시피 쥐 죽은 듯 조용합니다. 첩보에 의하면 저들이 천보산에 든 지 겨우 하루밖에 지나지 않았다고 하니 벌써 움직이기에는 빠른 시간인 듯합니다."

"하지만 방심은 금물일세."

"단단히 경계하고 있습니다. 묘산으로 이어지는 수로를 중심으로 반경 삼십여 리 안에는 이렇게 호수 변을 따라 본 궁의 전선이 늘어서 적의 출현을 경계하고 있으니 본 궁의 눈을 피해 적이 호수를 건너지는 못할 겁니다."

중년 사내의 표정에서 은은한 자신감이 드러났다.

"해신문의 고수들이야 물에서는 워낙 뛰어난 사람들이니 안심이 되는군."

"과찬이십니다, 어르신."

"우리가 오늘 이곳에 온 목적은 알고 있는가?"

"자세한 내용은 알지 못하나 군사와 문주께서 모든 것을 동원해 어르신과 무불장 고수들의 일을 도우라는 명을 전달해 오셨습니다. 필요한 것이 있으면 언제든 말씀하십시오. 모든 것은 어르신의 명에 따르도록 하겠습니다."

그러자 노명갑이 부드러운 웃음을 흘려내며 말했다.

"이곳의 일을 지휘할 사람은 내가 아닐세. 추 소협, 이리 좀 오시겠소."

노명갑이 몇 걸음 뒤에 서 있는 추산을 불렀다. 그러자 추산이 노명갑의 곁으로 다가왔다.

"추 소협, 이 사람은 해신문의 고수 광풍검 호광이라는 사람일세. 지금 홍택호에 떠 있는 본 궁의 경비선들을 지휘하고 있지. 물에서는 천하의 그 누구도 따를 바 없는 사람이니 추 소협에게 큰 도움이 될 걸세. 호 대협, 이 소협이 바로 이번 일을 주관하게 될 무불장의 추 소협일세. 인사들 나누게."

노명갑이 추산을 소개하자 광풍검 호광이 호탕한 목소리로 먼저 입을 열었다.

"동쪽 바닷가 촌구석에서 굴러먹던 호광이라 하외다. 이미 묘산에서의 일은 익히 들어 알고 있소이다. 본 궁을 위해 힘을 써주시겠다니 감사할 따름이외다. 자, 무엇부터 시작하리까?"

호광의 호탕한 인사에 추산의 입가에 자신도 모르게 미소가
지어졌다. 한눈에 보아도 호광의 인물됨을 알 수 있었기 때문
이다. 그런데 미처 추산이 호광의 인사에 대답을 하기도 전에
멀찍이 떨어져 있던 대웅산이 급히 앞으로 걸어나오며 호광에
게 아는 척을 했다.

"아니, 바다에 있어야 할 사람이 이곳엔 웬일이시우?"

순간 호광이 대웅산을 발견하고는 얼굴이 환해지며 반갑게
마주 걸어나갔다.

"이게 누군가? 산중의 무식쟁이 아닌가?"

"이 형님 좀 보시게. 내가 무식쟁이면 형님은 뭐가 되겠수?"

"허허, 이 친구 보게? 파문을 당한 주제에 입은 여전히 살아
있군."

누군가 대웅산에게 파문 이야기를 꺼냈다면 대웅산의 장창
이 지체없이 번뜩여야 정상이었지만 대웅산은 오히려 호탕한
웃음을 터뜨렸다.

"역시 형님이시우. 감히 이 대웅산에게 그런 말을 할 사람이
형님 말고 누가 있겠수?"

"하하하, 문중을 나간 후 빌어먹은 거지꼴로 살아가는 줄 알
았는데 신수가 훤하군. 어서 오게. 자네가 무불장에 의탁하고
있다는 소문은 들었네. 오늘 이곳에 나타난 것은 역시 무불장
의 청부사로서겠지?"

호광의 말에 대웅산이 고개를 끄덕였다.

"난 이제 완전히 황금충이 되었수."

"후후, 오히려 동궁에 있을 때보다 더 좋아 보이는 것을 보니 청부 일이 자네의 천성에 맞나 보군."

"하고 보니 그렇더군요."

과거 대웅산이 무상문에 적을 두고 있을 때 같은 동궁의 고수로서 광풍검 호광과 대웅산은 절친한 친분을 나눠 서로 호형호제하는 사이였다. 두 사람의 성품이 모두 호탕하여 서로 의기가 투합하기도 했거니와 대웅산이 동궁의 오대 소속으로 활동할 때 호광은 대웅산의 상관으로 있으면서 서로 간에 각별한 우의를 맺었던 것이다.

"대 형님, 지금은 조금 서둘러야 할 시간이에요."

대웅산과 호광이 시간 가는 줄 모르고 반가움을 나누고 있자 추산이 두 사람 사이에 끼어들었다.

"알았네, 추 아우. 형님, 우리 지난 이야기는 나중에 나누기로 합시다. 지금은 여기 추 아우가 시키는 일을 해야 할 때이니 말이우."

"그렇게 하세. 자, 추 소협, 무슨 일부터 하리까?"

그러자 추산이 잠시 생각에 잠겼다가 천천히 입을 열었다.

"먼저 호 대협께서는 어둠이 내리면 인근에 흩어진 배 중 이십여 척을 이곳에 모아주십시오. 그리고 다른 분들께서는 은밀하게 소나무를 베어 삼 장 길이로 곧게 잘라 다듬어주십시오."

그러자 노명갑이 되물었다.

"몇 개나 준비하면 되겠는가?"

"모두 육백이십 개가 필요합니다."

순간 노명갑이 놀라며 되물었다.

"그렇게나 많이 필요한가?"

"수백, 어쩌면 일천에 가까운 적을 끌어들이자면 그 정도는 필요하지요."

추산이 정색을 하며 말하자 노명갑이 고개를 끄덕였다.

"알겠네. 어둠이 내리면 시작하도록 하겠네."

대답을 한 노명갑이 추산 앞에서 물러나자 고검과 능운백이 추산의 곁으로 다가섰다.

"이제 시작이구나."

능운백이 믿음직한 얼굴로 추산을 보며 말하자 추산이 대답했다.

"내일이면 호풍환우(呼風喚雨)의 진을 직접 보실 수 있을 거예요."

第十章

개전(開戰)

孤劍秋山

　호수의 아침은 언제나 안개로 시작한다. 숲은 안개의 장막에 가로막히고 호수를 떠다니는 배들은 한 치 앞을 내다보기도 힘들다. 하지만 안개가 힘을 발휘하는 시간은 밤의 찬 기운이 남아 있을 때뿐이다. 태양의 뜨거운 열기가 힘을 발휘하기 시작하면 안개는 오전을 넘기지 못하고 소멸하는 것이 자연의 순리다.

　그런데 이런 자연의 순리를 거스르는 현상이 홍택호의 동안(東岸), 회음을 향해 이어진 수로의 입구 부근에서 일어나고 있었다. 새벽에 시작된 안개는 해가 호수 위로 높게 떠올랐음에도 사라지지 않고 있었다.

　"신기하군, 신기해. 이게 무슨 진이라고 했지?"

대웅산이 연신 감탄하며 추산에게 물었다.

"사해교진이요."

추산이 퉁명스럽게 대답했다. 그도 그럴 것이, 이미 같은 대답을 세 번이나 한 추산이었다.

"사해교진이라……. 아, 정말 놀라운 진이야. 하룻밤 사이에 이 넓은 호수와 숲을 안개로 휩싸이게 하다니……."

대웅산이 추산의 반응에는 별반 신경을 쓰지 않고 안개에 휩싸인 주변을 돌아보며 감탄사를 흘려냈다. 안개는 호수 위 크고 작은 섬들로부터 호수와 맞닿아 있는 무성한 숲 전체를 휘감고 있었다. 그리고 그 안개 속에서 숫자를 알 수 없는 사람들이 분주히 움직이고 있었다.

"한낮이 되어도 안개가 사라지지 않으면 저들이 의심치 않을까?"

고검이 아름드리나무를 잘라 만든 탁자 위에 주변 지형이 그려진 지도를 펼쳐 놓고 분주하게 사람들을 움직이고 있는 추산에게 걱정스런 표정으로 물었다.

"물론 하루 종일 안개가 끼어 있는 것은 무척 특이한 일이라고 할 수 있지요. 만약 저들이 보았다면 이상하다고 생각하긴 할 거예요. 하지만 그렇다고 우리가 이곳에서 하는 일을 온전히 드러내 보이는 것보다는 낫지요. 그리고 오늘 낮과 밤 동안에 서둘러 작업을 하면 진이 완성될 테니 내일이면 안개를 걷어내도 괜찮을 거예요. 그러면 저들도 그저 하루 동안 일어난 기현상 정도로 생각하지 않겠어요?"

"그렇긴 하구나. 그런데 진이 완성되면 지형이 변할 텐데 저들이 이곳 지형을 숙지하고 있다면 진에 의해 변화된 지형을 보고 의심치 않겠느냐?"

"그건 걱정하지 않아도 돼요. 진에 의해 변하는 지형은 사람들의 눈으로 알아볼 수 없을 만큼 작은 부분일 것이고, 또 이번에 펼치는 진은 저들이 사정권 안에 들어왔을 때 변화가 시작되도록 되어 있으니 저들의 의심을 피할 수 있을 거예요."

추산의 대답에 고검이 대견한 표정으로 추산을 바라봤다.

"네가 자운 노사께 진법을 전수받은 것은 알고 있었지만 이렇게 거대한 진을 펼칠 수 있을 줄은 몰랐구나."

고검의 칭찬에 추산이 씁쓸한 미소를 지었다.

"비싼 대가를 치르고 얻은 진법이지요."

"그게 무슨 말이냐? 비싼 대가라니?"

고검이 묻자 추산이 어두운 표정으로 대답했다.

"이 진은 말씀드렸듯이 사해교진이라는 진이에요. 자운 사부의 진법 중 가장 고절한 진법이라고 할 수 있지요. 이 진법에 감춰진 묘리가 워낙 난해해서 저 또한 몇 개월 전까지는 제대로 펼칠 수 없었던 진이지요."

"몇 개월 전까지는 펼칠 수 없었던 진이라고? 그렇다면……?"

고검이 뭔가를 깨달은 듯 추산을 보자 추산이 고개를 끄덕였다.

"맞아요. 기련산 만불곡에 바로 이 사해교진이 펼쳐져 있었어요. 전 만불곡으로 주하령 그녀를 이끌고 들어가면서 사해교진에 대해 명확하게 알게 되었어요. 그래서 오늘 이렇게 사해교진을 펼칠 수 있는 것이고요. 그러니 어찌 그 대가가 적다고 할 수 있겠어요."

기련산 만불곡에서 죽은 만불통에 대한 죄책감은 여전히 추산의 마음속에 남아 있었다. 더군다나 그의 몸을 휘돌고 있는 진기 중 한 가닥은 만불통의 삼천공이 아니던가. 그런 추산의 마음을 알고 있는 고검이 부드러운 목소리로 입을 열었다.

"네가 이렇게 건강하게 살아 있는 것을 보면 만 노사께서 무척 기뻐하실 게다. 본래 만 노사께서는 너의 그 활달한 성정을 좋아하셨으니 너무 의기소침해하지 말거라."

그러자 추산이 고개를 끄덕이며 두 손을 들어 올려 한바탕 손뼉을 친 후 말했다.

"알았어요. 힘을 낼 테니 걱정 마세요. 결국 아무리 변해도 추산은 추산일 뿐이니까요."

안개에 감춰진 호수에서의 작업은 그날 밤이 되어서도 계속되었다. 물론 밤이 되었다고 해서 불을 밝힐 수는 없었다. 아무리 짙은 안개로 가려져 있다고 해도 불빛은 어두운 밤중에 기척을 숨기려는 자들에겐 무척 위험한 물건이었다.

그렇게 무불장의 고수들과 함께 이동한 동궁의 고수 오십여 명과 애초부터 홍택호에 나와 수룡맹의 움직임을 감시하고 있던 동궁의 고수 일백여 명이 추산의 지시에 따라 자운 노사의 절대기진인 사해교진을 홍택호의 동안(東岸)에 펼치기 위해 쉼없이 작업을 계속한 결과 드디어 그 다음날 아침이 되자 추산이 계획했던 진이 얼추 완성될 수 있었다.

이틀간 잠을 자지 않은 때문인지 호숫가에서 분주히 움직이는 동궁 고수들의 눈에는 피곤한 기색이 역력했다. 사람들이 지쳐 가자 해동이가의 대제자 후극은 노골적으로 무불장 청부사들에 대한 불신감을 드러내기도 했다. 하지만 추산은 득문자 노명갑의 지원 아래 흔들림없이 사방 십여 리에 이르는 거대한 기진을 완성해 가고 있었다.

안개는 여전히 숲과 호수를 휘감고 있었고, 해가 뜬 지는 반시진이 지나고 있었다.

"이제는 안개를 걷어야 할 시간이 된 것 같군요."

하늘에 떠 있는 해를 보면서 추산이 입을 열었다.

"진은 완성된 것이냐?"

능운백이 묻자 추산이 고개를 저었다.

"아직 완성된 것은 아니에요. 하지만 이제부터는 크게 소란스런 작업은 없을 테니 수룡맹의 척후가 온다 해도 은밀히 작업을 진행시킬 수 있을 거예요."

"진이 완전해지려면 얼마나 걸리겠소이까?"

노명갑이 초조한 기색으로 추산을 보며 물었다. 이미 간밤에 수룡맹의 척후가 그들이 있는 곳에서 십여 리 떨어진 곳까지 배를 몰아 왔다 돌아갔다는 첩보가 있었던지라 마냥 시간을 끌고 있을 수는 없는 일이었다.

"지금이라도 저들이 온다면 진을 발동할 수는 있습니다. 하지만 그럴 경우 저들이 탈출할 생문이 십여 곳이나 되지요. 하지만 삼 일 정도 더 손을 본다면 생문의 숫자를 세 곳 이하로 줄일 수 있습니다."

"음… 그럼 일단은 묘산에 있는 본 궁의 고수들을 출발시켜도 되겠구려."

"그렇게 하십시오. 적을 상대할 고수들이 진 속에 들어 진을 보강해 나가면 이 진은 더욱 완전해질 겁니다."

추산이 고개를 끄덕였다. 추산의 말에 노명갑이 곁에 있던 동궁의 중년고수에게 고개를 끄덕였다. 그러자 중년고수가 재빨리 장내를 벗어나 숲 속으로 사라져 갔다.

"그런데 과연 저들이 기습을 하긴 할까요? 그리고 기습을 한다 해도 언제 할지 알 수 없는 상황에서 무턱대고 전력을 진 안에 숨겨놓는 것은 모험이 아닐까요? 만약 저들이 허를 찔러 홍택호를 가로지르지 않고 북쪽으로 우회해서 육로를 택해 공격해 온다면 모든 전력을 모아놓은 상태에서 그에 대처하기가 쉽지 않을 겁니다."

해신문의 고수 광풍검 호광이 걱정스런 얼굴로 물었다.

"물론 그럴 수도 있네. 하지만 그들이 육로를 선택한다 해도 그건 일단 수공이 여의치 않을 경우에 선택할 수 있는 차선책이라는 군사의 생각일세. 일단 군사가 수공을 이용한 저들의 기습을 예상하고 전략을 구상했으니 그에 따라 움직일 수밖에……."

노명갑의 말에 호광이 고개를 끄덕이기는 했으나 여전히 불안한 기운을 얼굴에서 감추지 않았다. 그러자 추산이 말을 이었다.

"그들이 기습을 한다면 앞으로 오 일 안에 움직일 겁니다. 저들이 천보산에 영지를 구축한 것이 이틀… 기습의 효과를 보려면 오래 시간을 끌지 않을 겁니다."

"그럼 더더욱 감시를 철저히 해야겠군."

호광이 서늘한 눈빛을 흘리며 말했다. 그러자 노명갑이 호광을 보며 명을 내렸다.

"이제부터 자네는 진을 유지하는 데 필요한 선박을 제외한 나머지 배를 모두 동원해 최대한 저들 가까이로 접근해 저들을 감시하게."

"알겠습니다, 어르신!"

듬직한 답변과 함께 호광이 장내에서 물러나 호숫가에 닻을 내리고 있는 배들을 향해 달려 내려갔다. 그 모습을 보고 있던 추산이 입을 열었다.

"내일까지도 저들의 움직임이 없다면 일단 진을 마무리 지은 후 우리도 배를 타고 호수로 나가는 게 좋을 것 같아요."

추산의 말에 고검이 의아한 얼굴로 물었다.

"직접 적을 상대하겠다는 거냐?"

애초에 동궁으로부터 부탁받은 일은 회음으로 이어지는 수로의 입구와 그 인근의 호수 변에 수룡맹 고수들을 끌어들일 거대한 진을 설치하는 것이었다. 적을 맞아 도검을 들고 싸우는 일은 애초에 동궁의 일이었다. 비록 무불장이 동궁을 돕기로 했지만 동궁 고수들이 건재한 상황에서 앞에 나서 적과 도검을 들고 싸울 이유가 없었다.

"적과 싸우겠다는 것은 아니에요. 단지 일단 저들의 기습이 시작되고 저들을 이 진으로 유인하자면 당연히 진에 대해 속속들이 알고 있는 제가 동궁의 배들을 이끄는 것이 좋겠기에 나서겠다는 거예요."

추산의 설명에도 고검은 여전히 걱정스런 눈빛을 흘려냈다.

"물론 사제의 말이 맞기는 하지만 일단 배를 타고 홍택호로 나가면 언제 어느 때 수룡맹의 고수들과 일전을 벌여야 할지 모르는 일이 아니겠느냐?"

"그 정도의 위험은 감수해야겠지요."

추산이 어깨를 으쓱거리며 말하자 곁에 있던 대웅산이 추산을 거들었다.

"싸움터에 나와 어떻게 싸움을 회피할 수 있겠습니까? 우리 모두 함께 나가지요 뭐!"

"다른 분들까지 나갈 필요는 없어요."

"추 아우, 무슨 말을 그렇게 해. 비록 전초전이라도 만약 수룡맹과 동궁의 고수들이 접전을 벌이기 시작하면 그건 수십 년 내 무림에서 일어난 가장 큰 수전(水戰)이 될 거야. 그런 구경을 놓칠 수는 없는 일 아니겠어? 그리고 추 아우는 이제 겨우 몸을 회복한 사람이라고. 그런 사람을 어떻게 혼자 전쟁터로 보내겠어."

"형님은 제사보다 젯밥에 관심이 더 많군요."

"흐흐흐, 이러나저러나 뭔 상관이 있겠는가? 싸움터에 나왔으면 싸움을 하는 것이 강호인의 도리지. 껄껄!"

대웅산이 한바탕 웃음을 터뜨리자 조금 긴장되어 있던 장내 분위기가 아연 활기를 띠기 시작했다.

수룡맹의 도발은 다시 하루가 지날 때까지도 이루어지지 않았다. 그렇다고 수룡맹이 아무런 움직임도 보이지 않은 것은 아니었다. 수룡맹은 천보산의 숙영지 가까이 접근한 광풍검 호광이 이끄는 동궁의 척후들을 쫓아 몇 척의 전선을 홍택호로 내보내기도 했던 것이다.

물론 그럴 때마다 호광은 적과의 접전을 피해 뒤로 물러났으므로 수룡맹과 동궁 간의 접전은 아직 단 한 번도 이루어지지 않은 상태였다. 또한 그 와중에 한 척의 수룡맹 선박이 돛대 위에 흰 깃발을 달고 홍택호를 넘어 묘산으로 이어진 수로를 통과했다.

배의 모양새로 보아 아마도 묘산의 동궁 수뇌부에게 수룡맹의 요구를 전할 수룡맹의 사자가 타고 있음이 분명해 보이는 배는 묘산에 한 시진 정도를 머물고 다시 수로를 따라 내려와 홍택호를 건너 천보산으로 회항했다.

고검과 무불장의 고수들은 추산이 동궁의 고수들을 동원해 펼쳐 놓은 사해교진 안에서 그 모든 움직임을 바라보고 있었다. 본래 사해교진은 만불곡에서와 같이 짙은 안개를 만들어내 진 안의 상황을 밖에서 알 수 없게 만드는 것이 그 특징 중 하나였으나, 지금 홍택호에 펼쳐져 있는 사해교진은 안개를 만들어내지도 않았을뿐더러 애초에 진을 펼치는 동궁 고수들의 움직임을 감추기 위해 호수 변을 따라 일으켰던 안개조차도 모두 거두어낸 상태였다.

그러나 그럼에도 불구하고 배를 타고 묘산을 오간 수룡맹의 고수들은 수로의 입구와 연해 펼쳐진 사해교진과 그 진 안에 매복해 있는 동궁의 고수들을 발견하지 못했다. 추산의 사해교진이 안개를 일으키는 대신 멀리서 바라보는 숲의 지형을 변화시켜 놓았기 때문이다.

어쨌든 그렇게 다시 하루가 지난 다음날 아침, 묘산에 남아 있던 동궁의 수뇌부가 일제히 홍택호로 이동했다. 묘산 동궁 고수들의 통솔자인 검각의 노고수 홍사월까지 이동했으니 묘산에 모인 동궁의 전력 구 할이 추산의 사해교진 안에 들어와 있는 것이나 다름없었다.

고검과 추산을 비롯한 무불장의 고수들은 동궁이 이렇게 극단적으로 전력의 이동을 감행하는 것을 보며 걱정스런 마음이 들면서도 한편으로는 동궁의 고수들이 군사 대하 이존의 판단을 절대적으로 신뢰한다는 것을 확인했을 뿐 아니라 여러 문파에서 모인 동궁의 고수들이 이존의 지시에 의해 일사불란하게 움직이는 것에 대해 안도하기도 했다. 그리고 그즈음 무불장의 고수들은 배에 오를 준비를 하고 있었다.

"모시게 되어 영광입니다."

호광의 말에 따르면 해신문의 문도 중 가장 배를 잘 몬다는 노삼이 천하팔대고수 능운백 앞에서 긴장한 얼굴로 인사를 올렸다. 묘산에 모인 동궁의 인물치고 고수 아닌 자가 없는데 아무리 천하팔대고수라 해도 능운백 앞에서 지나치게 긴장하는 모습으로 보아 노삼이란 인물은 무공보다 배몰이 실력이 좋아 묘산에 온 것이 분명해 보였다.

"잘 부탁하오."

본시 능운백이란 사람은 강자엔 강하고 약자엔 약한 심성을 가진 인물이라 자신의 명성에 얼어버린 노삼을 향해 부드러운 목소리로 말을 건넸다.

"최선을 다해 안전하게 모시겠습니다."

노삼이 능운백의 친근함에 힘이 나는지 제법 왕성한 기운을 담은 목소리로 답을 했다.

"자, 그럼 배에 올라볼까?"

능운백의 말에 노삼이 재빨리 능운백과 무불장 고수들을 자신이 모는 중선(中船)으로 이끌었다.

배에 오른 무불장 고수들은 금세 노삼이 뛰어난 뱃사람임을 확신했다. 노삼이 모는 배는 비록 투박한 색을 띠고 있었지만 배 어느 곳을 살펴봐도 사람의 손길이 닿지 않은 곳이 없을 만큼 깨끗했다. 또한 배가 물에 삭지 않도록 기름이 배 곳곳에 칠해져 있었는데 이렇게 정성들여 배를 관리하는 인물은 당연히 뛰어난 뱃사람일 수밖에 없었다.

"역시 호 형님이 제대로 된 사람을 소개시켜 준 것 같군."

대웅산이 노삼의 배를 둘러보며 만족한 듯 중얼거렸다.

"정말 배가 잘 손질되어 있네요."

추산이 대웅산의 말에 맞장구를 쳤다.

"본시 뛰어난 무사는 병기를 자기 몸처럼 아끼고, 좋은 농부는 항상 쟁기를 잘 관리하며, 뛰어난 뱃사람은 자신의 배를 자식처럼 아끼는 법이지."

"크기도 적당한 것 같아요."

"그러게. 크지도 작지도 않은 것이 마치 본 장을 위해 만든 것 같군."

무불장 고수들이 탄 배에는 노삼을 비롯해 십여 명의 노꾼이 있었다. 평상시에는 바람을 타고 움직이지만 명색이 전장에 나서는 전선(戰船)인지라 굴강한 노꾼들의 존재는 필수적이었다. 그렇다고 세속의 전선에서 노를 젓는 자들처럼 천한 신분의 노꾼들은 아니었다. 하나같이 태양혈이 솟구친 것이 제법 공력을 쌓은 고수들이 분명해 보였다.

"선장보다 노꾼들의 무공이 더 낫겠군."

대웅산이 노꾼들을 바라보며 말했다. 배의 선장인 노삼의 무공이 변변치 않음을 두고 한 말이었다.

"부족한 무공에도 한 배의 우두머리가 된 데에는 그만한 이유가 있겠지요."

"뭐, 호 형님 말로는 물길을 귀신같이 찾아낸다고 하더군. 그 거친 바다에서 단 한 번도 뱃길을 잃어버린 적이 없다는 거야. 하지만 이런 호수에서 물길이 문제가 될 것은 없을 테니 역시 내륙의 호수보단 바다에 어울리는 사람이겠지."

대웅산의 말에 고개를 끄덕이던 추산이 눈빛을 빛내며 호수에 늘어선 다섯 척의 배 중 가장 앞쪽에 나가 있는 전선을 바라보고는 입을 열었다.

"상 노야와 호 대협이 탄 배가 출발하는군요."

그러자 대웅산 역시 고개를 돌려 선두에 선 배를 바라보며 말했다.

"이제 시작이군. 다행히 상당군께서 선두에 서셨으니 아무리 수룡맹 고수들이 수전에 능하다 해도 그들에게 따라잡히는 일은 없을 거야."

"바람을 읽는 고수라고 했던가요?"

추산은 과거 노류지에서 황금선을 쫓을 때 들었던 상당군에 대한 이야기를 떠올리며 물었다.

"그렇지. 바람의 고수지. 아무리 바람이 없는 곳이라도 상당군은 언제나 바람의 길을 찾아낼 수 있는 사람이지. 그가 배를 몬다면 노꾼이 시원찮아도 그가 탄 배를 추격할 인물은 없다고 할 수 있지."

고검과 추산을 포함한 동궁 척후 선단의 임무는 두 가지라고 할 수 있었다. 표면적인 목적이야 적의 동태를 살피는 것이라고 할 수 있지만 기실 실질적인 임무는 수룡맹이 기습을 감행했을 때 적의 선단을 추산이 펼쳐 놓은 사해교진 안으로 끌어들이는 것이 가장 중요한 임무라고 할 수 있었다.

그래서 이번 척후 선단에는 바람의 길을 알고 있는 상당군과 사해교진이 발동했을 때 진 안에서 동궁의 선단을 인솔하기 위해 추산과 무불장의 고수들이 직접 배에 올라 홍택호로 나서게 된 것이었다.

"출항!"

모든 배가 출항 준비를 마치자 척후 선단의 가장 앞쪽에 나가 있는 배 위에서 광풍검 호광의 목소리가 들려왔다. 그러자 다섯 척의 배가 호광의 배를 꼭짓점으로 서서히 홍택호의 푸른 수면을 가르며 앞으로 전진하기 시작했다.

두 시진 정도를 이동하자 척후 선단의 가장 앞쪽에서 선단을 이끌고 있던 호광의 배에서 붉은 깃발이 올랐다. 배를 멈추라는 신호였다. 연후 다시 호광의 배에서 붉은 깃발이 좌우로 다섯 차례 움직였다. 그러자 삼각형을 이루며 전진하던 척후 선단의 다섯 척 배가 호광이 탄 배를 중심으로 횡으로 늘어서기 시작했다.

"저곳이 천보산인가 보군요."

추산이 조금 긴장한 목소리로 말했다. 호광의 배를 곁에 두고 횡으로 늘어서자 전방의 시야가 탁 트이면서 멀리 제법 높은 봉우리를 자랑하는 산이 눈에 들어왔던 것이다. 산 옆쪽으로는 호수가 계속 이어져 있어 산은 마치 호수 중간에 떠 있는 섬처럼 느껴지기도 했으나 기실은 산 뒤쪽으로 긴 숲이 호수의 끝까지 이어져 있어 천보산은 호수 변에 툭 튀어나와 있는 육지의 일부였다.

"좋은 지형이군요."

왕민이 서쪽에서 비쳐드는 햇살을 가리려는 듯 손을 들어 이마에 올리며 말했다.

"동안(東岸)을 향해 최단시간에 도달할 수 있는 곳이고, 또 육로와 수로를 통해 모두 퇴각이 가능한 곳이지요. 진지를 구축하기엔 더할 나위 없는 땅이라고 할 수 있지요."

추산이 왕민의 말에 고개를 끄덕였다.

"그렇다면 동궁에서 애초에 저곳을 미리 선점하는 게 좋지 않았을까?"

대웅산이 고개를 갸웃하며 묻자 왕민이 고개를 저었다.

"수룡맹 입장에선 좋은 곳이지만 동궁의 입장에선 지키기 쉬운 곳이 아닐세. 퇴로가 없지 않은가? 동궁이 저곳에 영지를 구축하면 그야말로 배수진을 친 격이 되는 것이지. 현 상황이 배수진을 칠 만큼 절망적인 것은 아니지 않는가?"

그러자 대웅산이 고개를 끄덕였다.

"그렇군요. 같은 장소라도 상대에 따라 길지(吉地)가 되기도 하고 흉지(凶地)가 되기도 하는 거군요."

"그 이치를 이제야 알았다니 네 녀석이 동궁의 손꼽히는 후 기지수였다는 사실이 믿기지 않는구나."

능운백이 혀를 차며 대웅산을 흘겨봤다.

"아니, 뭐, 저야 싸움터에서 힘이나 쓰는 사람이었지 어디 머리를 쓸 일이 있었나요."

"그러니까 네가 무상문에서 쫓겨난 것이다. 좀 더 현명하게 처신했다면 네가 무상문에서 쫓겨나는 일은 없었을 거야."

그러자 대웅산이 머리를 긁적이며 말했다.

"그야 그렇겠지요. 하지만 당시의 일을 후회하지는 않습니다. 다시 그런 일이 발생한다 해도 전 똑같이 행동할 겁니다."

"흐흐, 누가 미련한 녀석이 아니랄까 봐… 쯧쯧."

능운백이 혀를 찼다. 그러자 추산이 궁금한 표정으로 입을 열었다.

"도대체 대 형님은 왜 무상문에서 파문된 거죠?"

대웅산이 동궁 무상문 출신이란 것은 이미 그가 천검의 둘째딸 능지화와 혼인을 할 때 모두에게 알려진 사실이었다. 그러나 그가 무슨 이유로 무상문을 떠나게 되었는지는 여전히 능운백과 고검만이 아는 일이었다.

"허험, 왜 남의 과거는 캐고 그래?"

대웅산이 어깨를 움찔거리며 불만을 토해냈다.

"물론 무불장의 청부사는 서로 상대의 과거를 묻지 않는 것이 원칙이기는 하지만 이젠 뭐 대부분 다른 사람의 과거를 알고 있잖아요. 그러니 대 형님의 과거사를 물었기로 무슨 흉이 되겠어요. 더군다나 대 형님은 무불장의 청부사일 뿐 아니라 설연장의 식구이기도 하니 같은 식구로서 대 형님의 과거사를 좀 알아야 하지 않겠어요?"

추산의 말에 대웅산이 마땅한 반박거리를 찾지 못하고 난처한 표정을 짓다가 자신을 주시하는 추산의 시선에 졌다는 듯 입을 열었다.

"에이, 뭐, 말하지 못할 일도 아니지. 사실 내가 무상문에서 나오게 된 건 한 사람의 목숨을 빼앗았기 때문이야."

대웅산이 조금 울적한 말투로 입을 열었다. 물론 다른 사람의 목숨을 빼앗았다는 것이 즐거운 일은 아니지만 강호를 살아가자면 필연적으로 도검에 피를 묻혀야 하는 것, 평소 대웅산의 성정을 생각하자면 지나치게 의기소침한 얼굴이었다.

"잘못된 일이었나요?"

가끔은 오해나 실수로 죽이지 말아야 할 사람을 죽이는 경우가 또 강호에선 종종 벌어진다. 그러나 대웅산은 추산의 질문에 단호한 표정으로 고개를 저었다.

"아니, 잘못된 일은 아니었지. 지금도 그 일을 후회하지는 않아. 그러니까, 일이 어떻게 된 것인고 하니, 내가 무상문에 있을 때 나에겐 사제가 한 명 있었어. 유광이라고, 사부께서 거두신 두 제자 중 한 명이었지. 나와는 나이 차이가 제법 났지만 본래 우리 두 사람 모두 일가친척이 없었던 터라 무척 가까운 편이었지. 그런데 유 사제가 어느 날 강호에 나갔다가 죽임을 당하고 말았어."

아직도 사제의 죽음이 마음 아픈지 대웅산은 말을 하며 살짝 얼굴을 찌푸렸다.

"어떻게 죽게 된 건가요?"

"처음에는 사인(死因)을 알 수가 없었어. 시신만 발견되었을 뿐 누가 왜 사제를 죽였는지 도무지 알 수가 없었지. 하지만 세상에 비밀이란 없는 법. 난 사제의 죽음을 그냥 넘겨 버릴 수 없었어. 그래서 사제가 죽기 전의 행적을 하나하나 조사하기 시작했지. 그리고 난 결국 사제를 죽인 자를 찾아내게 되었지."

"누구 짓이었죠?"

"사제를 죽인 자는 아주 의외의 인물이었어. 그는 바로 해동이가의 제자 심정이란 놈이었지. 본래 그 심기가 편협하기 이를 데 없는데 과거 동궁의 후기지수들이 겨루는 비무에서 사제에게 망신을 당한 것을 마음에 두고 있다가 그 보복을 한 거였지. 난 당장 놈의 목을 치고 싶었지만 그럴 수는 없었어. 무상문에서는 문주의 허락이 떨어지기 전에는 어떠한 사사로운 복수도 허락지 않거든. 그래서 난 문주께 일의 전말을 알리고 심정의 죄를 죽음으로 묻게 해달라고 청했지. 하지만 일이 제대로 풀리지 않았어."

"무상문주께서 허락지 않으셨나 보군요?"

추산의 말에 대웅산이 씁쓸한 표정을 지으며 고개를 끄덕였다.

"맞아. 문주께서는 복수를 허락지 않으셨지. 이유는 여러 가지가 있겠지만 가장 중요한 이유는 심정이 해동이가의 제자라는 것이었지. 알다시피 해동이가는 무상문과 함께 동궁 육상천에 속해 있는 문파야. 문주께서는 우리가 보복을 할 경우 동궁 육상천의 결속이 깨어질 것을 염려하셨지. 그래서 우리가 보복을 하는 대신 해동이가에 심정의 죄를 알리고 해동이가 스스로 심정의 죄를 물을 것을 요구했다네. 그런데 해동이가가 그 심정이란 놈에게 내린 벌이 뭔 줄 알아? 오 년 폐관이야, 오 년 폐관! 말이 안 되는 일이지. 사람의 목숨을, 그것도 같은 동궁 육상천에 속한 사람을 죽인 놈에게 겨우 오 년 폐관이라니⋯⋯. 죽음은 아니더라도 적어도 무공을 폐하거나 파문의 벌을 내렸어야 하는 일이었지. 하지만 무상문에서는 해동이가의 결정에 반발할 수 없었어. 왜냐하면 이미 문주께서 심정에 대한 처리는 해동이가에 일임하고 추후 이에 대해 일절 거론치 않기로 약조하셨거든. 그러나 난 사제를 죽인 놈이 살아 있는 것을 용납할 수 없었어."

"그래서 직접 살수를 쓰신 건가요?"

추산이 어두운 눈으로 묻자 대응산이 고개를 끄덕였다.

"처음에는 그자를 죽일 생각까지는 없었지. 단지 해동이가의 가주를 만나 따져 볼 요량으로 사부님과 문주님 몰래 무상문을 나와 해동이가로 갔던 것이지. 그런데 오 년 폐관의 벌을 받았다는 놈이 해동이가를 몰래 빠져나와 저잣거리에서 자신의 패거리들과 회회낙락하며 술판을 벌이고 있더란 말이야. 그 모습을 본 내가 어떻게 참을 수 있겠는가? 당장 달려들어 단번에 놈의 목을 뚫어버렸지."

"양 파에서 사단이 났겠군요."

"이를 말인가. 그러나 해동이가에서도 함부로 무상문에 항의할 수는 없었어. 왜냐하면 분명 폐관 중이라던 놈이 버젓이 저자에 나와 있었으니 해동이가가 무슨 말을 할 수 있겠어. 그래서 내려진 결론이 날 파문해 동궁의 영역에서 떠나게 하는 것이었지. 그것으로 양 파의 은원을 묻기로 한 거야."

"그렇게 된 것이군요. 대 형님 입장에서 보자면 억울할 수도 있겠어요."

"뭐, 억울할 것도 없지. 솔직히 말해 사부께는 미안하지만 무상문이니 동궁이니 하는 조직의 굴레에 갇혀 사는 것보다 청부사로 살아온 세월이 나에겐 훨씬 좋았으니 말이야. 좋은 동료들도 만나고… 또 무엇보다 누구에게도 빠지지 않는 아름다운 아내를 얻지 않았겠어?"

"헤헤, 그러고 보면 오히려 무상문을 나온 것이 대 형님께는 잘된 일인지도 모르겠네요."

그러자 대웅산이 허허로운 미소를 지으며 대답했다.

"잘되고 못 되고를 따질 일은 아니겠지. 모든 게 운명이려니 하고 받아들이며 사는 것이지. 어쨌든 난 지금 이대로가 좋아. 복문의 허락이 떨어져도 무상문으로는 돌아갈 생각이 없어."

"무상문보다야 설연장이 낫죠. 더군다나 천하팔대고수의 사위가 아니겠어요? 물론 뼈 빠지게 금자를 벌어야 하고, 또 고약한 성미의 장인을 모셔야 하는 어려움이 있긴 하지만요."

추산이 목소리를 낮춰 중얼거렸다. 하지만 아무리 목소리를 낮춘다고 해도 좁은 배 안에서 천하팔대고수의 귀를 속일 수는 없었다.

팟!

어느 틈에 날아온 능운백의 주먹이 추산의 머리를 후려쳤다. 그러나 몸을 회복한 이후 추산의 무공은 몰라보게 발전했으므로 추산은 재빨리 신형을 틀어 능운백의 일격을 피해냈다. 동시에 추산의 신형이 훌쩍 허공으로 떠올랐다. 지난번 주먹을 피하고 득의하다가 능운백의 발길질에 허벅지를 얻어맞은 적이 있기 때문이었다. 아니나 다를까, 횡 하는 파공음과 함께 날카로운 능운백의 발길질이 허공에 떠오른 추산의 발밑을 스치고 지나갔다.

"스승님, 이제 그런 방법은 안 통해요!"

허공에 떠올랐던 추산이 능운백으로부터 삼사 장 거리를 두고 내려서며 말했다.

"흥, 네놈이 약기운을 받아 제법 무공이 높아졌구나. 하지만 과연 내 검도 피해낼 수 있을까?"

능운백이 허리춤에 매달린 허름한 검을 잡아가며 말하자 추산이 재빨리 손을 저으며 능운백의 앞으로 다가왔다.

"아이고, 스승님, 지금 뭘 하시는 거예요. 설마 제자한테 칼부림을 하시려는 건 아니겠죠?"

"이놈아, 그러게 때릴 때 순순히 맞아. 괜히 칼에 맞아 요절하지 말고! 이리 와!"

능운백의 호통에 추산이 주적거리며 능운백 앞으로 다가왔다. 그러자 능운백이 지체하지 않고 추산의 머리통을 후려쳤다.

"아얏! 스승님, 정말 너무하시는 것 아니에요?"

"흥, 이게 다 네 말대로 성질 고약한 사부를 둔 죄가 아니겠느냐?"

"아아, 알았어요. 스승님, 제가 잘못했어요."

추산이 더 이상 능운백을 상대하기 싫다는 듯 고개를 끄덕이며 능운백에게서 한 걸음 멀어졌다. 그런데 그때 배의 앞쪽에서 노삼의 목소리가 들려왔다.

"어르신, 이쪽으로 와보셔야 할 것 같습니다."

순간 장난스럽던 장내의 분위기가 순식간에 굳어졌다. 그리곤 능운백을 필두로 무불장의 고수들이 노삼이 있는 곳으로 급히 신형을 옮겼다.

"무슨 일인가?"

"아무래도 수룡맹의 전선(戰船)들 같습니다."

노삼이 손을 들어 멀리 수면 위에 떠 있는 검은 물체 세 개를 가리켰다. 검은 물체는 처음에는 작은 덩어리에 불과했지만 이내 전선의 모양을 갖췄다.

"가장 앞에 있는 배는 일반 전선 같지는 않고, 모양으로 보아 빠른 이동이 필요한 연락선이나 염탐선인 것 같습니다. 나머지 두 척의 배는 일반적인 전선(戰船)입니다."

노삼이 친절하게 적선의 쓰임새까지 설명했다. 수룡맹의 전선들은 동궁의 배들과 삼십여 장 거리를 두고 움직임을 멈췄다. 양측은 서로 더 이상의 간격을 좁히지 않고 서로를 마주선 채 그렇게 대치하기 시작했다. 그렇다고 양측에서 누군가 나서 대화를 시도하지도 않았다. 이미 양측은 더 이상의 대화가 필요없는 관계였다.

추산의 지휘 아래 사해교진을 설치하는 동안 묘산을 방문했던 수룡맹의 사자들은 동궁의 수뇌들에게 이번 전쟁을 막기 위한 수룡맹의 요구 조건을 전달했었다.

홍택호로 이동한 홍사월 등 동궁 수뇌들에 의해 전해진 수룡맹의 요구 조건은 한마디로 동궁에게 수룡맹의 일부가 되라는 것이었다. 물론 천하사패의 한 축을 이루고 있는 동궁으로서는 받아들일 수 없는 조건. 수룡맹 또한 자신들의 조건이 동궁에 의해 받아들여질 것을 기대한 것은 아닐 터였다. 그들은 단지 그런 식으로 정식으로 동궁에 개전(開戰)을 알리려 했을 뿐이었다.

물론 홍택호에서 묘산에 이르는 지형과 묘산에 집결한 동궁의 전력을 살피는 것 또한 수룡맹의 사자들이 묘산에 온 중요한 이유 중 하나였을 터이다.

어쨌든 동궁이 수룡맹의 조건을 거부함으로써 양측은 더 이상 대화가 필요없는 관계가 된 지 오래였다. 이제는 언제 어느 때라도 양측의 고수들이 서로를 향해 도검을 휘둘러 격돌해도 전혀 이상할 것이 없는 상황이었던 것이다.

그렇게 묘한 긴장이 감도는 상태로 삼십여 장의 거리를 두고 마주한 동궁과 수룡맹 전선들의 대치는 의외로 길어지고 있었다.

홍택호의 물빛이 서서히 변하기 시작했다. 푸르던 물빛이 벌겋게 변하고 있었다. 해가 지기 시작한 것이다.

"제길, 답답해 죽겠군. 화살이라도 한 대 날리든지!"

대웅산이 여전히 삼십여 장 거리에 멈춰 선 채 아무런 반응을 보이지 않는 수룡맹의 전선들을 보며 투덜거렸다.

"저들의 목적은 동궁의 전선들을 제압하는 것이 아니라 동궁의 배들이 더 이상 천보산 가까이로 접근하는 것을 막으려는 데 있는 것 같아요."

추산이 가늘게 눈을 뜨고 서서히 석양의 그늘 속으로 들어가고 있는 천보산을 바라보며 말했다.

"그걸 모르는 바는 아니지만 답답하다는 거지."

대웅산이 기지개를 켜며 대답했다.

"그런데 뭔가 조금 이상하지 않아요?"

갑자기 추산이 고개를 갸웃하며 고검과 무불장의 청부사들을 돌아보며 말했다.

"뭐가 말이냐?"

고검이 의아한 눈으로 추산에게 물었다.

"물빛 말이에요."

"물빛?"

고검이 시선을 홍택호의 수면으로 돌리며 반문했다.

"뭐가 이상하다는 거지? 내가 보기엔 그저 평범한 물빛일 뿐인 것 같은데?"

지루함에 몸을 비틀어대던 대웅산이 호기심이 생기는지 추산과 고검 곁으로 다가서며 물었다. 그러자 추산이 좀 더 뱃전으로 다가서며 멀리 천보산 아래로 이어진 홍택호의 수면을 보며 말했다.

"확실히 뭔가 이상해요."

"도대체 뭐가 이상하다는 거야?"

대웅산이 답답하다는 듯 묻자 추산이 손을 들어 그들이 타고 있는 배와 천보산 사이의 수면 한 지점을 가리키며 말했다.

"저길 보세요. 다른 곳은 모두 석양에 물들어 물빛이 변하고 있는데 저기 저곳은 전혀 변화가 없어요."

그러자 무불장의 고수들이 고개를 빼 들고 추산이 가리킨 지점을 바라봤다. 과연 수룡맹의 세 척 전선으로부터 이백여 장 떨어진 지점에서부터 천보산에 이르는 호수의 물빛은 다른 곳의 물빛과는 사뭇 그 빛깔이 달랐다.

"물빛이야 다를 수도 있는 것 아닌가? 그리고 저곳은 천보산의 그늘이 드리워지는 곳이니 노을빛이 스며들지 않는다 해서 크게 이상한 일은 아니잖아?"

대웅산의 반문에 추산이 고개를 저었다.

"그렇지가 않아요. 만약 천보산의 그림자 때문이라면 태양의 위치가 변함에 따라 물빛이 다른 경계선도 움직여야 해요. 그런데 저곳은 그 경계선이 전혀 움직이지 않고 고정되어 있다고요."

"응? 그리고 보니 그런 것도 같군. 그럼 도대체 저게 어떻게 된 일이지?"

대웅산이 고개를 갸웃거리며 중얼거렸다. 그러자 침묵 속에 깊은 눈으로 추산이 지적한 부근을 바라보고 있던 고검이 불쑥 입을 열었다.

"진(陣)이군."

"진(陣)이요?"

대웅산이 놀란 얼굴로 되물었다. 그러자 이번에는 추산이 입을 열었다.

"사형의 말이 맞아요. 제가 보기에도 저건 진의 흔적이에요. 아마도 저곳에는 진이 펼쳐져 있을 거예요."

"그렇다면 수룡맹에서도 동궁의 기습을 대비하고 있었다는 건가? 숙영지 앞에 진을 펼친 것은 곧 적의 공격을 방비하기 위함일 테니……."

대웅산의 말에 추산이 고개를 저었다.

"또 다른 이유가 있을 수 있지요."

"다른 이유가 있다고?"

"어쩌면 저 진은 숙영지를 방어하기 위한 것이 아니라 무엇인가를 숨기기 위한 진일 수도 있어요. 물빛이 변했다는 것은 곧 저곳의 지형에 변화를 일으켰다는 의미예요. 다시 말해 환진(換陣)이란 말인데, 환진의 주목적은 무엇인가를 감추기 위한 것이죠."

추산의 말이 끝나자 고검이 침착한 목소리로 추산에게 물었다.

"사제가 보기엔 무엇을 숨겼을 것 같으냐?"

그러자 추산이 잠시 생각에 잠겼다가 이내 확신 어린 목소리로 말했다.

"저들이 물 위에서 감추고자 하는 것이 있다면 그건 단 하나일 거예요. 바로 전선(戰船)이죠. 수룡맹이 기습을 감행할 것이란 이존 군사의 예상이 맞은 것 같아요. 저들이 전선을 숨긴 이유는 동궁의 척후에 자신들이 공격을 준비하는 상황을 보여주지 않기 위해서일 테니까요."

"내 생각도 사제의 생각과 같다. 사부님, 다른 배에 진의 존재를 알려야 할 것 같습니다. 그리고 전체적으로 척후선을 뒤로 조금 물려야 할 듯합니다. 이 정도 거리라면 저들이 빠른 배를 이용해 단숨에 공격을 해올 수도 있는 거립니다. 어쩌면 배를 돌릴 여유가 없을지도……."

고검의 말에 능운백이 대답했다.

"그렇게 하는 게 좋겠군. 이곳에서 저들과 싸울 것은 아니니까."

능운백의 말이 끝나자 고검이 고개를 돌려 노삼을 바라보며 고개를 끄덕였다. 노삼 역시 무불장 고수들의 대화를 듣고 있었으므로 재빨리 몸을 움직여 다른 배에 연락을 보내기 시작했다.

배와 배 사이의 대화는 주로 수신호를 이용하는데, 해신문의 고수들은 워낙 수전에 능한 인물들이라 수신호를 이용한 서로 간의 연락이 거의 입으로 대화를 주고받는 것만큼이나 세밀했다.

덕분에 고검과 추산이 내린 판단은 곧바로 동궁의 다른 네 척의 배에도 전달되었고, 각 선박에 타고 있던 동궁의 고수들이 일제히 뱃전을 이동해 천보산 아래쪽 수면을 살피기 시작했다.

그리고 얼마 후 광풍검 호광과 상당군이 타고 있는 지휘선에서 푸른 깃발을 든 고수 한 명이 어지럽게 깃발을 흔들어댔다. 후퇴의 신호였다. 지휘선의 신호가 있자 다섯 척의 동궁 척후선이 일제히 수면 위에 큰 원을 그리며 배의 방향을 틀기 시작했다.

어느새 노을은 한층 깊어져 물색이 핏빛에서 검은색으로 변하고 있었다. 이제 몇 각만 지나면 홍택호는 어둠에 잠길 터였다. 방향을 돌리기 시작한 동궁의 척후선들이 어느새 그 뱃머리를 천보산에서 홍택호의 중심 쪽으로 바꾸고 있었다. 그런데 바로 그때 능운백이 서늘한 목소리로 경고를 흘려냈다.

"기습이다!"

순간 배 안에 타고 있던 무불장 고수들과 동궁의 고수들이 일제히 고개를 돌려 이제는 배의 후미 쪽이 된 천보산 방향을 바라봤다. 그러나 그들의 시야에 들어온 풍경은 그들이 뱃머리를 돌리기 전과 다를 게 없었다. 능운백이 기습이라고 말했지만 그 어디서도 기습의 징후를 찾을 수 없었다. 세 척의 수룡맹 선박은 여전히 삼십여 장 밖에서 움직이지 않고 있었다.

"장인어른, 기습이라뇨?"

대웅산이 의아한 표정으로 능운백을 보며 묻는 순간 갑자기 추산이 다급한 목소리로 소리쳤다.

"물 위가 아니라 물속이에요! 노 대협, 얼른 다른 배에 신호를 보내세요! 수룡맹의 고수들이 물속으로 이동해 오고 있어요! 어서 신호를 보내 수중 공격에 대비하라 하세요! 수룡맹 고수들의 수공은 결코 만만치가 않아요!"

추산의 경고에 노삼이 얼른 배 후미의 수면을 바라봤다. 그러자 거대한 괴물의 형상을 한 검은 그림자가 어둠으로 변해 가는 수면 아래에서 무서운 속도로 다섯 척의 동궁 척후선을 향해 접근해 오는 것이 보였다.

"적이다! 신호를 보내!"

노삼의 말에 배에 타고 있던 수룡맹 고수 한 명이 뿔피리를 입에 대고 급하게 불어댔다.

뿌우우우!

고요한 홍택호의 수면 위로 다급한 뿔피리 소리가 퍼져 나갔다. 동시에 또 다른 동궁의 고수가 다른 배의 고수들에게 어지럽게 수신호를 보냈다.

"적이다! 물속이야!"

다섯 척의 척후선 여기저기서 다급한 경고성이 흘러나왔다.

"우리도 적을 맞을 준비를 해야 할 것 같구나. 아무래도 저들을 따돌리는 것은 불가능할 것 같아."

능운백이 귀찮은 기색이 역력한 목소리로 말했다. 미처 배가 완전히 돌아서기도 전에 시작된 기습이라 동궁의 척후선들이 물속으로 이동하는 수룡맹 고수들을 따돌리기에는 역부족인 상황이었다. 배란 것이 가속이 붙어야 속도가 나는 법인데 막 방향을 튼 배가 속도를 낼 리 없었던 것이다.

"까짓, 한바탕하지요 뭐!"

대웅산은 오히려 신이 난 듯 장창을 한차례 휘두른 후 훌쩍 신형을 날아 올려 배의 난간에 내려섰다.

"그들인가요?"

추산이 어느새 천마의 유물이었던 신검을 빼 들고 고검의 곁에 다가서며 물었다. 그러자 고검이 고개를 끄덕였다.

"그런 것 같구나. 동정호에서 기련장 육 소저를 납치했던 바로 그자들이구나."

"후후, 괴물 흉내를 내던 그자들이란 말이죠? 그들이 어떤 모습으로 움직이는지 항시 궁금했는데 오늘에서야 그 궁금증을 풀 수 있겠군요."

"하지만 조심하거라."

"걱정 마세요! 과거의 추산이 아니라고요!"

추산이 호기롭게 외치며 신형을 뽑아 올려 난간에 서 있는 대웅산의 곁으로 날아내렸다. 그리고 그 순간 마치 이무기가 여의주를 물고 승천하듯 검은 괴물 형상의 그림자 다섯 개가 수면을 박차고 허공으로 솟구쳤다. 순간 고검이 중얼거렸다.

"마침 이 녀석을 고쳐 두길 잘했군."

고검의 손에는 또 다른 천마의 유물 마검이 들려 있었다.

고검추산 마지막권 '강호천하 下' 편이
12권에서 이어집니다.

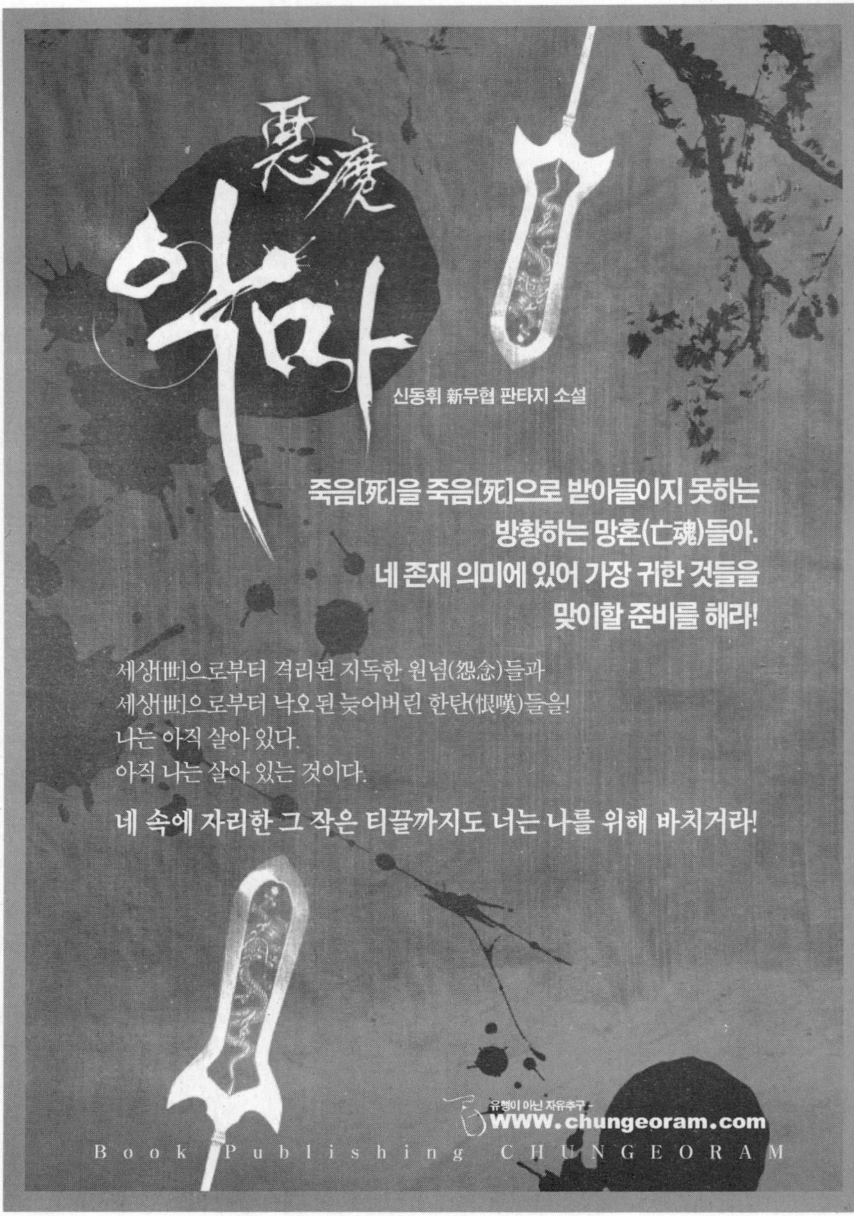

惡魔
악마

신동휘 新무협 판타지 소설

**죽음[死]을 죽음[死]으로 받아들이지 못하는
방황하는 망혼(亡魂)들아.
네 존재 의미에 있어 가장 귀한 것들을
맞이할 준비를 해라!**

세상[世]으로부터 격리된 지독한 원념(怨念)들과
세상[世]으로부터 낙오된 늦어버린 한탄(恨嘆)들을!
나는 아직 살아 있다.
아직 나는 살아 있는 것이다.

네 속에 자리한 그 작은 티끌까지도 너는 나를 위해 바치거라!

유행이 아닌 자유추구 -
WWW.chungeoram.com
Book Publishing CHUNGEORAM

Golden Key

박이수 소설

황금열쇠

「달의 아이」, 「붉은 소금성」의 작가 박이수.
그가 또 하나의 기대작 「황금열쇠」로 나타났다.

우연한 만남이란 단어는 그들에겐 존재하지 않았다.
얽혀 있는 사람들…그리고 피할 수 없는 운명의 굴레!

뒤틀려 버린 운명의 주인공 셰이엔 가이스카 리베 폰 라시에…
한순간 인생이 뒤바뀐 불운의 주인공 듀이 델코!
그리고… 유일하게 그녀를 기억하는 단 한 사람 이샤무딘!

이제 운명의 주사위는 던져졌다.
엇갈린 운명 속에 모든 사건은 하나로 연결된다!
황금열쇠를 차지하기 위한 그들의 위험한 모험이 지금 시작된다.

유행이 아닌 자유추구 -
WWW.chungeoram.com

Book Publishing CHUNGEORAM

武士 郭優 참마도 新무협 판타지 소설

무사 곽우

『무정지로』,『십삼월무』,『화산진도』의
작가 참마도, 그가 돌아왔다!!

새롭게 시작되는 그의 네 번째 강호 이야기!!

"힘이 있는 자가 없는 자를 돕는 것입니다.
또한 힘이 없다면 돕기 위해 노력이라도 하는 것입니다.
그것이 진정한 협 아니겠습니까?"
"호오……."
송완은 다시 봤다는 듯 곽우를 바라보았고 담고위는
무슨 케케묵은 보물단지 보는 듯한 얼굴을 만들었다.
송완은 살짝 킥킥거리며 웃다가 이내 곽우에게 말했다.
"틀렸다. 협이란 무공이 높은 자의 중얼거림일 뿐이야.
무공이 낮은 자는 그저 그 협을 바라만 보고 있어야 하는 것이지.
그래서 세상은 협사가 널렸고 그 협사의 주변엔 구더기들이 들끓고 있는 거야."

강호라는 세상 속에서 지금 한 사람이 그 눈을 뜨려 한다.
한 자루의 부러진 검과 함께 곽우라는 이름을 가지고…….

유행이 아닌 자유추구
WWW.chungeoram.com

Book Publishing CHUNGEORAM

조돈형 新무협 판타지 소설

운룡쟁천

팔룡전설을 아는가?

북녘 하늘을 밝히는 별의 정기를 받고 태어난 여덟 명의 기재가
한 시대에 나타나리니, 그들의 눈은 삼라만상(森羅萬象)을 살피고
지혜는 하늘에 닿고 웅심은 천하를 덮을 것이다.
그들이 화합을 한다면 더없이 평온한 세상을 이룰 것이나,
만약 그렇지 않다면 피의 광풍이 온 천하를 휩쓸 것이다.

혼란의 시대!! 모략과 음모가 극에 다다른 혼돈의 강호무림!!

이때 하늘이 안배해 놓은 이가 있었으니, 그의 이름 도극성이라……!!
도극성!! 그가 무림에 다시 모습을 드러내는 날,
팔룡전설은 그로 인해 깨질 것이고 새로운 전설이 탄생할 것이다!!

- 유행이 아닌 자유추구 -
WWW.chungeoram.com
Book Publishing CHUNGEORAM

임희정 소설

그러던 어느 날, 그에게 그 '능력' 이 찾아왔다.
조금은, 아름답지 않은 모습으로.

신의 뜻, 그것 외엔 없었다.
신의 영역, 시대의 금기를 깨는 그들의 불꽃같은 삶!

막연히 의사가 되기 위한 삶을 살아왔던 세요 폰 어뷔니트.
인간을 살리기 위해 의사가 되어야만 했던 웨인 파예트.

잔혹한 과거, 어긋난 현재.
그리고 우연히 찾아온 신비로운 능력!
보통 사람들과 다른 존재가 아니라는 것에 대한 증명.

Book Publishing CHUNGEORAM